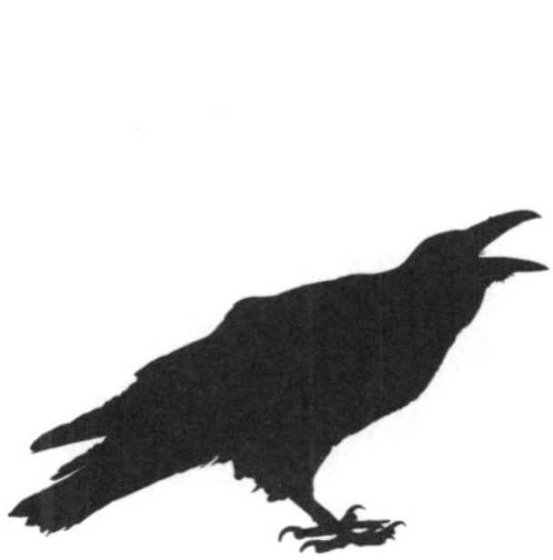

Brigitte Glaser
Krähensommer

Weitere Titel der Autorin:
8 Tage im Juni

Titel in der Regel auch als E-Book erhältlich

Brigitte Glaser

Krähensommer

Incis erster Fall

one

Dieser Titel ist auch als E-Book erschienen

Originalausgabe

Umschlaggestaltung: FAVORITBUERO, München
Umschlagmotiv: © shutterstock/tantrik71
Satz: Greiner & Reichel, Köln
Gesetzt aus der Adobe Caslon
Druck und Einband: GGP Media GmbH, Pößneck

Printed in Germany
ISBN 978-3-8466-0008-5

5 4 3 2 1

Sie finden uns im Internet unter: www.one-verlag.de

Ein verlagsneues Buch kostet in Deutschland und Österreich jeweils überall dasselbe.
Damit die kulturelle Vielfalt erhalten und für die Leser bezahlbar bleibt, gibt es die gesetzliche Buchpreisbindung. Ob im Internet, in der Großbuchhandlung, beim lokalen Buchhändler, im Dorf oder in der Großstadt – überall bekommen Sie Ihre verlagsneuen Bücher zum selben Preis.

Für Angelika und unsere Freundschaft

Montag, 1. September

Inci liegt mit Mo und Falk im Gras, die Köpfe wie Kleeblätter zusammengesteckt, die Hände im Nacken verschränkt, die Augen zum Himmel gerichtet. Ein leichter Zischelwind streift durch das Gras, in der Luft hängt der satte, schläfrige Geruch des Sommers. Inci merkt, wie sich ihr Körper hebt, sieht, dass sie alle drei schwerelos ein paar Zentimeter über der Erde schweben. Spitze Halme kitzeln ihren Rücken, die Sonne lacht. Sie kichern über irgendwas, Spatzen lärmen am Himmel, Rosen schaukeln im Wind, helles Glück, wohin man schaut. Der Garten, erkennt Inci, ist der von Edith. Der verkrüppelte Apfelbaum, das Windspiel über der Laubentür, der wilde Wein, alles da. Aber die Zäune fehlen, der Garten wirkt weiter, größer, unendlich. Alles ist möglich, denkt Inci, alles. Sie will nach der Hand von Mo und nach der von Falk greifen, als plötzlich schwarze Projektile in die Luft schießen. Sie verdunkeln den Himmel, fallen wie Steine herab, direkt auf sie zu, bis ihnen über dem Apfelbaum unversehens Flügel wachsen und sie sich in lärmende Krähen verwandeln. Wie Wilddruden stürzen die Vögel auf sie.

Krähen! Inci kann sich nicht erinnern, wann sie das letzte Mal von Falk, Mo und den Krähen geträumt hat. Ihr Kreislauf rast, als sie aus dem Schlaf aufschreckt. Sie greift nach der Wasserflasche neben dem Bett und wartet, dass sich ihr Herz beruhigt. Ihre gemeinsame Zeit mit Mo und Falk ist lang vorbei. Dem Glückssommer folgte ein Horrorherbst. Nach dem Schmerzwinter endlich ein Frühling, in dem sie vergaß. Seit drei Jahren haben sie sich aus den Augen verloren, und ausgerechnet heute Nacht träumt sie von den beiden. Ein gutes oder ein schlechtes Zeichen?

Ein Blick auf den Wecker, fünf Uhr in der Früh, noch zwei Stunden bis zum Aufstehen. »Schlaf wieder ein«, befiehlt Inci sich selbst. »Du willst doch nicht ausgerechnet heute mit Ringen unter den Augen aufkreuzen!«

Bleiern kommt der späte Schlaf, und Inci fällt es schwer, aus ihm aufzutauchen. Kurz kehrt die traumhafte Leichtigkeit mit Falk und Mo in ihren Kopf zurück. Dann wischt sie die Nacht weg, springt aus dem Bett und stürmt ins Bad.

Die kurzen Haare mit Gel in Form bringen oder föhnen? Lidstrich ja oder nein? Parfüm? – Auf keinen Fall.

»Inci, beeil dich, ich muss aufs Klo!« Selin hämmert gegen die Tür.

»Du kannst mich mal!« Lidstrich und geföhnt.

Zurück im Zimmer das nächste Problem. Jeans oder Leggins? Turnschuhe oder Ballerinas? Top oder Sweatshirt? Auffallen oder nicht auffallen? Inci reißt den Kleiderschrank auf, zerrt ein Kleidungsstück nach dem nächsten heraus, wirft alles aufs Bett. Wieso hat sie nicht schon gestern Abend überlegt, was sie anziehen will?

»Jeans und Gammel-Shirt!«, bestimmt Selin, die neugierig den Kopf durch die Tür steckt. »Bestimmt müsst ihr schon am ersten Tag durch den Dreck robben.«

Inci wirft eine Hose in ihre Richtung und knallt ihrer Schwester die Tür vor der Nase zu. Jeans, Top, kurze Jacke, Ballerinas. Von wegen durch den Dreck robben! Da verwechselt Selin was. Sie geht doch nicht zum Militär.

»Möchtest du noch einen Tee, canim?«, ruft Baba aus der Küche.

»Keine Zeit mehr, ich muss los.« Sie prüft ihre Tasche. Block, Stifte, Handy, Wasserflasche. Wo ist ihr nazar boncuğu? Die blaue

Glaskugel muss sie heute auf jeden Fall mitnehmen. Als Schutz vor dem bösen Blick. Wann hat sie sie zum letzten Mal gebraucht? Beim Abi? Bei der Aufnahmeprüfung? Sie steigt auf den Schreibtischstuhl, holt ihre Schatzkiste vom Schrank. In dem wilden Sammelsurium kehrt sie das Unterste zuoberst, die Glaskugel findet sie ganz unten auf einem Foto liegend. Das Foto zeigt sie, Mo und Falk auf der Eisenbahnbrücke. Ein Bild aus dem Glückssommer, aus ihrem Traum. Schon zum zweiten Mal wird sie heute an die beiden erinnert. Sie schüttet das Bild mit alten Souvenirs zu und stellt die Kiste zurück auf den Schrank. Die türkisfarbene Glaskugel steckt sie ein, hängt sich die Tasche um und hastet aus dem Zimmer.

»Ich kann dich an der Universität vorbeifahren, der kleine Umweg macht mir nichts aus«, schlägt Baba vor.

»Nicht nötig, ich nehme das Rad.« Inci drückt ihrem Vater einen Kuss auf die Backe.

»Willst du dich wirklich nicht von Baba bei der juristischen Fakultät vorbeifahren lassen?«, bohrt Selin nach.

Die Worte »juristische Fakultät« dehnt sie bis zum Gehtnichtmehr. Kurz blitzt in ihren Augen Bösartigkeit auf, aber schnell ist sie wieder ganz Unschuldslamm.

»Ich nehme das Rad, Frühsport.« Hinter dem Rücken des Vaters streckt Inci Selin den Mittelfinger entgegen.

»Heute Abend, du weißt schon«, droht Selin.

Inci schaut sie nicht an. Sie schlüpft in die Schuhe, schultert ihr Rennrad und beeilt sich, die Wohnung zu verlassen.

Fünfzehn, zwanzig Minuten wird sie bis ins Kunibertsviertel brauchen. Wenn sie rechtzeitig da sein will, muss sie ein paar rote Ampeln ignorieren. Darf sich aber auf keinen Fall von einer Streife erwischen lassen, wäre kein gutes Omen für ihren ersten Tag als Polizistin. Immerhin, das Wegstück am Fluss entlang kann sie

Tempo machen. Kein Gegenwind, achter Gang, sie tritt in die Pedale. Zehn Minuten später flitzt sie zum ersten Mal bei Rot über eine Kreuzung.

Im Mai, kurz nach den mündlichen Abi-Prüfungen, hat Inci heimlich den dreitägigen Einstellungstest für Polizisten in Nordrhein-Westfalen gemacht. Den ersten Tag hat sie am PC gesessen – Gedächtnisleistung, abstraktes Denken, Rechtschreibung und so weiter –, den zweiten Tag beim Polizeiarzt Untersuchungen und Leistungstests überstanden, am dritten Tag ist sie richtig ins Schwitzen gekommen. Zuerst ein Rollenspiel über durchgeknallte Fußballfans nach einem Bundesligaspiel. Gar nicht so einfach, Ruhe zu bewahren, wenn einen besoffene Ultras zum Teufel wünschen! Der fünfzehnminütige Vortrag danach war so lala, bei der »Postkorbübung« dann Multitasking: Telefonieren, Protokolle verfassen, Publikumsverkehr und so weiter. Hektik kann sie gut ab, da hat sie sich wacker geschlagen. – Die Stunde, bevor sie und die anderen Prüflinge die Ergebnisse erfuhren, war der pure Horror, dann riesige Erleichterung: Sie hat auf Anhieb bestanden.

Stolz und glücklich war sie, aber schon auf der Rückfahrt nach Köln trübten Wermutstropfen den Erfolg. Baba! Ihr Vater weiß bis heute nichts von ihrer Entscheidung. Immer noch lässt sie ihn in dem Glauben, sie habe sich für Jura eingeschrieben, damit sein Traum, endlich eine Anwältin in der Familie zu haben, wahr wird. Sie weiß einfach nicht, wie sie ihm beibringen soll, dass sie lieber zur Polizei geht. Sie hat Selin eingeweiht und mit der Schwester Strategien überlegt, wie sie dem Vater ihre Entscheidung am besten beibringt. Doch auch das hat nichts genutzt, immer hat sie gekniffen. »Toben wird er so oder so. Du weißt genau, was er von der deutschen Polizei hält!« Nicht gerade aufbauend, die große Schwester! Gestern Abend hat sie ihr die Pistole auf die Brust gesetzt. Wenn Inci ihrem Vater heute Abend nicht reinen Wein einschenkt, dann wird sie ihm die Wahrheit sagen. Selin lässt nicht mehr mit sich handeln, gewährt keinen weiteren Aufschub. Inci bleibt nur noch diese letzte Galgenfrist bis zum Abendessen.

Sie lässt den Fluss links liegen, biegt ins Kunibertsviertels ein, prüft die Uhrzeit – oh, das wird knapp! –, nimmt die zweite rote Ampel. Ein BMW-Fahrer hupt, Inci beachtet ihn nicht, sie schlängelt sich durch die schmalen Sträßchen in Richtung Thürmchenswall.

Am Montag gab es die Ernennungsurkunde durch den Polizeipräsidenten. – »Gratulation, Frau Yildiz. Ihr Vorname, wie spricht man den aus? Insi oder Inschi?« – »Inschi mit stimmhaftem sch.« Warum mussten ihr die Eltern ausgerechnet den altmodischen Namen der Istanbuler Großmutter geben? Einen Namen, den kein Mensch richtig aussprechen kann? Der zudem an den Spitznamen der Bundeskanzlerin erinnert? – Danach ein letzter Check beim PÄD, dem Polizeiärztlichen Dienst. Uniformen werden sie erst am Ende des Semesters bekommen, so lange bleiben sie in Zivil. Und heute also der erste Unterrichtstag an der Hochschule für öffentliche Verwaltung.

Inci schließt ihr Rad am Zaun des Gebäudes fest. Unauffällig ist es, viel kleiner als ihre alte Schule, schlicht und schmucklos. Nicht nur wegen des schnellen Fahrens klopft ihr Herz, als sie die Eingangstür öffnet.

Gewusel im Foyer, nur fremde Gesichter, sie kennt niemanden, der mit ihr die Polizeiausbildung beginnt. Von den Leuten, mit denen sie den Test gemacht hat, scheint keiner in Köln zu studieren. Kurz beneidet sie die zwei Mädchen, die eng beieinanderstehen, sich an den Schultern berühren, gegenseitig Halt geben. Sei's, weil sie sich gerade gefunden haben, sei's, weil sie alte Bekannte sind. Freundinnen vielleicht seit Jahren, gemeinsame Schulzeit, gleicher Berufswunsch, wollen sie immer weiter gemeinsam durch dick und dünn gehen. Dann fallen Inci die drei Kerle in engen

Shirts auf, die sich mittig platziert haben. Groß, durchtrainiert, braun gebrannt. Teutonengrill an der Adria oder in Antalya, vielleicht lagen sie auch nur an irgendeinem Baggersee. Die drei klopfen sich auf die Schultern, lachen laut, sind aber gleichzeitig auf der Hut. Alphatierchen, von denen jeder die Nummer eins sein will, aber noch wissen sie nicht, wer von ihnen das Rennen macht.

Die meisten anderen um Inci herum sind Solotänzer wie sie selbst. Manche an die Wand gedrückt, andere im Raum herumirrend, nur das Handy als verlässlichen Gefährten zur Hand.

»Herrschaften, bitte alle in Raum 110«, dröhnt eine kräftige Stimme durch den Raum.

Den Mann dazu sieht Inci nicht, nur seinen Arm, der den Weg weist. Schnell formiert sich ein Tross und folgt dem Arm, Inci reiht sich ein. Neben ihr geht ein Mädchen, das nach Aprikosen riecht. Sie ist nicht sehr groß, hat blonde Haare, breite Hüften und einen gewaltigen Hintern. War bei den Tests und Untersuchungen bestimmt kein Zuckerschlecken für sie, die Ärzte von ihrer körperlichen Fitness zu überzeugen.

»Dreimal Halbmarathon, einmal Köln-Marathon in vier Stunden zwanzig«, antwortet das Mädchen, als könne sie Gedanken lesen. »Ich habe echt Ausdauer.«

»Boxen und Radfahren«, antwortet Inci, lächelt und reicht ihr die Hand. »Inci.«

»Jeanette. Ich komme aus dem Sauerland. Und du?«

»Von hier, aus Köln.«

Der Tross gerät an einer Tür ins Stocken, alle drängeln beim Stürmen des Klassenzimmers. Als Inci den Raum betritt, haben die drei Kerle Plätze in der letzten Reihe blockiert, das Mädchenpaar sitzt links außen neben einem Fenster. Wie bei der Reise nach Jerusalem suchen sich die meisten schnell einen Sitzplatz. Jeanette poltert in die dritte Reihe, plumpst auf einen Stuhl, winkt Inci, die am Eingang stehen geblieben ist, deutet auf den freien Platz neben sich. *Mein rechter, rechter Platz ist leer …* Dieses Kinderspiel kommt Inci auch in den Sinn. Sie nickt Jeanette zu, setzt sich aber in die zweite Reihe. Auf den Platz links von ihr lässt sich wenig später ein Junge mit Motorradjacke und Helm fallen, um den Hals einen graublau karierten Burberry-Schal.

»Jakob«, sagt er.

»Inci.«

»Inci? Türkisch, oder was?«

»Jakob? Jüdisch, oder was?« Inci rollt mit den Augen.

»Hallo, ich bin Yüksel.«

Ein Schrank von einem Kerl, rabenschwarze Haare, Kohleaugen, Schwarzmeer-Nase. Er gibt erst Inci und dann Jakob die Hand. Klar hat Inci im Foyer bemerkt, wie er mit den Augen Kontakt zu ihr suchte, von wegen Wir-müssen-doch-hier-unter-den-Deutschen-zusammenstehen. Aber auf so eine Türkennummer hat sie keinen Bock. Sie hasst es, schnell in eine Schublade gesteckt zu werden.

Yüksel setzt sich auf den Stuhl rechts von Inci, klappt seinen Aktenkoffer auf, holt einen Spiralblock heraus, legt einen Kuli und einen Bleistift exakt daneben. Himmel, denkt Inci, ein Korinthenkacker! Den Bleistift steckt er in einen silbernen Anspitzer, er dreht ihn, eine kleine Holzgirlande wellt sich. Plötzlich stockt er. Der Bleistift klemmt in dem silbernen Kegel fest, die Holzgirlande bleibt am Spitzer hängen. Jetzt starrt Yüksel auf die Tür, Inci folgt seinem Blick. Aber hallo, denkt Inci, als sie die Dunkelhaarige im Türrahmen sieht. Haare bis zum Hintern, enge Bluse, gut gefüllt, kurzer Rock, lange Beine in Leggins. Mit gelangweiltem Blick taxiert sie die Klasse, schlendert dann seelenruhig zu einem freien Platz in der ersten Reihe, dreht allen den Rücken zu. Der Po in ihrem engen Rock wirkt wie in Stein gemeißelt. Alle im Raum halten die Luft an, als die Dunkelhaarige ihn auf einem der freien Stühle parkt. Yüksels Holzspirale fällt sacht und lautlos auf den

Tisch, im Raum dagegen entlädt sich die Spannung plötzlich in hektische Betriebsamkeit: Stühle werden gerückt, Plätze getauscht, Wasserflaschen aufgestellt. Inci wendet den Kopf und studiert die Gesichter der drei Jungen in der letzten Reihe. Als seien sie verhext, fixieren sie den Rücken der Dunkelhaarigen.

Für sie werden sie in den Ring steigen, da ist sich Inci sicher. Aber es wird nicht leicht sein, sie zu erobern, denn ihr erster Auftritt zeigt, dass sie ihren Marktwert kennt. Wen lässt sie abblitzen? Wem gibt sie eine Chance? Wenn Inci schon mit irgendeinem vertraut wäre, würde sie wetten, so wie sie es früher mit Mo und Falk gemacht hat. Sie würde auf den Blauäugigen mit dem Russell-Crowe-Kinn setzen. Aber für Wettrunden ist es zu früh, dazu muss man Leute besser kennen, wissen, wie sie ticken.

Das also ist ihr Jahrgang. Mit diesen Jungs und Mädchen wird sie die Polizeiausbildung machen. Mit wem wird sie sich anfreunden? Mit wem samstags auf die Piste gehen? Wer wird mit ihr den Stoff pauken, den sie nicht versteht? Wer hat ihre Art von Humor? Wem gibt sie ihre Handynummer? Mit wem befreundet sie sich auf Facebook? Wird es einen geben, der mit ihr durch dick und dünn geht? Wird sie hier ihren Partner finden? Nur den für die Arbeit oder auch den fürs Leben? Sie fühlt das nazar boncuğu in ihrer Tasche, löst den Blick von dem Trio, lässt ihn durch den Raum schweifen und schaut in fremde Gesichter.

Noch ist alles offen, noch kann sich der erste Eindruck als völlig falsch erweisen. Wer weiß? Vielleicht ist Yüksel kein Pedant, die Dunkelhaarige hochsensibel, Jakob ein echter Kumpel, Jeanette eine intrigante Zicke und das Trio nichts weiter als drei aufgeblasene Würstchen. Incis Ziel für die nächsten Tage: so unsichtbar wie möglich sein! In Deckung bleiben, weiter ungestört beobachten und Informationen sammeln.

»Guten Tag, meine Damen und Herren. Heute ist der erste Tag Ihrer Polizeiausbildung …«

Wieder schallt die kräftige Stimme durch den Raum, und jetzt sieht Inci auch den Mann, zu dem diese Stimme gehört. Ein Leichtgewicht, dürr, höchstens eins siebzig groß. Sein Aussehen passt nicht zu der Stimme und nicht zu Incis Bild von einem Polizeiausbilder. Sie muss an die Krähen denken. In allem kann man sich täuschen. In allem.

Nach dem Unterricht schwirrt Inci der Kopf, und sie will nur noch eines: schnell hier raus. Keinen Smalltalk halten, keine Kontakte knüpfen, allein sein. Sie schwingt sich aufs Rad, radelt zurück an den Fluss, diesmal, ohne eine rote Ampel zu überfahren. In ihrem Ohr hallt noch die Stimme des Ausbilders nach: »Sie repräsentieren jetzt den Staat. Als Polizisten sind Sie mehr als andere verpflichtet, sich an Recht und Gesetz zu halten!« Merkwürdige Vorstellung! Sie, Inci, repräsentiert jetzt den Staat. Britta wird sich schieflachen, wenn Inci ihr das erzählt. Via Skype leider nur, denn Britta macht ein Jahr Work and Travel in Australien.

Inci schickt der Freundin einen stillen Gruß ans andere Ende der Welt und tritt in die Pedale. Die Strecke am Fluss entlang ist eine der wenigen, auf der man in der Stadt Tempo machen kann. 8. Gang, 30 km/h, das pustet den Kopf durch. Auspowern tut ihr immer gut. Soll sie noch in den Boxclub fahren und eine Stunde den Sandsack bearbeiten? Geht nicht, heute ist Montag, da ist Profi-Training. Sie beugt sich tief über den Lenker, radelt schneller. Drei Rentner im Schneckentempo bremsen sie aus. Fahren nebeneinander, blockieren den kompletten Weg. Inci klingelt wie eine Blöde. Als die Männer nicht schnell genug reagieren, brüllt sie: »Polizei!«, und scheucht sie zur Seite. Geht doch. Recht und Gesetz haben freie Bahn.

Am Aufgang zur Brücke schultert sie das Rad und läuft die Treppen hoch. Sie überquert den Fluss und den Platz, will sich schon auf die Rechtsabbiegerspur in Richtung Zuhause einordnen, überlegt es sich dann aber anders, fährt weiter geradeaus. Sie kann noch nicht heim.

Das nächste Stück Weg ist die Hölle! Ampeln, Autos, Fußgänger, parkende Lkws, die die Straße verstopfen. Inci schlängelt sich durch den Verkehr, fährt weiter und weiter, bis die Straßen leerer werden. Rechts und links jetzt weniger Beton und mehr Grün, die Stadt verläuft sich in Schrebergärten, Hundeschulen und Kleingewerbe. Irgendwann ist da das rostzerfressene Schild mit dem Pfeil nach links: »Kleingartenanlage Olympia«. Nein! Das hat sie nicht geplant. Sie wusste nicht, dass sie hier landen wird.

Seit der Nacht damals am See mit Mo und Falk ist Inci nicht mehr in Ediths Garten gewesen. Eine Weile starrt sie das Schild an, dann gibt sie sich einen Ruck und schiebt ihr Rad auf die schmalen Wege, die zwischen den Schrebergärten hindurchführen. Der dritte Weg rechts, dann der vierte links, Ediths Garten liegt ganz am Ende der Anlage. Dahinter beginnt das Niemandsland, das sich bis zur Autobahnauffahrt erstreckt. Stille liegt über den Parzellen, die Bäume schlucken den Straßenlärm, über den Gärten hängt der fruchtigfaulige Geruch überreifer Zwetschgen, und die Luft ist erfüllt vom gierigen Summen der Wespen, die sich in Schwärmen auf den heruntergefallenen Früchten drängen.

Immer weiter schiebt sie das Rad über die moosbewachsenen Wege, sie kennt die Strecke noch genau. Da taucht endlich der Garten von Herrn Südermann auf, Ediths und Mos Nachbar. Akkurat geschnittener Kirschlorbeer, die Bohnenstangen in Reih und Glied, die Salatbeete abgezirkelt. Mit diebischer Freude haben sie, Mo und Falk vom Baumhaus aus Kirschkerne auf seinen englischen Rasen gespuckt und wild gekichert, wenn Südermann wie ein aufgescheuchter Gnom aus seiner Hütte stürzte und sie beschimpfte.

Hinter Südermanns Mustergarten macht sich Ediths Wildnis breit. Jetzt sieht Inci die rot gestrichene Laube und den verkrüppelten Apfelbaum. Auf der Wäscheleine zwischen Laube und Werkstatt flattern bunte Kleider und eine Batterie grüner Unterhosen. – Edith trug immer nur grüne Unterwäsche. Etwas, das Inci sehr faszinierend fand. – Auf den ersten Blick hat sich nichts verändert, alles ist wie früher. Als Edith aus der Werkstatt tritt, um die Wäsche abzuhängen, will Inci schon hinter der Ecke hervortreten und ihr winken, duckt sich dann aber wie ertappt und versteckt sich hinter Südermanns Kirschlorbeer. Was, wenn Mo da ist? Was, wenn er gleich aus der Laube tritt?

Sie will Mo nicht begegnen, merkt sie, deshalb ist sie nicht hier. Wieso dann? Wegen des Traumes? Oder will sie sich an diesem ersten Tag ihrer Berufsausbildung noch einmal in der trügerischen Sicherheit jenes Glückssommers wiegen? Vielleicht. Aber vor allem will sie ihre Galgenfrist verlängern. Das Gespräch mit Baba noch ein wenig hinauszögern.

Edith legt die Wäsche in einen Korb, dann blickt sie auf und schaut in ihre Richtung. Kann man sie durch den Kirschlorbeer sehen? Himmel, ja, Edith kommt genau auf sie zu! Inci stakst sich im Kopf ein Hallo-ich-bin-ganz-zufällig-in-der-Gegend zurecht, als Edith stoppt, einen Apfel vom Boden aufliest und in Richtung Gartentor abdreht. Vorsichtig schiebt Inci das Rad an der Kirschlorbeerhecke entlang, bis sie das Gartentor sehen kann. Dort steht Edith, schaut in ihre Richtung, beißt in den Apfel und lächelt. Der Garten hinter ihr scheint weit und unendlich, so wie in Incis Traum.

Fünf Minuten später steht Inci wieder auf der Straße und kommt sich bescheuert vor. Wieso hat sie sich wie eine Diebin davongeschlichen? Wieso hat sie Edith nicht wenigstens Guten Tag gesagt? Sie hat keine Ahnung, manchmal ist sie sich selbst das größte Rätsel. Fester als sonst krallt sie die Finger um den Lenker und schwingt sich in den Sattel. Im Schneckentempo der Rentner tritt sie den Heimweg an. Schon bei Gelb bremst sie an jeder Ampel und steigt ab. Dann macht sie bei dem Einkaufszentrum Halt, wo sie manchmal mit Britta oder Selin shoppen geht. Schlendert durch die überdachten Passagen, probiert lustlos zwei Hosen bei H&M, ein T-Shirt bei Zara, High Heels bei Goertz. Holt sich einen Kaffee im Pappbecher, setzt sich, starrt auf einen Monitor, der Werbejingles eines Reisebüros ausstrahlt. Traumhafte Strände, glückliche Menschen und so weiter. Als ob Urlaub glücklich macht! Ihr Handy meldet sich, Baba fragt per SMS, ob sie zum Abendessen lieber Königsberger Klopse oder Adana Kebab essen will. »Egal«, simst sie zurück. Sie kann sich heute nicht für eine ihrer Lieblingsspeisen entscheiden, weil sie sie mit Sicherheit nicht genießen wird.

Vielleicht geht sie einfach gar nicht nach Hause und lässt Selin petzen? Wenn sie dann irgendwann aufläuft, weiß Baba Bescheid und hat sich bestenfalls schon wieder abgeregt. Wie bescheuert ist das denn? Baba ist doch kein tyrannischer Vater, der Kindern seinen Willen aufzwingt, sie schlägt oder einsperrt oder so was, im Gegenteil. »Eine gute Ausbildung ist wichtig. Ihr sollt beide studieren«, hat er ihnen immer gepredigt. Deshalb musste er schon schlucken, als Selin nach dem Abi nicht Medizin studieren, sondern »nur« Krankenschwester werden wollte. Letztendlich leuchtete ihm ein, dass sie bei einem Notendurchschnitt von 3,1 bis zum Sankt Nimmerleinstag auf einen Studienplatz hätte warten müssen. Aber Inci hat einen guten Abi-Schnitt, 1,8, das reicht nicht sofort für Jura, aber doch in absehbarer Zeit. Klar hat sie in der ersten Begeisterung für »Suits« mal gesagt, dass sie Anwältin werden will, und Baba sah sie schon als eine Art türkische Danni Lowinski, eine Verteidigerin der Armen und Rechtlosen. Aber Jura, das weiß Inci inzwischen, ist Paragraphenochserei, Lernen bis zum Umfallen. Nichts für sie. Sie wird Polizistin. Ein guter Beruf, ein spannender Beruf. Die Bösen jagen, für Gerechtigkeit sorgen. Polizistin! Wenn Mo und Falk das wüssten, würden ihnen die Augen aus dem Kopf fallen. Aber jetzt kommt es darauf an, wie Baba reagiert.

Bring's hinter dich, macht Inci sich Mut, als sie wieder aufs Rad steigt und endlich nach Hause fährt.

»Du wirst Polizistin?« Die Königsberger Klopse zittern gewaltig in der Schüssel, als Baba vom Tisch aufspringt. »Meine kluge, meine intelligente Tochter, der alle Türen offen stehen, will ausgerechnet Polizistin werden?«

Inci nickt und schiebt sich schnell einen Klops in den Mund, damit sie nicht antworten muss.

»Es ist eine gute Wahl«, springt ihr Selin bei. »Bachelor-Studiengang, Knete von Anfang an, sicherer Arbeitsplatz, abwechslungsreiche Tätigkeit.«

»Es ist eine Scheißwahl!«, brüllt Baba und schlägt mit der Faust auf den Tisch. Klops-Soße schwappt über den Schüsselrand. Inci schluckt den Bissen in ihrem Mund hinunter, er bleibt ihr im Hals stecken. Sie hustet, bis ihr die Tränen in die Augen schießen, aber das juckt Baba nicht.

»Die deutsche Polizei ist ein reaktionärer Haufen. Alles Rassisten!«, tobt er weiter. »Ich habe es bei jeder Demo erlebt. Egal ob in Brokdorf, Bitburg oder an der Startbahn West, immer haben sie sich mich herausgepickt. Wasserwerfer genau auf mich, Gummiknüppel, nichts wie Hau drauf. Ich habe jedes Mal Prügel bezogen, Ausländer beziehen bei der deutschen Polizei immer Prügel.«

Selin verdreht die Augen, unter normalen Umständen täte Inci das auch, aber jetzt will sie Baba nicht noch mehr in Rage bringen. Natürlich kennen sie die Geschichten, Baba hat ihnen oft genug von seiner wilden Jugendzeit erzählt: Friedensdemos, Widerstand gegen Atomkraftwerke, Kampf gegen die Startbahn West, Stollwerck-Besetzung und so weiter. An der Pinnwand im Flur hängt ein Foto von ihm aus dieser Zeit: Vollbart, schulterlange Haare, Che-Guevara-Mütze mit rotem Stern, verwegener Blick.

»Jetzt reg dich ab, Baba. Für dich war das eine tolle Zeit, trotz der Bullen«, wirft Selin ein. »Immer on the road, Lagerfeuer, Nachtwachen, Kampfliedersingen und, nicht zu vergessen, die schönen Frauen, die auf dich standen. Kriegst jedes Mal leuchtende Augen, wenn du davon erzählst.«

Aber jetzt leuchten Babas Augen nicht der guten alten Zeiten wegen, jetzt leuchten sie vor Empörung und Wut.

»Ich soll mich nicht aufregen?« Er fuchtelt wild mit den Händen, dann beginnt er wie ein irrer Derwisch im Zimmer herumzulaufen. »Wenn das kein Grund ist, sich aufzuregen, was dann? Ich rege mich auf, weil meine Tochter bei einer Institution anheuert, der man nur mit tiefstem Misstrauen begegnen darf. Die Polizei, das ist der verlängerte Arm des Staates, der Erfüllungsgehilfe des Kapitals.«

Erfüllungsgehilfe des Kapitals? Was ist das denn für ein Schwachsinn? Inci holt tief Luft, denkt an den Vortrag des Polizeipräsidenten bei ihrer Ernennung und sagt so ruhig wie möglich: »Dein Bild der Polizei ist dreißig Jahre alt. In der Zeit hat sich viel verändert. Diese Hau-drauf-Bullen gibt es nicht mehr. Heute geht es bei Demos um Deeskalation anstelle von Konfrontation. Blinde Obrigkeitsgläubigkeit ist Schnee von gestern, bei der Polizei wird Teamarbeit großgeschrieben. Der Umgang mit den Bürgern ist respektvoll.«

»Respektvoll?« Wieder haut Baba mit der Faust auf den Tisch, diesmal springen die Klopse in die Höhe. »Etwa mit den Angehörigen der NSU-Opfer? Zehn Jahre lang hat man ihnen alles Mögliche unterstellt: Familiendramen, Mafiageschäfte, Bandenkriege, nur weil man auf dem rechten Auge blind war. Von wegen Vergangenheit. Von wegen Einzelfall. Zehn Morde quer über die Republik verteilt, und nicht in einem hat die Polizei in die richtige Richtung ermittelt, Fremdenfeindlichkeit als Motiv wurde teils von vornherein ausgeschlossen, Ermittlungen ins rechte Lager gab es nicht. Das ist Rassismus in Reinkultur! Und in dieses rassistische Lager begibt sich meine Tochter freiwillig.«

»Natürlich ist das ein Skandal«, stimmt ihm Selin zu und schaufelt sich schnell noch ein paar Klopse auf den Teller. Sie hat während des Streits als Einzige weitergegessen. »Umso wichtiger, dass Leute von uns« – für das »uns« macht sie zwei Anführungszeichen in der Luft – »zur Polizei gehen. Je mehr Nationen dort vertreten sind, desto weniger rassistisch können sie agieren.«

»Der berühmte Gang durch die Institutionen«, spottet Baba. »Damit ist schon meine Generation gescheitert. Du kannst das System nicht ändern, aber das System ändert dich!«

Inci weiß plötzlich, warum sie mit Baba nicht vorher reden konnte. Der Streit führt in eine Sackgasse, geht überhaupt in die falsche Richtung, denn er hat mit ihrer Entscheidung, Polizistin zu werden, nichts zu tun. Aber über die wahren Gründe für ihren Entschluss kann sie mit Baba nicht sprechen, denn dafür müsste sie über eine Sache reden, die drei Jahre zurückliegt. Zum Glück ist immer weiter Gras darüber gewachsen, vielleicht kann sie das Ganze irgendwann sogar endgültig begraben. Doch reden will sie nicht darüber, schon gar nicht mit Baba. Der würde deswegen heute noch im Viereck springen, dagegen ist das Theater gerade ein langweiliges Kammerspiel. Das einzig Gute damals war, dass sie dadurch die Hilgers kennenlernte. Und eigentlich war es die Hilgers, die Inci auf die Idee brachte, Polizistin zu werden. Baba hat natürlich auch keine Ahnung von der Hilgers. Aber vor drei Jahren bekam er so gut wie gar nichts aus Incis Leben mit und danach auch nicht mehr besonders viel.

Bevor Baba sich jetzt in Details über den Gang durch die Institutionen verrennt, macht Inci einen Vorstoß in eine andere Richtung. »Baba«, sagt sie. »Es ist mein Leben, meine Entscheidung.

Selbstbestimmung, du hast immer gesagt, wie wichtig das ist. Dein Vater musste auch schlucken, als du Sozialarbeit studiert hast und nicht Ingenieur geworden bist.«

»Mein Vater wollte überhaupt nicht, dass ich studiere«, belfert er zurück. »Der hätte mich am liebsten zu Ford ans Fließband gestellt.«

»Aber du hast dich durchgesetzt, das gemacht, was du wolltest, und genau das will ich auch.«

Ein wütendes Schnauben ist die Antwort. Inci sieht ihren Vater an. Sein Blick ist unversöhnlich, verbohrt, verbissen, verbiestert, wie immer, wenn er sich wahnsinnig aufregt. Seit dem Verschwinden ihrer Mutter ist noch eine gewisse Leere hinzugekommen. Verlangt er das wirklich von ihr? Dass sie ihren Berufswunsch aufgibt, weil er ihn für falsch hält?

»Jeder ist seines Glückes Schmied, was?«, spottet er jetzt und schüttelt dabei den Kopf.

»Wenn's der falsche Weg ist, werde ich es merken und einen anderen gehen«, schickt sie ihm als Friedensangebot.

Er schüttelt den Kopf heftiger, rammt die Hände um die Tischkante, beugt sich über die Klopse zu ihr hinüber und zischt: »Es ist der falsche Weg. Die Polizei wird dich mit Haut und Haaren fressen. Du machst dich, mich, die ganze Familie unglücklich. Aber mein Glück ist in dieser Familie ja nicht wichtig und meine Meinung schon gar nicht. Auf mir kann man ja herumtrampeln.«

»Jetzt wirst du weinerlich, Baba!« Hat sie das wirklich gesagt? Das wollte sie nicht, das ist ihr einfach so herausgerutscht, aber sie hasst es, wenn er ihr so kommt.

»Und du bist wie deine Mutter! Egoistisch und selbstsüchtig. Rücksichtslos und hinterhältig.«

Selins Stuhl rutscht zurück, sie springt auf. Als würde der Schock mit Zeitverzögerung arbeiten, braucht Inci ein paar Sekunden länger als die Schwester, bis sie die Worte des Vaters erreichen. Dann springt auch sie auf. Ihr Stuhl kippt nach hinten und geht krachend zu Boden. Sie stürzt aus dem Raum, krallt sich Tasche, Schuhe und Fahrrad und lässt die Haustür mit einem Knall zufallen, der im ganzen Haus zu hören ist.

Rücksichtslos und hinterhältig! Das hat er noch nie zu ihr gesagt. Das ist gemein, einfach nur gemein. Sie stolpert die Treppen hinunter. Erst im Erdgeschoss schlüpft sie in die Schuhe. Bis zu diesem Moment kann sie die Tränen zurückhalten, aber dann geht das nicht mehr.

Sie schluchzt, als sie sich aufs Fahrrad schwingt, in ihrem Kopf tobt das verfluchte Was-wäre-wenn-Spiel. Was wäre, wenn die Familie nicht zerstört wäre? Wie wäre das Gespräch verlaufen, wenn ihre Mutter als Vierte mit am Tisch gesessen hätte? Hätte Ane sie unterstützt? Oder beruhigend auf Baba eingewirkt?

Als sie noch da war, war es anders. Baba, der Ruhige, Ane, die Temperamentvolle. Wegen jeder Kleinigkeit ging sie an die Decke oder freute sich wie eine Schneekönigin. Sie kannte nur heiß oder kalt, etwas anderes gab es für sie nicht. »Dazwischenland« hat sie Deutschland immer genannt. Nicht Fisch, nicht Fleisch, lau und fad, alles war ihr hier zu viel einerseits und andererseits. Auch Baba. »Deutschländer« hat sie geschimpft, wenn sie wütend auf ihn war. »Kein Feuer im Herzen.«

Selin und sie haben sich in ihrer Wärme gebadet, ihre bedingungslose Liebe genossen. Abends beim Einschlafen, wenn sie traurige Geschichten aus Istanbul erzählte, morgens, wenn sie sie mit Küssen, Butterbrotdose und lautem Lachen auf den Schulweg schickte. »Redet ihr eure Mutter mit Vornamen an? Heißt deine Mutter Anne?«, fragte Sara Kleinkens aus ihrer Grundschulklasse. Dass man so blöd sein konnte! »Ane«, erklärte ihr Inci, »heißt auf Türkisch Mutter. Aber nicht Anne gesprochen, sondern Annä.« Ane. Ihre Ane! Keine andere Mutter nähte so schöne Karnevalskostüme oder deckte so zauberhafte Zuckerfest-Tische wie ihre Ane. Sie waren wahnsinnig stolz auf sie, wenn sie bei Schulfesten mit ihrer Schönheit und Istanbuler Eleganz alle anderen Mütter ausstach. Cigdem Birol, aufgewachsen in Eminönü im Herzen von Istanbul. Cigdem Birol, die Schöne. Cigdem Birol, die heiß Begehrte. Cigdem Birol, die sich für den Deutschländer Mehmet Yildiz entschied und Cigdem Yildiz wurde. Cigdem, die Mehmet aus Liebe nach Deutschland folgte. Cigdem, die Selin und Inci zur Welt brachte.

Eines Morgens war sie nicht mehr da. Baba sagte, dass sie wiederkomme, und schickte seine Töchter ohne Küsse und Butterbrote in die Schule. Aber als sie nach Hause kamen, fand Selin neben dem Mülleimer einen Zettel, den Baba vom Tisch gefegt hatte. »Beni aramayin. Ben yokken daha iyi gecinirsiniz.« *Sucht mich nicht. Ihr kommt besser ohne mich klar.* Cigdem schrieb nur auf Türkisch, Deutsch schreiben konnte sie nicht, Deutsch sprechen nach fünfzehn Jahren nur wenig, sie mochte die deutsche Sprache nicht. Englisch dagegen sprach sie fließend.

Anfangs war Inci so wütend auf Ane, dass sie sich die Mutter manchmal lieber tot wünschte, als anderswo ohne Baba, Selin und sie weiterlebend. Ane hat so viel kaputt gemacht. In der Zeit mit ihr empfand Inci die Familie als rund und vollkommen, danach als spitzes Dreieck aus drei Verletzten, von denen jeder für sich allein einen Weg aus dem Unglück suchen musste. Immer wieder will sie ihre Ane vergessen, aber eigentlich vermisst sie sie. Sie vermisst sie sogar sehr.

Wie ein alter Gaul, der den Weg im Schlaf kennt, lenkt das Fahrrad Inci jetzt zum Rhein auf ihre Lieblingsstrecke. Der Weg liegt schon im Dunkeln, Laternen markieren im Abstand von vielleicht hundert Metern seinen Verlauf. Kaum einer ist unterwegs, sie kann Tempo machen. Vom Fluss steigt Kühle auf, unter den Brücken lauern Nebelschwaden, hüllen sie für einen Moment in ihren feuchten Dunst und geben sie dann wieder frei. Am Himmel steht ein kalter Mond. Die Glocke von Sankt Kunibert am anderen Rheinufer schlägt die Stunde. 21 Uhr, und es ist schon dunkel, der Sommer vorbei. Inci zieht eine Rotznase hoch und wischt sich mit dem Ärmel über die feuchten Augen. Da wirft sie Baba Selbstmitleid vor und versinkt selbst darin. Hat irgendjemand gesagt, dass es ein Spaziergang ist, Polizistin zu werden? Nein. Hat irgendjemand gesagt, dass man dafür die Unterstützung seines Vaters braucht? Nein. Hat irgendjemand gesagt, dass deswegen die verschwundene Mutter zurückkommen muss? Nein. Wer ein Badehaus betritt, kommt ins Schwitzen, würde ihr Opa sagen, und Ediths Spruch wäre: Wer A sagt, muss auch B sagen. Also, Inci.

Über die Zoobrücke jagen zwei Polizeiwagen mit Blaulicht. Das Martinshorn zerreißt die Stille am Fluss. Einen Versuch ist es wert, denkt Inci, bremst ab und kehrt um. Eine Viertelstunde später betritt sie die hell erleuchtete Polizeiwache am Clevischen Ring. Der Typ am Empfang schaut kurz auf. Das Wort »Kollege« kommt ihr zwar in den Sinn, aber nicht über die Lippen. Zu früh, viel zu früh.

»Guten Abend. Ist Polizeihauptkommissarin Hilgers da?«

Er mustert sie eher misstrauisch als freundlich, bevor er Nein sagt.

»Hat sie heute keinen Dienst, oder ist sie im Einsatz?«, fragt Inci weiter.

»Einsatz.«

Will er oder kann er nicht mehr als Ein-Wort-Sätze bilden, überlegt Inci, bevor sie die nächste Frage stellt: »Kann ich auf sie warten?«

Er nickt und deutet auf die Reihe Plastikstühle, Ursprungsfarbe Tomatenrot, die aber kaum mehr zu erkennen ist bei all den Graffiti- und Filzstift-Hinterlassenschaften. Die Stühle sind auf einer breiten Metallstange festgeschweißt, wahrscheinlich damit man sie bei Randale nicht auseinandernehmen kann. Auf einem liegt eine zusammengeknüllte McDonald's-Tüte, die Inci in den Mülleimer wirft, bevor sie sich setzt.

An der Wand hängen Aufrufe zu sachdienlichen Hinweisen: Da wird im Fall von Fahrerflucht nach dem Besitzer eines Schlüsselbundes mit einem auffälligen Pin-up-Girl-Anhänger gesucht oder mittels Phantombild nach einem Handtaschenräuber. Wer den Besitzer des protzigen Siegelrings kennt, gefunden nach einem Raubüberfall, soll sich bitte bei der Polizei melden.

Nach ihrer Ausbildung wird auch sie in so einer Wache arbeiten. Schichtdienst schieben, nachts auf Einsätze warten, die sie zu den Einsamen, Durchgeknallten, Tobsüchtigen, Vollgedröhnten, Verlassenen, manchmal Gefährlichen führen wird. In dunkle Löcher, versiffte Wohnungen, karge Behausungen. Selten woandershin als auf die Schattenseiten der Stadt. Inci stellt sich vor, dass die ehemals roten Sitze rosa seien. Sie hat mal im Radio gehört, dass die Farbe Rosa beruhigen soll. Da war von Untersuchungen in Gefängnissen die Rede, davon, dass Gefangene bei rosa Wänden gelassener würden. Ob das wohl stimmt?

Die Tür geht auf, ein Rentner schießt herein, einen Fahrradhelm unterm Arm, der Kopf so rot, wie die Stühle ehemals waren. Man hat ihm am Wiener Platz sein Fahrrad geklaut. Der Wortkarge nimmt den Diebstahl auf, fragt nach Rahmennummer und Rechnung, macht dem Alten wenig Hoffnung. »Melden Sie den Schaden bei Ihrer Versicherung.«

Inci blickt auf die Uhr hinter der Glaswand, zehn Uhr abends ist es jetzt. Ziemlich langweilig, so eine Nachtschicht, denkt sie und schließt für einen Moment die Augen. Wie ein kaputter Zahn pochen die Worte ihres Vaters in ihrem Kopf. *Rücksichtslos und hinterhältig.* Nein, das ist sie nicht. Müde und erschöpft ist sie und allein mit ihrem Kummer.

Sie schreckt hoch, als ein kalter Luftzug ihre Nase streift. Die Besatzung eines Mannschaftswagens stürmt in die Wache und bringt die herbstliche Kühle mit herein. Die Hilgers ist unter ihnen, aber sie sieht Inci nicht. Immer wieder ertönt der Türsummer, damit die Polizisten, einer nach dem anderen, hinter die Glaswand treten und in die Büros dahinter verschwinden können. Die Hilgers verschwindet nicht, sie redet mit dem wortkargen Wachhabenden und dreht Inci den Rücken zu. Als dieser auf Inci zeigt, wendet sie den Kopf, nickt Inci kurz zu und setzt ihr Gespräch mit ihm fort. Jemand reicht ihr einen Kaffee, von einer Bürotür aus signalisiert ein anderer Polizist, dass sie ans Telefon kommen soll. Sie schüttelt den Kopf, hebt eine Hand, zeigt zweimal die fünf. In zehn Minuten wird sie zurückrufen, versteht Inci. Der Wachhabende reicht der Hilgers Papiere, die sie überfliegt und unterschreibt.

Bei der Sache damals erwies sich die Hilgers mit ihrem Streifenwagen als ein Geschenk des Himmels, obwohl Inci in der Zeit Bullen auf den Tod nicht ausstehen konnte. Deshalb traf sie ein paar Monate später fast der Schlag, als ihr die Hilgers in der Boxschule wiederbegegnete. In Zivil natürlich, die schreckliche Geschichte erwähnte sie nie. Sie kommt in den Club, um zu boxen, genau wie Inci. Gelegentlich steigen sie gemeinsam in den Ring. Meist gewinnt die Hilgers, aber manchmal behält Inci die Oberhand.

»Inci! Willst du schon mal ein bisschen Arbeitsluft schnuppern, oder was treibt dich hierher?«, ruft die Hilgers, als sie den Empfang verlässt und auf sie zukommt.

Sie reicht ihr die Hand, den kräftigen Händedruck kennt Inci schon. In Uniform hat sie die Polizistin seit der Sache damals nie mehr gesehen. Jetzt blickt sie mit anderen Augen auf das hellblaue Hemd, die blaue Krawatte, die Jacke, dessen Klappe die drei silbernen Sterne einer Polizeihauptkommissarin zieren. Gott, die Hosen machen wirklich keine gute Figur, aber die hat die Hilgers eh nicht. Sie ist klein und stämmig, aber durchtrainiert bis zum letzten Muskel. Eine Kämpferin, wie Inci aus schmerzhafter Erfahrung weiß. In der Boxschule nennt man sie respektvoll »die Hilgers«, und Inci hat diesen Namen übernommen. Sie wunderte sich nicht, als die Hilgers ihr irgendwann erzählte, dass sie seit sechs Jahren die Polizeiwache am Clevischen Ring leitet.

»Na, wie war der erste Tag? Hat euch Kaspers begrüßt?«, will sie nun wissen.

Inci nickt, weiß nicht, wie sie anfangen soll.

»Irgendwas besonders?«, erkundigt sich die Hilgers. »Ansonsten, ich muss wieder. Einsatzberichte schreiben und so weiter.«

»Was ist passiert?«

»Bewaffneter Raubüberfall, üble Sache, ein junges Mädchen wurde angeschossen. Hoffentlich überlebt sie. Die Kripo hat übernommen. Sehen wir uns morgen beim Boxen?«

»Klar.« Inci nickt. »Mein Vater macht mir die Hölle heiß, weil ich Polizistin werde«, schiebt sie schnell hinterher.

Die Hilgers mustert sie von Kopf bis Fuß, bevor sie antwortet: »Nicht schön, aber was Besseres kann dir gar nicht passieren. Wenn alle nur Hurra und Halleluja schreien, kannst du dir nie sicher sein, ob das, was du tust, wirklich richtig ist. Aber wenn dir ein scharfer Wind entgegenbläst und du trotzdem vorwärtsgehst, dann weißt du es.«

Inci hat den unversöhnlichen Blick von Baba vor Augen und seine schlimmen Worte im Ohr. Eher ein Orkan als ein scharfer Wind, denkt sie.

Dienstag, 2. September

»Wow! Ein rotes Pinarello! Ist das ein Montello?« Jakob schleicht um Incis Rad herum und macht Augen wie ein Kind unterm Weihnachtsbaum. »Wunderschön! Kostest doch ein Vermögen, nicht unter zweitausend zu kriegen, schätze ich.«

Gebraucht und deutlich billiger, weiß Inci, aber das muss sie Jakob nicht auf die Nase binden. »Geschenk zum Abi«, sagt sie und sichert ihr Rad an einem Laternenpfahl vor der Hochschule.

»Echt? Ich kenn nur Mädchen, die sich zum Abi Taschen von Louis Vuitton oder Schuhe von Manolo wünschen.« Jakob streicht über den weißen Sattel, wirft einen Blick auf die Gangschaltung.

»Du fährst eher eine schwere Maschine, oder?«

»Eine BMW R 1100 RT. Hat schon ein paar Jährchen auf dem Buckel, fährt aber noch wie eine Eins. Habe sie heute aber zu Hause gelassen und bin damit da.« Er deutet auf ein Rad, das am nächsten Laternenpfahl gesichert ist.

»Ein Scott Speedster«, stellt Inci fest. »Auch nicht schlecht.«

»Hör mal, ist das hier immer so schlimm mit Parkplätzen?«

Inci nickt.

»Ist also keine Ausnahme, dass man eine halbe Stunde nach einem freien Platz sucht?«

»Halbe Stunde und kein Knöllchen ist Spitze.«

»Knöllchen?«

»Na, Strafzettel. Die kriegst du hier schnell. Und die, die sie verteilen, nennt man Knöllchentanten, auch wenn's Kerle sind.«

»Woher weißt du das?«

»Bin hier aufgewachsen. Und du?«

»Münsterland. Schnurgerade Straßen, plattes Land, hie und da ein Bauernhof, sehr viele Kühe, noch mehr Schweine. Keine Parkplatzprobleme.«

Sie lachen beide und schlendern jetzt auf den Eingang zu. Jakobs Hugo-Boss-T-Shirt passt farblich exakt zu seinen graublauen Augen, der Junge weiß sich anzuziehen. Nur die roten Apfelbäckchen verraten, dass er vom Land kommt. Gestern Sauerland, heute Münsterland. Gibt es nur Landeier, die mit ihr die Ausbildung machen, fragt Inci sich, und an Jakob gerichtet: »Hast du schon eine Wohnung?«

»Zum Glück. Soll ja sauschwer sein hier in Köln. Noch schwieriger zu finden als Parkplätze. In der WG von 'nem Kumpel meines Bruders ist ein Platz frei geworden. Krahnenstraße, weißt du, wo das ist?«

»Andere Rheinseite, Köln-Mülheim.« Inci liegt es auf der Zunge zu sagen, dass sie auch in Mülheim wohnt, dann lässt sie es. In Deckung bleiben. Beim Boxen ihre Schwachstelle, im wirklichen Leben aber hat ihr diese Haltung schon oft geholfen.

Als wäre es ein ungeschriebenes Gesetz, sitzen im Klassenzimmer alle auf denselben Plätzen wie gestern. Auch Jakob steuert die zweite Reihe an, Yüksel sitzt schon auf seinem Platz. Inci setzt sich wieder zwischen die beiden und nimmt Block und Stift aus ihrer Tasche.

»Du boxt?« Jakobs Augen vergrößern sich auf das Doppelte, als er den Boxclub-Aufkleber auf ihrer Tasche entdeckt. »Mannomann! Eine Türkin, die das schönste Rad fährt, die kürzesten Haare trägt und boxt!«

»Denkst du, wir rennen alle mit Kopftuch herum?«, fragt Inci und sieht, wie Yüksel neben ihr grinst. »Außerdem, ich bin Deutsche mit türkischen Wurzeln oder …«

»Türke mit deutschem Pass«, ergänzt Yüksel.

»Türkin«, korrigiert ihn Inci und grinst ihrerseits. »Wo kommst du her?«

»Dortmund.«

Na, immerhin. Doch nicht alle Landeier, denkt sie.

»Guten Morgen, meine Damen und Herren, meine Name ist Krams. Ich möchte Ihnen einen Überblick über die Fächer des ersten Semesters geben.«

Krams, der jetzt vorne ans Pult tritt, ist ein völlig anderer Typ als Kaspers. Er erinnert Inci an die Feldherren aus Hollywoodfilmen. Groß gewachsen, graues Kurzhaar, asketischer Körper, Adleraugen. Einer, der Rekruten erbarmungslos durch den Dreck robben lässt, sie durch die Wüste jagt oder sie zwingt, dreckiges Wasser zu trinken. Keiner, mit dem gut Kirschen essen ist. Zackig packt er seinen Laptop aus und schließt ihn an den Beamer an.

»Hier unsere Themenschwerpunkte: Polizei in Staat und Gesellschaft, Eingriffsrecht, Staats- und Verfassungsrecht, Einsatzlehre, Strafrecht, Kriminalitätskontrolle, Verkehrssicherheitsarbeit, Training. Sie finden den genauen Fächerplan im Netz, ich greife nur einige Beispiele heraus: Verfassungsprinzipien und Grundrechtslehre, Befugnisse des Eingriffsrechts, strafrechtliche Dogmatik. Wie hört sich das für Sie an? Wie böhmische Dörfer, genau, und wie noch? Furztrocken. Das ist es auch. Wer von rasanten Verfolgungsfahrten, gefährlichen Alleingängen, wilden Schießereien oder blitzschnellen DNA-Analysen im Polizeialltag träumt, sollte jetzt schleunigst aufwachen und der Wirklichkeit ins Gesicht sehen. Polizeiarbeit hat nichts mit dem zu tun, was Sie aus ›Tatort‹, ›The Wire‹ oder aus ›CSI New York‹ kennen. Dort geht es um Action, Spannung und viel Ballerei, alles Dinge, die wir in der Polizeiarbeit so wenig wie möglich erleben wollen.«

Krams holt Luft und lässt seine Adleraugen über die Anwesenden schweifen. Es ist mucksmäuschenstill im Raum.

»Polizeiarbeit ist eine durch Rechte und Pflichten festgelegte Arbeit«, fährt er fort, »und Sie lernen diese Rechte und Pflichten ab dem ersten Semester kennen. Mehr noch, sie müssen Ihnen in Fleisch und Blut einsickern, nur so können Sie irgendwann Ihren Dienst angehen und vor allem über Jahre durchstehen. Es ist kein leichter Job, den Sie ergreifen. Im Laufe Ihres Berufslebens werden Sie mit hoher Wahrscheinlichkeit mit schrecklichen Dingen konfrontiert. Um daran nicht zu zerbrechen, braucht es drei Dinge: Professionalität, Charakterstärke, Teamgeist. In allen Bereichen werden wir Sie in den nächsten drei Jahren schulen. – Fragen hierzu?«

Außer Stühlerücken ist nichts zu hören, irgendeiner schnäuzt sich die Nase, einer vom Dreiergespann aus der letzten Reihe macht ein Fenster auf.

»Na los. Trauen Sie sich. Der gute alte Satz aus der Sesamstraße gilt auch bei uns: Wer nicht fragt, bleibt dumm.«

Inci kann sich nicht vorstellen, dass Krams jemals die Sesamstraße, dass er überhaupt jemals irgendeine Kindersendung gesehen hat, aber Yüksel neben ihr hebt forsch den Arm und fragt: »Wieso ist in Deutschland Polizeiarbeit Ländersache?«

Inci schaut ihn an, kapiert nicht, was die Frage soll. Sie hat mit alldem, wovon Krams gerade gesprochen hat, nichts zu tun. Will er sich wichtigmachen?

»Gute Frage«, bescheinigt ihm Krams.

Super, denkt Inci. Der Kandidat hat hundert Punkte.

»Hat jemand eine Idee?«

Schulterzucken reihum, auch Inci hat keine Ahnung.

»Geheime Staatspolizei, abgekürzt Gestapo, schon mal gehört?«

Klar doch, Drittes Reich, Nazis, Faschismus und so. Hatten sie im Geschichtsunterricht.

»Mit Gründung der Bundesrepublik Deutschland wollte man nach dem Krieg einen Polizeiapparat schaffen, der nie mehr so mächtig werden kann, wie es die Gestapo war. Man wollte die Möglichkeit eines Polizeistaates von Anfang an ausschließen oder doch zumindest erschweren. Deshalb hat man die Polizei zur Ländersache gemacht. Viele unabhängige Polizeiapparate, die gleichberechtigt nebeneinander und auch in Konkurrenz zueinander stehen. Da ist die Gefahr, dass die Polizei politisch missbraucht werden kann, nicht so hoch.«

Krams lässt seine Adleraugen durch den Raum schweifen, wartet auf weitere Wortmeldungen. »Noch andere Fragen?«

»Wann haben wir das erste Schießtraining?«

Inci dreht sich um. Einer der drei Kerle hat gefragt, der mit dem Russell-Crowe-Kinn.

»Ab Januar beginnt der praktische Teil Ihrer Ausbildung. Erst dort lernen Sie schießen«, antwortet Krams mit einem diabolischen Feldherren-Lächeln. »Schießen ist nicht die vordringlichste Aufgabe von Polizisten. Ihr Schießtraining ist auch keine wilde Ballerei, sondern in situatives Handlungstraining integriert. Beten Sie zu Gott, dass Sie Ihre Waffe später nie einsetzen müssen. Die Wahrscheinlichkeit ist hoch, nur wenige Beamte kommen überhaupt in die Situation. Auch das ist anders als im Krimi. Zum Glück leben wir hier nicht im Wilden Westen.«

Einige kichern. Krams lässt seinen Blick wieder über die Reihen schweifen, wartet auf weitere Fragen, die nicht kommen. »Gut«, sagt er dann. »Sie wissen, diese erste Woche dient der Orientierung. Morgen findet eine Exkursion ins Kölner Polizeipräsidium statt. Treffpunkt dort um 9 Uhr. Vergessen Sie Ihren Personalausweis nicht. Sonst müssen Sie draußen bleiben.«

In der Pause reiht sich Inci in die Schlange vor dem Kaffeeautomaten ein. Heute Morgen ist sie ohne Frühstück aus der Wohnung, sie wollte auf gar keinen Fall mit Baba zusammentreffen. Zum Glück hat er gestern Nacht nicht in der Küche auf sie gewartet, so wie er es früher gemacht hat, als sie anfing, abends auszugehen.

»Ich geh zum Bäcker, soll ich dir was mitbringen?«, ruft ihr Yüksel zu.

»Ein Croissant. Willst du auch einen Kaffee? Schwarz?«

»Ihr seid ja schon ganz dicke. Rottet ihr euch immer gleich zusammen, wenn ihr irgendwo neu seid? Alte Stammesriten oder so?«

Das Russel-Crowe-Kinn, das vor ihr in der Schlange steht, grinst sie mit einer Mischung aus Provokation und Naivität an. Inci bleibt die Spucke weg. Sie weiß nicht, was sie antworten soll.

»Wie heißt du, und woher kommst du?«, fragt die Dunkelhaarige, die hinter Inci steht. Ein schneidender Tonfall, wie man ihn aus Fernsehverhören kennt, aber sie lächelt dabei.

»Kevin aus Paderborn. Und du?«

»Und deine zwei Kumpels?«, übergeht sie seine Frage.

»Das ist Justin aus Bielefeld.« – Er deutet auf den Jungen vor ihm. – »Der andere Julio aus Detmold.«

»Westfalenfront?«

»Könnte man so sagen.«

Kevin grinst jetzt so breit, dass es ihm wehtun muss.

»Rottet ihr Westfalen euch auch immer zusammen? Wollt ihr wieder in die Hermannsschlacht ziehen oder so?«

Das Grinsen wird weniger, langsam merkt Kevin, dass ihn die mit den dunklen Haaren vorführt. »Hey, du bist dran«, rettet ihn Justin, der sich mit einem Kaffee aus der Schlange windet. Kevin wirft hastig ein paar Münzen in den Automat und zieht einen Kaffee, dann verdrückt er sich schnell. Inci sieht ihm mit offenem Mund nach. Ihr fehlten gerade wirklich die Worte. Angriff ist nicht ihre Stärke, ganz im Gegensatz zu der Dunkelhaarigen. Als Inci sich nach ihr umdreht, starrt sie finster den beiden Westfalen nach und gibt Inci keine Chance, ihr wenigstens dankbar zuzunicken.

Die zwei Kaffeebecher in den Händen, macht sie sich auf die Suche nach Yüksel, findet ihn in der Raucherecke vor der Tür.

»Was steht als Nächstes auf dem Stundenplan?«, fragt er.

»Psychologie.«

»Kein Wunder, dass ich das vergessen hab«, seufzt Yüksel. »Weiberkram.«

»Du musst es ja wissen. Lass mich raten, du kriegst leuchtende Augen bei einer Rechtsvorlesung.«

»Nein, baci. Mich interessieren die Grundlagen taktischen Handelns.«

»Nenn mich nicht kleine Schwester! Ich habe keine Lust auf die Türkennummer, klar?«

Sie sagt das schroff, merkt, dass sie wütend ist, weil sowohl Yüksel als auch Kevin sie in diese Schublade stecken wollen. Sie lässt Yüksel stehen und sucht den Raum für die Psychologie-Vorlesung. Viele der Mädchen sind schon da: Jeanette, das eingeschworene Mädchenpaar, die mit den dunklen Haaren und noch etliche andere. Der einzige Junge ist erstaunlicherweise Justin von der Westfalenfront. Ob er wegen der Dunkelhaarigen so früh hier ist? Erst als es klingelt, trudeln auch die anderen Jungs ein.

Der Dozent ist – wen wundert's? – eine Frau. Doktor Angela Felsmann, schreibt sie an die Tafel. Sie sieht aus wie eine dieser friedensbewegten Freundinnen von Baba. Weite Hosen, Think-Schuhe, graues Kurzhaar, fünfzig plus. Sie stellt sich vor und fordert auch die Studenten auf, ihre Namen zu nennen. Inci erfährt, dass die mit den dunklen Haaren Alma Adelhorst heißt.

»Was, meine Damen und Herren, hat Psychologie in Ihrer Ausbildung verloren? Nun, die Psychologie ist die Wissenschaft, die sich ganz allgemein mit menschlichen Verhaltensweisen und deren Wechselwirkungen, mit Kommunikation und Wahrnehmung beschäftigt. Die Psychologie wird Ihnen helfen, Menschen einschätzen zu können, sie wird Ihnen eine Palette an Möglichkeiten im Umgang mit ihnen eröffnen. Wenn Sie geglaubt haben, dass wir uns hier hauptsächlich mit Schizophrenen oder Psychopathen, sprich mit schweren psychischen Erkrankungen beschäftigen werden, so haben Sie sich geirrt. Die Psychologie wird Ihnen aber nicht nur helfen, andere, sondern auch sich selbst besser zu verstehen. Und genau deshalb beschäftigen wir uns erst mal mit Ihnen.«

»Meinen Sie, man muss einen Sprung in der Schüssel haben, um Polizist zu werden?«, fragt ein Mädchen, deren Namen sich Inci nicht gemerkt hat, und erntet einen Lacherfolg.

»Dazu müssten wir zunächst definieren, was es bedeutet, einen Sprung in der Schüssel zu haben«, antwortet Doktor Felsmann ernsthaft. »Aber ob nun mit Sprung in der Schüssel oder ohne, Sie sollten sich darüber im Klaren sein, warum Sie diesen Beruf ergreifen wollen.«

Selbstverständlich könnte Inci ihre drei Gründe dafür nennen, tut es aber nicht. Lieber erst mal in Deckung bleiben, hören, was die anderen sagen. Sicherheit, Gerechtigkeit, Helfer in der Not, für Ordnung sorgen, Kriminelle einbuchten, das sind Begriffe, die genannt werden. Keiner wird persönlich, nur ein Mädchen sagt: »Ich komme aus einer Familie von Polizisten und will die Tradition fortsetzen.«

»Wieso?«, fragt Alma.

»Weil ich den Job kenne, weil ich besser weiß als ihr, was auf mich zukommt.«

Sicherheitsdenken, wie langweilig! Incis Gedanken schweifen ab, kehren zurück zu dem Streit mit Baba, zu ihren drei Gründen für diesen Beruf und landen bei Mo und Falk.

Sie lernte die zwei am letzten Schultag vor den Sommerferien kennen. Da lag Anes Verschwinden drei Monate zurück. Es war ein schwüler Tag, der Himmel in krankes, bleiernes Grau getaucht, der Beton auf dem Schulhof heiß wie Wüstensand. Das Juhu-Ferienkreischen der kleineren Schüler ging ihr auf den Geist, die Schöne-Ferien-Wünsche der Klassenkameraden nervten sie. Britta verabschiedete sich schnell, weil sie mit ihrer Familie bereits am Nachmittag in den Urlaub flog, und Inci drückte den Schmerz fort, weil sie wegen Ane dieses Jahr nicht wegfuhren, weil zu Hause alles nur schrecklich war, weil sie die ganze Welt in Grund und Boden stampfen wollte.

Sie konzentrierte sich auf ihr neues Handy, ein iPhone 4s, damals brandaktuell, sie war die Erste in der gesamten Stufe, die so eines besaß. Ein Geschenk der Istanbuler Großmutter, als Trostpflaster für Anes Verschwinden gedacht. Fast hätte sie das Teil weggeworfen, weil ihr Schmerz zu groß und sie doch nicht käuflich war, aber dann merkte sie, wie gut sie sich mit dem iPhone ablenken konnte. Überall im Netz surfen, in Videoclips eintauchen, Musik hören. »Summertime Sadness« von Lana Del Rey in Endlosschleife.

Ganze Schülerhorden stürmten auf dem Weg nach Hause an ihr vorbei, Nachzügler überholten sie. Sie achtete auf niemanden, schleppte sich mit lahmen Schritten in Richtung Bahnhaltestelle, merkte nicht, dass sie bald allein auf dem Weg war. Dann: ein kurzes Anrempeln und ihr Handy war weg. Der schwarzhaarige Zwerg, der es ihr aus der Hand gerissen hatte, rupfte das Kabel mit den Ohrstöpseln ab, warf es weg und rannte, was das Zeug hielt. Nach einem Schreckmoment packte Inci die Wut, und sie stürzte hinter ihm her. Sie kannte die Gegend, ihr täglicher Schulweg, und wusste, sie musste ihn kriegen, bevor er in einem der kleinen Sträßchen hinter der Brücke untertauchen konnte. Er drehte sich um, merkte, dass sie hinter ihm her war, und steigerte sein Tempo. Aber sie war schnell, und die Wut verlieh ihr zusätzlich Flügel. Kurz vor der Brücke bekam sie sein T-Shirt zu fassen. Er versuchte, ihre Hand wegzuschlagen, aber sie krallte sich daran fest, zerrte und zog, ihr Fuß klammerte sich um sein Bein, er stolperte, sie warf sich mit vollem Körpergewicht auf ihn, er ging zu Boden, sie hieb ihm das Knie in den Rücken. Er begrub das Handy unter seinem Bauch und riss mit der anderen Hand an ihren langen Haaren. Sie biss so lange in seine Hand, bis er ihre Haare losließ. Es war ein zähes Ringen, aber sie schaffte es, ihn umzudrehen und sich auf ihn zu hocken. Mit der einen Hand klemmte sie seinen Arm fest, mit der anderen klaubte sie ihm das Handy, das er immer noch festhielt, aus den Fingern.

»Wenn es kaputt ist, schlag ich dir die Fresse ein!«, schrie sie, während ihr ein wilder Herzschlag fast die Brust sprengte.

»Du bist gut, verdammt gut«, hörte sie da eine Stimme hinter sich sagen.

Ohne ihren Griff zu lockern, drehte sie sich um und ließ ihren Blick an zwei langen Beinen in Jeans, einem schmalen Oberkörper in einem grauen T-Shirt hoch zu einem lachenden Jungengesicht hinaufwandern. Eine Mischung aus Straßenköter und Mädchenschwarm. Sein Lachen klang kein bisschen schuldbewusst, sondern hell und unbeschwert wie das eines Kindes.

»Ich bin Mo, der, den du festhältst, das ist Falk«, stellte er sie beide vor. »Wenn du ihn loslässt, kann er mir die zwanzig Euro geben, um die wir gewettet haben, und wir können dich zu einem Eis einladen.«

»Gewettet?«, echote sie und glaubte sich verhört zu haben.

»Ja. Falk war sicher, dass er es schafft, dir das Handy zu klauen, ohne dass du ihn erwischst.«

»Natürlich hätten wir es dir danach zurückgegeben«, meldete sich Falk zu Wort, und zum ersten Mal sah Inci ihn an. Ein kugelrundes Kindergesicht mit neunmalklugen Augen hinter einer Hornbrille, die schwarzen Haare dicht und störrisch. Ein bisschen wie Harry Potter in den frühen Filmen. »Kannst du mich loslassen?«

Inci kontrollierte zuerst ihr Handy, das gläserne Display war nicht beschädigt, alle Funktionen konnte sie einwandfrei aufrufen. »Du holst mir zuerst die Ohrstöpsel«, befahl sie, und als er nickte, ließ sie den Jungen los. Sie stemmte die Hände auf den Boden und erhob sich. Auch Falk rappelte sich auf, klopfte den Staub aus Hemd und Hose, lief suchend den Weg entlang, bückte sich irgendwann und kehrte mit den Ohrstöpseln zurück. Dann nestelte er eine Geldbörse aus der hinteren Hosentasche und reichte Inci die Ohrstöpsel und Mo einen Zwanzigeuroschein.

»Kennst du dich hier aus?«, fragte er. »Wo ist die nächste Eisdiele? Wie heißt du übrigens?«

Damals glaubte sie ihnen das Märchen mit der Wette und ließ sich auch auf die Nummer mit dem Eisessen ein. Als sie ein paar Wochen später herausfand, dass dies Mos und Falks übliche Masche beim Klauen war, fiel sie aus allen Wolken.

Als Doktor Felsmann danach fragt, wer Mitglied bei Facebook sei, taucht Inci aus ihren Erinnerungen auf und hebt wie ertappt mit allen anderen die Hand. Die Einzige, die nicht aufzeigt, ist Alma.

Das Glitzern in den Augen der Dozentin kommt Inci bekannt vor. Ältere Lehrer lieben Facebook-Feinde, Facebook-Verweigerer, Facebook-Kritiker, das war schon an der Schule so.

»Erzählen Sie uns, warum Sie nicht Mitglied sind?«, fragt Doktor Felsmann interessiert.

»Nein«, sagt Alma und sonst nichts. Sie stützt beide Ellenbogen auf den Tisch, legt ihr Kinn auf die Hände und schaut aus dem Fenster.

Stille im Raum, die Blicke der Studenten schießen zwischen Alma und der Dozentin hin und her. Die lässt die Felsmann auflaufen, dämmert es Inci, und Alma steigt weiter in ihrer Achtung.

»Ich gratuliere Ihnen zu dieser Antwort«, sagt die Psychologin in die Stille hinein. »Es ist das Recht eines jeden, seine Privatsphäre zu schützen.«

Es folgt die bekannte Lehrer-Leier über die wenigen positiven und vielen negativen Aspekte von Facebook, kombiniert mit der alten Mär darüber, dass das Netz nichts vergisst.

»Gestern haben Sie gehört, dass Sie als Polizisten Vertreter des Staates sind«, fährt die Psychologin fort. »Das gilt auch für Ihren Auftritt bei Facebook. Sagen wir mal so: Ein Ballermann-Foto oben ohne und mit Sangria-Eimer macht sich nicht gut für eine zukünftige Polizistin. Meine Herren, Posts mit anzüglichen oder rassistischen Bemerkungen genauso wenig. Prüfen Sie also das persönliche Bild von sich sehr genau, das Sie in Facebook vermitteln! Und überlegen Sie es sich gut, ob Sie sich bei Facebook als Polizist oder Polizistin outen. Das kann durchaus zu einem Sicherheitsrisiko für Sie werden. Und falls Sie später einmal als verdeckte Ermittler arbeiten wollen, rate ich Ihnen, Ihren Facebook-Account sofort zu löschen.«

Inci behält die ganze Zeit Alma im Blick, die zwei Reihen vor ihr sitzt. Heute trägt sie goldene Armreifen bis zum Ellenbogen und ein dekolletiertes Top, das ihren Push-up richtig zur Geltung bringt. Ein heißes Outfit zum Feiern, aber doch nicht für den Alltag! Während alle anderen fleißig mitschreiben, starrt Alma aus dem Fenster. Inci hätte ihre Hand darauf gewettet, dass Alma bei Facebook ist. Ist sie aber nicht. Wieso? Wurde sie mal gemobbt? War sie es leid, immer wieder Freundschaftsanfragen von testosteronverseuchten Jungs zu bekommen? Oder lügt sie, um sich wichtigzumachen? Die andere Hand würde Inci darauf verwetten, dass Alma eine Königin der Nacht ist. Eine, die Spaß daran hat, die Kerle zum Kochen zu bringen. Aber abgesehen von ihrer Kleidung deutet bisher nichts darauf hin, dass sie es wirklich darauf anlegt. Im Gegenteil, sie wirkt eisig und unnahbar. Vielleicht ist genau der Widerspruch zwischen Aussehen und Auftreten ihre Masche?

Alma zeigt ihr einmal mehr, wie trügerisch der erste Eindruck sein kann. Man darf ihm nicht trauen.

Doktor Felsmann ist jetzt bei Recht und Gesetz angelangt, wahrscheinlich muss jeder Dozent diese Themen behandeln, damit Recht und Gesetz wie eine Infusion in ihre Blutbahnen und in ihr Gehirn eindringen, zu einem Teil ihrer selbst werden.

»Als Polizisten, die Recht und Gesetz vertreten, wird von Ihnen verlangt, dass Sie Recht und Gesetz auch einhalten. Glauben Sie nicht, Sie sind darüber erhaben, nur weil Sie nicht als Dieb oder Schläger unterwegs sind! Führen Sie sich mal ganz alltägliche Dinge vor Augen! Trunkenheit am Steuer, bei Rot über die Ampel fahren, Fahrerflucht und andere Verkehrsgefährdungen. Wenn Sie wegen einem solchen Delikt angezeigt werden, können Sie Ihre Polizeiausbildung vergessen.«

Inci denkt an die vielen roten Ampeln, die sie als Radlerin schon ignoriert hat, ohne jemals erwischt zu werden. Klar, sie fährt nie mit dem Auto bei Rot. Auch mit dem Fahrrad nicht, wenn Kinder an der Straße stehen, und nie über gefährliche Kreuzungen. Aber manche Ampeln haben widersinnig lange Rotphasen für Fahrradfahrer, und wenn dann kein Auto kommt, dann huscht man halt schnell drüber. Sie lässt den Blick über ihre Mitstudenten schweifen und ist sich sicher, dass sie nicht die Einzige ist, die rote Ampeln überquert. Alma, vermutet sie, geht grundsätzlich bei Rot. Selbst bei Doktor Felsmann bezweifelt Inci, dass sie sich immer an Recht und Gesetz hält. Aber ganz bestimmt ist sie die einzige Diebin im Raum. In der wilden Zeit mit Falk und Mo klaute sie wie ein Rabe. Handys und Fahrräder. Sie war nie so gut wie Falk und der nie so gut wie Mo, aber zu dritt waren sie unschlagbar. Man hat sie nie erwischt. Bis auf das eine Mal.

Das ist über drei Jahre her und seit der Nacht am See endgültig zu Ende. Dabei waren sie füreinander bestimmt. Freunde fürs Leben. Niemandem hat sie so vertraut wie Falk und Mo.

Im Café Venezia wählte sie natürlich den teuersten Eisbecher, der hieß irgendwas mit hängenden Obstgärten und kostete 12,50 Euro. Für die beiden blieb nur noch Geld für ein kleines Eis übrig. Strafe musste sein.

»Macht ihr das öfter?«, fragte sie, während sie den langen Löffel in den Eisberg tauchte und mit einer vom Becherrand hängenden Apfelschale kämpfte.

»Wenn uns ein Mädchen gefällt«, gluckste Falk und spielte wie ein Kind mit seinen zwei Eiskugeln, teilte sie, klebte sie wieder zusammen, formte kleine Bachläufe, verrührte alles zu einem Brei.

Inci schätze ihn ein, zwei Jahre jünger als sie. Höchstens vierzehn. Aber vielleicht täuschte sie sich, weil er so klein war. Jungs in dem Alter wirkten oft noch kindisch, schossen erst mit siebzehn, achtzehn in die Höhe. Immerhin, den Stimmbruch hatte er bereits hinter sich. Bei Mo dagegen vermutete sie, dass er älter war, was zum einen an seiner Größe lag – mindestens eins achtzig – und zum anderen an dem wild sprießenden Bartflaum. Seine Augen waren merkwürdig blau, fast violett, wie reife Pflaumen.

»Ihr nutzt die Handyklaunummer als Anmache?«, fragte sie.

»Logo. Würdest du etwa sonst mit uns ein Eis essen?«, fragte Mo zurück.

»Ja«, sagte Inci mit einer Klarheit und Entschiedenheit, die sie selbst überraschte. »Nicht weil ich euch so toll finde, sondern …« Sie brach den Satz ab.

»Sondern?«, echoten die zwei.

»Das geht euch nichts an«, schob sie schroff hinterher.

Beide sahen sie überrascht an. Sie wussten nichts von ihrem Elend, und sie würde ihnen auch nichts davon erzählen. Mit einem Mal dachte Inci an die Ferien, die vor ihr lagen, an die langen sechs Wochen, für die sie keinerlei Pläne hatte. Nein, toll fand Inci die zwei nicht, aber doch irgendwie nett genug, um mal etwas mit ihnen zu unternehmen.

»Was macht ihr in den Ferien?«, wollte sie wissen.

Die Ferienpläne der zwei waren so brav, wie Ferienpläne von Daheimgebliebenen nur sein konnten: Kirmes und Kino, Schwimmen und Klettern, Grillen und Eis essen. »Kannst gerne mal mitkommen«, bot Falk an.

Inci grinste die beiden an. Was die Jungs vorhatten, war allemal besser, als zu Hause herumzuhocken und Trübsal zu blasen. Wenn sie mit den beiden unterwegs war, würde sie nicht unentwegt an Ane denken müssen. Für die zwei war sie eine neue, aufregende Inci, eine, die gezeigt hatte, dass sie kämpfen und siegen konnte. Nicht so eine Heulsuse wie bei Britta, nicht so ein Trauerkloß wie am Tisch mit Baba und Selin.

»Die letzten zwei Ferienwochen muss Falk allerdings in die Normandie zum Französischlernen«, ergänzte Mo.

»Auf Befehl meiner Eltern.« Falk zog eine schmerzhafte Grimasse und bohrte den Löffel tief in die Überbleibsel seiner verwüsteten Eiskugeln. »Dafür lassen sie mich den Rest der Zeit in Ruhe.«

»Glaub ihm nichts. Er fährt gern. Er will nämlich nach den Ferien Nicole van Elst imponieren. Das ist seine Französischlehrerin. In die ist er nämlich …«

»Halt den Mund!«, fuhr ihm Falk in die Parade und bekam von jetzt auf gleich einen hochroten Kopf.

»Ich bin dabei«, sagte sie schnell. »Also: Was machen wir morgen?«

Genauso fing ihre Freundschaft an. Ein Jahr sollte sie dauern, bis sie in den letzten Glückssommertagen vor drei Jahren ein jähes Ende fand.

Am Ende der Stunde klauben alle ihren Schreibkram zusammen, scharren mit den Füßen und drängen nach draußen, nur Alma bleibt sitzen und starrt weiter aus dem Fenster. Das zeigt zwar nichts als die Mauer des Nachbarhauses, aber Alma blickt darauf, als gebe es da etwas, das nur sie sehen kann. Inci überlegt, sie anzusprechen, traut sich aber nicht. In Deckung bleiben. Wenn sie wartet, bis auch Alma aufsteht, vielleicht spricht Alma ja sie an? Und dann zupft plötzlich Jeanette an ihrem Ärmel, nennt ihr eine Straße, fragt, ob sie die kennt.

»Tu ich nicht.«

»Aber du bist doch von hier.«

»Köln ist eine Großstadt, Jeanette. Keiner kennt hier alle Straßen. Du kannst doch im Netz nach dem Weg gucken.« Inci sieht, wie Alma langsam aufsteht. Ihre Armreife klimpern, als sie sich die Tasche über die Schulter hängt.

»Klar kann ich mir mit dem Handy den Weg suchen, aber der Routenplaner sagt mir nichts über die Gegend, in der die Straße liegt«, erklärt ihr Jeanette. »Es ist wegen einer Wohnung, die ich mir ansehen will. Vielleicht will ich da gar nicht wohnen? Schlechte Verkehrsanbindung, Rotlichtviertel oder so.«

»Zeig mir mal den Stadtteil«, sagt Inci und schaut mit Jeanette auf das Display ihres Handys. »Mauenheim. Kenn ich nicht. Ist aber bestimmt kein Rotlichtviertel. Hat sogar eine S-Bahn-Anbindung. Damit bist du schnell am Hauptbahnhof und damit schnell hier. Schau es dir an.«

»Mach ich.« Jeanette nickt ihr erleichtert zu und steckt ihr Handy ein. »Sag mal, hast du auch den Eindruck, die wollen uns den Job vermiesen? Vorsicht bei Facebook, Vorsicht im Straßenverkehr, überall Recht und Gesetz und so weiter.«

»Wer sich nicht in Gefahr begibt, ist selbst schuld«, sagt Alma, die jetzt an ihnen vorbeigeht, und Inci hat den Eindruck, dass Alma ihr und nur ihr ganz leicht zuzwinkert.

»Was meinst du damit?«, fragt Jeanette verdattert.

»Mach dir nicht ins Hemd! Die werden uns schon nicht rausschmeißen, wenn wir mal bei Rot über die Kreuzung gehen.«

Aber Inci macht sich fast ins Hemd, als sie an zu Hause denkt, und eine halbe Stunde später weht ihr dort tatsächlich ein kalter Wind entgegen. Denn Baba hängt seine deutsche Seite heraus, den Kaltländer, und behandelt sie wie Luft. Er sitzt in der Küche, trinkt Tee, redet keinen Ton und schaut mit eisigem Blick durch sie hindurch. Inci umklammert das nazar boncuğu in der Hosentasche, aber das hilft nicht gegen den kalten Baba-Blick. Sie hasst es, wenn er so drauf ist, aber sie hat nicht vor, Schönwetter zu machen. Er hat sie beleidigt, nicht sie ihn. Also behandelt sie ihn auch wie Luft, grüßt nicht, sagt nichts, pickt sich schnell ein paar kalte Klopse aus dem Kühlschrank, reißt ein Stück Brot ab, stopft sich alles in den Mund, verschwindet ohne ein Wort aus der Küche und verdrückt sich in ihr Zimmer. Doch die Kaltfront folgt ihr, kriecht unter der Tür hindurch, legt sich auf ihre Haut. Es gibt nur eines, was sie tun kann, damit ihr wieder warm wird. Schnell packt sie die Boxhandschuhe ein und entflieht der Wohnung.

Wenn Baba so ist, kann sie verstehen, warum Ane damals gegangen ist. Sie fürchtete um ihr Istanbuler Feuer, hatte Angst, dass Baba es zum Erlöschen bringt. In den guten Zeiten ließ sich Baba von Anes Feuer anstecken, und Ane sich von seinem Eis besänftigen. Selin und sie richteten sich zwischen Feuer und Eis ein, sie genossen es, von beidem etwas mitzukriegen. Seit fast vier Jahren fehlt Anes Feuer jetzt schon, Baba konnte es durch nichts ersetzen. Wenn er wütend ist wie gestern Abend, lodert für einen Moment sein unterdrücktes Schwarzmeer-Temperament auf, aber das hält nie lange vor. Der Kaltländer in ihm gewinnt immer mehr die Oberhand. Sosehr Inci seine Wutausbrüche fürchtet, richtig Angst macht ihr Baba nur, wenn er sie mit seiner Eiseskälte straft.

Wieder schwingt sie sich aufs Rad und strampelt gegen die Kälte auf der Haut und die Enge in der Brust an. Sie friert immer noch, als sie ihr Fahrrad vor der Halle des Boxclubs abschließt.

Sie öffnet das schwere Tor. Wie Balsam legt sich der vertraute

Geruch von Schweiß und Gummi auf ihr Gemüt. Die Neonröhren erhellen den Boxclub bis in den letzten Winkel und bringen die kräftigen Farben im Raum zum Leuchten. Das Blau der Matten, wo sich ein paar Anfänger mit Liegestützen abmühen, das Rot der Sandsäcke, auf die wie immer die Italiener eindreschen, das gelbe Band, mit dem der große Boxring umspannt ist. Dort beharken sich Vladimir und Igor, die nächste Woche gegen die Ehrenfelder antreten.

Im Boxclub ist es nie kalt, hier regiert hitzige Schlagkraft.

Sie nickt Nihat zu, dem Boxclubbesitzer, und geht nach hinten zu dem kleinen Boxring, wo Nurcan die Frauen trainiert. Bis jetzt sind außer Nurcan nur Ellen und Nadeshda da, die Hilgers lässt noch auf sich warten. Inci verschwindet in der Umkleide, zieht sich um, kehrt zurück in die Halle, versucht die Kälte mit Schulter- und Handgelenkkreisen sowie ein paar Runden Laufen zu vertreiben. Als sie sich mit dem Springseil zu den anderen gesellt, sieht sie die Hilgers kommen, die schnell zu ihnen stößt. Bald finden sie ihren Rhythmus. Nurcan gibt das Tempo vor, sagt an. Intervalltraining, Kombinationen, Sprünge mit doppelter Drehung. Nur das leise Quietschen der Turnschuhe und der zischende Peitschenknall der Seile sind zu hören. Als sie nach zehn Minuten damit durch sind, ist Inci endlich warm.

Seit Inci boxt, weiß sie, dass Sieger und Verlierer unterschiedlich riechen. Sieger nach Pfeffer und Eisen, Verlierer nach dem säuerlichen Gestank von Erbrochenem. Nach der Nacht am See hat sie alles dafür getan, um den Verlierergestank loszuwerden. Das Boxen hat ihr geholfen.

»Na, Inci, wie immer Verteidigung?«, fragt die Hilgers, nachdem sie die Hände präpariert haben, in die Boxhandschuhe geschlüpft sind und sich im Ring gegenüberstehen.

»Angriff«, entscheidet Inci.

Schon tänzelt die Hilgers um sie herum, bietet ihr die Innenfläche der Handschuhe zum Zuschlagen an. »Los, komm schon. Hau drauf!«

Inci schlägt zuerst mit der Linken, die Hilgers steht wie eine Eins. Jetzt bringt Inci die Kampfhand ins Spiel, der Schlag ist kräftiger.

»Wem möchtest du eine reinhauen? Los, stell es dir vor!«, fordert die Hilgers sie auf.

Heute weiß Inci genau, wer ihr Gegner ist, Baba, der Eiskönig, der ihr Zuhause in einen Gefrierschrank verwandelt hat. Sie schlägt zu, wieder und wieder, aber die Hilgers weicht nicht zurück, tänzelt elegant und leichtfüßig, als wäre sie auf einem Sonntagsspaziergang. Inci schlägt weiter und weiter, lässt nicht locker, noch mal und noch mal, bis sie nicht mehr kann. Alle Versuche, die Hilgers in eine Ecke zu treiben, scheitern. Erneut nimmt Inci Anlauf, noch hat sie Kraft. Sie will Babas Eis zertrümmern, so tief zu ihm durchdringen, bis seine weiche, warme Seite zum Vorschein kommt. Vor und zurück, Angriff auf die rechte, dann auf die linke Hand. »Nur die linke!«, schreit ihr Nurcan zu. »Merkst du nicht, dass sie da viel schwächer ist?« Also auf die linke Hand, weiter und weiter. Nicht aufgeben.

Irgendwann gibt Nurcan das Zeichen zum Aufhören. Als Inci die Fäuste nach unten nimmt, sieht sie, dass die Hilgers einen hochroten Kopf hat und schnaubt wie ein altes Schlachtross.

»Himmel, du kannst ja angreifen«, krächzt sie, und mit diesem Lob steigt Inci für einen kurzen Moment der Geruch von Pfeffer und Eisen in die Nase.

Sie überlassen Ellen und Nadeshda den Ring, setzen sich auf die Bank davor, um die Handschuhe auszuziehen und die Bandagen abzurollen. Sie trinken Wasser und warten darauf, dass ihr Kreislauf wieder zu seinem trägen, alltäglichen Tempo zurückfindet.

»Haben Ihre Eltern Sie unterstützt, als Sie Polizistin werden wollten?«, fragt Inci und schraubt ihre Wasserflasche zu.

Die Hilgers trinkt einen Schluck, immer noch ist ihr Gesicht hochrot. Ihre halblangen blonden Haare sind in einem strengen Knoten zusammengepresst, die Nackenhaare sind schweißnass. Sie setzt die Wasserflasche erneut an, zeigt Inci ihr kantiges Profil. Schön ist sie wirklich nicht. Inci sieht, wie sich ihre Brust bei jedem Schluck hebt und senkt, und überlegt, wie alt die Hilgers wohl ist. Falten hat sie noch keine, also fünfunddreißig? Oder vierzig?

»Was ist denn dein Vater für einer? Hast du oft Stress mit ihm?« Die Hilgers schickt zwei Fragen retour, ohne auf Incis Frage einzugehen.

»Eigentlich nicht«, gesteht Inci.

»Er wird sich beruhigen«, prophezeit die Hilgers und steht auf.

Sie nach ihren Eltern zu fragen war zu persönlich, denkt Inci. Noch nie hat die Hilgers etwas Persönliches preisgegeben Sie ist halt auch eine Kaltländerin, die tun sich mit so was schwer. Ob sie verheiratet ist? Ob sie Geschwister oder Kinder hat? In Incis Vorstellung wohnt sie allein, ist nur mit ihrer Arbeit verheiratet. Aber sie kann sich irren, man kann sich immer irren.

»Ich geh duschen«, sagt die Hilgers und klopft Inci beim Aufstehen auf die Schulter. »Ist das eine Krähe?«, fragt sie erstaunt und deutet auf das Tattoo auf Incis linker Schulter, das unter ihrem Tanktop zu sehen ist.

»Ja«, sagt Inci erschreckt.

Sie vergisst gelegentlich, dass sie dieses Tattoo noch trägt. Das war auch bei der Einstellungsuntersuchung so, als der Polizeiarzt sie darauf ansprach. Polizisten dürfen eigentlich nicht tätowiert sein, auf gar keinen Fall an Stellen, die sichtbar sind. Hals, Dekolleté, Arme gehen gar nicht. Was die Krähe denn für eine Bedeutung habe, ob sie das Symbol einer politischen oder religiösen Vereinigung sei, wollte der Polizeiarzt wissen und machte sie darauf aufmerksam, dass ein Foto des Tattoos in ihre Akte kommt. »Nicht religiös, nicht politisch«, hat sie geantwortet. »Ist privat.

Eine verrückte Geschichte unter Freunden. So eine einer-für-alle-alle-für-einen-Nummer.« Der Arzt nickte, notierte ihre Aussage und meinte zum Schluss: »Vielleicht lassen Sie es sich mal entfernen. So lange ihre Haut jung ist, bleibt fast nichts zurück.«

»Die Krähe ist beim polizeiärztlichen Dienst durchgegangen?«, fragt die Hilgers, und als Inci nickt, will sie wissen: »Wieso hast du dir eine Krähe stechen lassen? Ziemlich ungewöhnliches Motiv, oder?«

»Hat familiäre Gründe«, lügt Inci, die nicht will, dass die Hilgers weiter fragt. Familiäre Gründe akzeptieren die Kaltländer immer, die zwei Worte funktionieren wie eine Schwelle, die man nicht ohne Einladung übertritt. Bei Deutschen nicht und bei Türken schon gar nicht.

»Merkwürdig«, murmelt die Hilgers. »Gestern Krähen, heute Krähen.« Sie fragt aber nicht weiter nach, greift stattdessen zu ihren Boxhandschuhen und den Bandagen. »Meinen Vater kenne ich nicht, und meiner Mutter war es egal, was ich werde, Hauptsache, was Ordentliches«, sagt sie zu Incis großer Überraschung. »Unterstützung würde ich das nicht nennen.« Sie zwinkert Inci verschwörerisch zu, tippt sich zum Abschied mit einem Boxhandschuh an die Stirn und ruft noch im Gehen: »Glaub mir, dein Vater wird sich beruhigen.«

Den Kopf voller Fragen schaut Inci ihr nach. Warum gibt die Hilgers plötzlich etwas Persönliches preis? Warum ist sie so sicher, dass Baba sich beruhigen wird? Und auf was für Krähen ist sie gestern gestoßen?

Krähen. Falk wusste alles über die schwarzen Vögel. Trickreich und wandlungsfähig sind sie, passen sich überall auf der Welt den Rhythmen der Menschen an. Überleben in den Bergen genauso wie am Meer, leben auf dem Land oder in der Stadt. Klug sind sie und ungeheuer lernfähig. Falk hat ihnen mal die Geschichte erzählt, wie sie Autos nutzen, um ihre Nüsse zu knacken. Sie lassen sie über Wagen fallen, die an Ampeln stehen, warten, bis die Reifen beim Anfahren die Schale brechen, und picken sich dann die Nüsse von der Straße auf. Sie sind wahnsinnig erfinderisch. Als in Tokio die Stadtreinigung anfing, mit Wasserwerfern die Krähennester von den Bäumen zu fegen, verstärkten die Vögel ihre Nester mit Drahtkleiderbügeln, die sie von Balkonen und Wäscheleinen klauten. Darauf muss man erst mal kommen! Krähen überleben immer und überall. In den Städten, wo die Reviere hart umkämpft sind, tun sich die Vögel gerne zu dritt zusammen. Ein junges Krähenmännchen schließt sich einem erfahrenen Krähenpaar an. »Sie arbeiten als Trio, genau wie wir«, erzählte Falk.

Unglücksraben, diebische Elstern, Trauerboten werden die Krähen geschimpft. Die Menschen mögen diese klugen und witzigen Vögel nicht. Vor allem in Europa hasst man sie, in Indien aber ist es anders. In Bombay gibt es ein Altenheim für Krähen, wo schwache, alte oder verletzte Tiere gepflegt werden. Und die Inuit lieben sie. In ihrer Mythologie schufen die Krähen das Licht, indem sie glitzernde Silberstückchen in den Himmel warfen. Noch heute ist für die Inuit die Milchstraße die Spur dieses Silberstreifenwurfes.

Tausende von Geschichten über die Vögel kannte Falk, manchmal ging er ihnen damit furchtbar auf die Nerven. Aber die Geschichte mit dem Licht und den Silberstückchen liebt Inci bis heute. Eine schöne Vorstellung, dass ausgerechnet tiefschwarze Vögel das Helle erschaffen haben sollen.

Von den Krähen kehrt sie in die Boxhalle zurück. Immer noch sitzt sie auf der Bank, auf der die Hilgers sie zurückgelassen hat. Ob die Krähen etwas mit dem gestrigen Raubüberfall zu tun haben? Aber was?

Das Klingeln ihres Handys reißt sie aus ihren Gedanken. Es ist Selin. Inci nimmt das Gespräch an.

»Tauwetter«, meldet ihre Schwester. »Baba hat sich wieder eingekriegt. Susanne war hier und hat ihm ins Gewissen geredet. Von wegen, die alten Zeiten sind vorbei, Bullen von damals und heute kann man nicht vergleichen, Kinder müssen ihren Weg gehen und so weiter.«

»Ist Susanne noch da?« Inci mag diese kinderlose Freundin ihres Vaters nicht besonders. Sie hat nach Cigdems Verschwinden geglaubt, sie bemuttern zu können.

»Nein, sie hat Baba ins Kino geschleppt. ›BoyHood‹ fand sie für den Abend passend. Das ganze Durcheinander der Jugend, du verstehst? Bestimmt versucht sie wieder, Baba herumzukriegen.«

Das ist der andere Grund, weshalb Inci und auch Selin Susanne nicht sonderlich mögen. Sie ist scharf auf Baba, sie will ihm so gerne Cigdem ersetzen, Teil seiner Familie sein. Aber sie passt überhaupt nicht zu ihm und schon gar nicht zu Selin und ihr.

»Hast also nichts zu befürchten«, meint Selin. »Kannst nach Hause kommen.«

Mittwoch, 3. September

Das Grün an der Fassade irritiert Inci. Es ist ein Meergrün. Das alte Uniformgrün oder das neue Uniformblau würden ja Sinn machen, aber dieses türkisfarbene, fast metallene Grün? Und dann noch die Lavendelrabatten und der Brunnen vor dem Haupteingang! Im Brunnen Kugeln, aus denen Wasser in ein flaches Becken läuft. So ein bisschen Feng-Shui-mäßig. Zum Beruhigen, bevor man das Gebäude betritt, oder zum Abregen, nachdem man drinnen war? Zwischen Meergrün und Feng-Shui flattern die Polizeibanner, und nur daran merkt man, dass dies das Polizeipräsidium ist.

Außer Inci interessiert sich niemand für die Farbgebung. Die meisten ihrer Mitstudenten drücken sich die Nasen an der Glasfront zur Cafeteria platt, zählen die noch leeren Stuhlreihen durch, scherzen über die Maggi-Fläschchen auf den Tischen, überbieten sich mit Horrorgeschichten über Kantinenfraß. Alma zählt nicht zu ihnen. Sie sitzt vor dem Haupteingang auf einem Stein vor dem Feng-Shui-Becken. Das Wasserplätschern im Rücken, die langen Beine nach hinten geknickt, den Kopf gesenkt, das Gesicht hinter ihren vollen Haaren verborgen. Kopenhagener Meerjungfrau, denkt Inci. Almas Drang, sich in Szene zu setzen, kommt ihr immer noch peinlich vor. Erstaunlicherweise hat Alma heute noch kein Publikum gefunden. Jakob stiehlt ihr die Show. Er hüpft breitbeinig vor der Glaswand der Cafeteria auf und ab, kratzt sich am Kopf, schneidet merkwürdige Grimassen. Die Westfalenfront dankt es ihm mit geballter Aufmerksamkeit. Julio und Justin halten sich den Bauch vor Lachen, Kevin haut Jakob auf die Schulter.

Incis Blick wandert weiter, sie entdeckt Yüksel, der verloren zwischen Brunnen und Cafeteria steht. Er bedient angestrengt sein Handy, schaut zwischendurch auf, immer in ihre Richtung. Aber Inci will weder zu ihm gehen noch will sie, dass er zu ihr kommt. Zu der Glasfront-Runde will sie sich auf keinen Fall stellen und auch kein Publikum für Alma abgeben. Deshalb werkelt sie umständlich an ihrem Fahrradschloss herum und empfindet das Vogelkreischen, das plötzlich die Luft erfüllt, als willkommenen Anlass, den Blick gen Himmel zu richten.

Ein Schwarm Krähen sammelt sich über dem Polizeipräsidium. Die Vögel plustern sich auf, lärmen laut, rangeln um die besten Plätze, bevor sie sich auf dem Vordach des Haupteingangs niederlassen. Als jeder seinen Platz gefunden hat, verstummen sie. Aufgereiht wie Soldaten richten sie ihre Stecknadelkopfaugen und die spitzen Schnäbel genau auf Inci. »Da sind wir«, hört Inci die Vögel sagen. »Wir haben dich nicht vergessen, auch wenn du uns gerne vergessen willst. Wir folgen dir. Du wirst uns nicht los.«

Sie zuckt zusammen und ballt blitzschnell die Hand zur Faust, als jemand sie berührt. Als sie zur Seite schaut, entspannt sie die Hand wieder. Jeanette steht neben ihr, die sich von wer weiß woher angeschlichen hat.

»Ist nichts geworden«, legt sie los. »Bin aber richtig froh drüber. Das war ein winziges Zimmer in einem grauen Haus in einer langweiligen Straße. Trotzdem vierzig Leute, die es haben wollen. Zweihundert Euro für diese Rumpelkammer. Das kann doch nicht wahr sein. In Köln muss es doch was Besseres geben, oder?«

»Soll schwer sein, das sagen alle.« Inci löst den Blick von den Krähen und schaut Jeanette an. »Wo wohnst du denn im Moment?«

»In der Jugendherberge. Aber da muss ich natürlich so schnell wie möglich raus. 23,40 Euro pro Tag im Mehrbettzimmer, das kann ich mir auf Dauer nicht leisten. Lernen kannst du da komplett vergessen.«

»Klar, versteh ich. – Da kommt Krams.« Inci deutet auf den Haupteingang, aus dem jetzt der Dozent tritt und alle mit einer einladenden Bewegung zu sich bittet.

»Guck mal, wie der da steht. Als wäre er der Hausherr«, lästert Jeanette. »Na, dann wollen wir mal.«

Als sie auf das Gebäude zugehen, fliegen die Krähen wie auf Kommando auf. Inci schaut zu ihnen hoch. Ihr stockt das Herz, als sie über sie hinweg in den Himmel hineingleiten. Sie fliegen immer höher hinauf, immer weiter weg, sind bald nur noch kleine, unbedeutende Punkte. Nach dem Verschwinden der Vögel gerät ihr Herz wieder in Bewegung, es pocht laut und schnell. Die Krähen kommen wieder, das weiß sie. Sie kommen wieder, wann immer es ihnen passt.

Jeanette stupst sie an, und Inci stolpert hinter ihr her, hofft, dass ihr Herz, das jetzt rast, sich schnell beruhigt. Wieso lässt sie sich von ein paar schwarzen Vögeln kirre machen? Die haben nichts zu bedeuten, Krähen gibt es überall in der Stadt, die sind überhaupt nichts Besonderes. Inci strafft die Schultern und schaut nach vorne. Mal sehen, was sich in einem Polizeipräsidium so tut.

Passkontrolle am Eingang, Sammeln im Foyer. Der Polizeipräsident gibt sich für zehn Sekunden die Ehre, Handschlag mit Krams, väterlicher Blick auf die zukünftigen Polizisten, Abgang. Danach schauen sich alle um, doch zu sehen gibt es nicht viel: der Empfang, der Eingang zur Cafeteria, der Aufzug, andere Türen. Jakob bewegt sich weiter im Schlepptau des Trios. Interessant, denkt Inci, das Münsterland macht gemeinsame Sache mit Westfalen.

Krams schleust sie alle ins Treppenhaus. »Vierter Stock. Ein bisschen Bewegung wird Ihnen guttun!« Dort dann die Besichtigung der hoch technisierten Leitstelle, wo alle 110-Notrufe eingehen und weitergeleitet werden. Weiter zum Führungs- und Lageraum, der Schaltzentrale bei Großdemonstrationen, Entführungen und Katastrophen. Von optimaler Logistik und fein abgestimmter Kommunikation ist die Rede. Was das genau ist, wissen die Polizeigötter und sie vielleicht auch, wenn sie mit ihrer Ausbildung zu Ende sind. Kriminaltechnik ist ihre nächste Station. Dort werden sie in kleine Gruppen aufgeteilt, Inci landet in der Abteilung visuelle Fahndungshilfen.

Kriminalhauptkommissar Maifeld, der sie in Empfang nimmt, trägt Zivil, glänzt speckig und hat etwas Teddybäriges. Auf seinem Tisch eine Flasche Coke und eine XXL-Packung Schokoriegel. Er fordert sie auf, sich im Halbkreis um seinen Schreibtisch zu gruppieren. Sein Arbeitsfeld sind Phantombilder, die heute natürlich mit dem PC und speziellen Photoshop-Programmen gemacht werden. Die PC-Nerds unter ihnen löchern Maifeld sofort mit Fachfragen zu Adobe, Gimshop, Softonic und so weiter.

Wichtigtuer, denkt Inci.

»Und wie genau entsteht jetzt ein Phantombild?«, unterbricht Alma dieses Fach-Gesülze.

»Wir machen eins«, sagt Maifeld und strahlt sie an. »Stellen Sie sich dafür zur Verfügung?«

»Wenn es sein muss.« Alma zuckt gelangweilt mit den Schultern, alle Blicke richten sich auf sie. Schon erstaunlich, wie sie es schafft, sich immer wieder in den Vordergrund zu spielen.

»Schauen Sie sich Ihre Kollegin genau an«, befiehlt der Kommissar Inci und den anderen. »Prägen Sie sich das Gesicht von – wie heißen Sie? – Alma ein. Sagen wir eine Minute lang.« Er schaut auf die Uhr, sie alle auf Alma. »Und, Alma, wenn Sie sich jetzt bitte mit dem Gesicht zur Wand in die Ecke setzen und sich erst wieder umdrehen, wenn ich Ihnen das sage. – Also los, Herrschaften! Wir beginnen mit der Gesichtsform. Ich spiele Ihnen jetzt eine Reihe von Gesichtern auf, und Sie sagen mir, welches dem Ihrer Kollegin am nächsten kommt.«

Maifeld zaubert ein Gesicht nach dem anderen auf den Bildschirm. »Normalerweise«, erklärt er, »werden Phantombilder immer nur mit einzelnen Zeugen gemacht und nie mit mehreren Personen gleichzeitig, weil das zu suggestiver Fälschung der jeweils individuellen Erinnerung führt. Aber für Sie machen wir mal eine Ausnahme.«

Es dauert lange, bis sie sich auf ein Gesicht verständigen, das dem von Alma ähnelt. »Es ist noch ein bisschen länglicher«, sagt einer. »In der Mitte etwas breiter«, eine andere. »Die Augenform?«, fragt Maifeld. »Mandelförmig? Hervorstehend? Tief liegend? Abfallend? Rund? Groß? Klein?« Auf ihr Kommando hin probiert Maifeld verschiedene Augenformen und -farben aus. Erst nach viel Hin und Her können sie sich auf ein Augenpaar verständigen. Weiter geht es mit Kinn, Nase, Wangen, Ohren, Haaren, Hals, Haut. Jeder Schritt braucht viel Zeit, oft sind sie sich uneins. Maifeld bleibt ganz ruhig, geduldig probiert er alle Vorschläge der Gruppe aus. »Es gibt kein Richtig oder Falsch«, erklärt er ihnen. »Erinnerung ist immer subjektiv.« Als Almas Gesicht endlich erkennbar wird und sie damit zufrieden sind, darf sich Alma wieder umdrehen.

»Nicht schlecht«, sagt sie. »Aber was, wenn meine Haare gefärbt sind?«

Nicht nur Maifeld lächelt ein bisschen mitleidig über diese Frage, auch Inci weiß, wie das geht, seit sie als Kind Sims gespielt hat. Mit ein paar lässigen Klicks wird aus der dunkelhaarigen eine blonde, eine schwarze Alma. Mit ein paar weiteren Klicks bekommt sie Locken, einen Pferdeschwanz oder einen Kurzhaarschnitt. »Wollen Sie es mal selbst versuchen?«, fragt Maifeld Alma, und die nickt. »Alle anderen sind eingeladen, sich bei den Kollegen umzusehen. Visuelle Fahndungshilfe umfasst mehr als Phantombilder.«

Inci will auf keinen Fall Alma zusehen, wie es ein paar der Nerds tun, die bereit sind, sofort Hilfestellung zu geben, falls die Schöne nicht weiterweiß. Sie schaut sich stattdessen in dem Großraumbüro um, in dem es nichts gibt als Schreibtische, Telefone, Rechner und Männer. Nein, ganz hinten sieht sie die einzige Frau sitzen. Ohne nach rechts und links zu sehen, steuert Inci deren Schreibtisch an. Als sie fast bei ihr angekommen ist, erschrickt sie geradezu über ihre Zielsicherheit, denn auf dem Schreibtisch der Frau liegen fotokopierte Fotografien von Krähen: Alpendohlen, Rabenkrähen, Nebelkrähen, Kolkraben, Eichelhäher, Elstern. Dank Falk kennt Inci sie alle.

»Hallo«, sagt die Frau und schaut kurz von ihrem Rechner auf. KHK Schmitz steht auf ihrer ID-Karte, mit Pony und Pferdeschwanz erinnert sie Inci an Brittas Mutter. Typ rheinische Frohnatur.

»Wird eine Krähe gesucht?«, fragt Inci blöd.

KHK Schmitz lacht krachend. »Eine diebische Elster, wat?« Ihre Stimme hat tatsächlich einen rheinischen Tonfall.

»Entschuldigung, doofe Frage. Aber was ist Ihre Aufgabe?« Incis Blick kehrt zu den Krähenbildern zurück.

»Tattoos.«

»Tattoos?«, wiederholt Inci und kommt sich wie eine Idiotin vor.

»Ja, Tattoos. Weißte, die sind so was wie ein Fingerabdruck. Sehr individuell, sagen viel über denjenigen aus, der sie trägt. Manche Zeugen können sich nicht an das Gesicht, aber an ein Tattoo des Täters erinnern. Manche Tattoos haben eine ganz spezielle Bedeutung, etwa über die Stellung innerhalb einer kriminellen Vereinigung.« Sie deutet auf ein Handbuch über Tattoos, das auf ihrem Schreibtisch liegt. »Mein Job isses, Tattoos zu erkennen und/oder zu rekonstruieren.«

»Und die Krähenbilder?«

»Stehen leider nicht im Handbuch, muss was Individuelles sein.

Nach einem bewaffneten Raubüberfall hat sich das Opfer an ein Krähentattoo des Täters erinnert. Also habe ich dem Mädchen alle möglichen Arten von Krähen gezeigt, um herauszufinden, ob sich der Täter eine bestimmte Krähe tätowieren ließ. Fotos helfen manchmal der Erinnerung auf die Sprünge, verstehste? Wir müssen ja so genau wie möglich sein. Wenn dat Tattoo nicht genau stimmt, hilft es uns nicht.«

»Hat das Opfer eine bestimmte Krähe erkannt?« Incis Stimme ist fiebrig vor Aufregung.

»Ein zehn Zentimeter großer Kolkrabe auf dem Oberarm. Hier, siehste!«

Sie dreht Inci den Bildschirm zu, und Inci starrt auf einen Oberarm mit einem Tattoo, das ihr bestens vertraut ist. Das nazar boncuğu brennt in ihrer Hosentasche, die Beine drohen ihr wegzuknicken.

»Na, jetzt aber, Liebelein! Der Kolkrabe is doch ein harmloses Tierchen.« In der Stimme von KHK Schmitz hört Inci neben einer Mischung aus Spott und Belustigung eine Spur Sorge heraus. »Da gibt et im Tattoo-Milieu ganz andere Kaliber zum Schlechtwerden: Ungeheuer, Drachen, Spinnen, Riesenschlangen und so weiter. Jesses, Sie werden mir doch nicht umfallen!«

»Der Kreislauf. Ich hab noch nichts gegessen«, lügt Inci und wühlt ihre Wasserflasche aus der Tasche. Sie trinkt und trinkt und trinkt, bis die Flasche leer ist.

»Dat nenn ich einen ordentlichen Zug am Leib«, bescheinigt ihr die Schmitz. »En Schokolädsche?« Sie hält Inci einen Schokoriegel hin, den sie von irgendwo hergezaubert hat.

Gierig greift Inci danach. Sie rupft das Papier ab, ist erleichtert, dass ihre Finger dabei nicht zittern, und stopft sich den Schokoriegel unter dem jetzt leicht alarmierten Blick der Frau in den Mund. Inci nickt ihr dankbar zu.

»Schokolade hilft immer.« Incis Stimme klingt fremd, brüchig und gleichzeitig angespannt bis zum Reißen. Sie holt tief Luft, bevor sie fragt: »Sagen Sie, der Fall mit dem Krähentattoo, ist das ein aktueller?«

»Mensch, Liebelein!« KHK Schmitz lacht wieder ihr krachendes Lachen. »Glaubt ihr Frischlinge, dass wir die Zeit haben, uns mit ollen Kamellen zu befassen?«

Wieder beim Fahrradständer angekommen, kann Inci nicht sagen, was sie noch im Polizeipräsidium gemacht hat, nachdem KHK Schmitz ihr das Krähentattoo gezeigt hatte. Ihre Erinnerung hört mit dem Bild dieses digitalen Oberarms auf. Als wäre es die Endlosschleife eines Films, spult ihr Kopf nur dieses Bild wieder und wieder ab. Oh, diesen Kolkraben mit dem leicht gebogenen schwarzen Schnabel und dem eleganten dreifedrigen Schwanz kennt sie zu gut. Und sie kennt auch den Arm aus Fleisch und Blut, den dieser Kolkrabe als Tattoo ziert. Die Chance, dass sie sich irrt, liegt bei eins zu einer Billion.

»Wenn man abends hier feiern will, wo geht man dann hin?«

Inci schreckt zusammen, als Jeanette wieder wie aus dem Nichts neben ihr auftaucht. Sich unbemerkt anpirschen, lernt man das im Sauerland?

»Feiern, Party machen. Schon mal was davon gehört?«, wiederholt Jeanette, weil sie nicht geantwortet hat, und fuchtelt wild mit den Händen vor Incis Gesicht herum.

»Die Clubs mit Mainstreammusik liegen auf den Ringen, Indie-Musik wird eher in den Industriehallen von Ehrenfeld gespielt. Stehst du auf was Bestimmtes?«

»Mainstream ist für den Anfang ganz okay. Wo denn auf den Ringen?«

»Zwischen Friesenplatz und Zülpicher Platz findest du bestimmt was.«

»Wo gehst du denn hin?«

»Bin da nicht so festgelegt. Kommt auf meine Laune an.«

»Willst du nicht mitkommen? Wir sind schon vier Mädchen und drei Jungs.« Sie deutet auf ein Grüppchen, das bei den Fahnenstangen steht.

»Sorry, heute nicht. Vielleicht ein andermal.« Inci gelingt es, ein bedauerndes Lächeln aufs Gesicht zu zaubern, bevor sie ihren Schlüssel ins Fahrradschloss steckt.

»Schade. Ich gebe dir meine Handynummer, falls du es dir anders überlegst.«

Inci tippt die Nummer in ihr Handy ein, dann hakt sie das Schloss fest und rast davon, als gelte es ein Rennen zu gewinnen. Erst auf der Hohenzollernbrücke merkt sie, dass sie nicht den Weg nach Hause eingeschlagen hat. Vor ihr taucht der Dom auf. Mit schlafwandlerischer Sicherheit schlängelt sie sich durch die Menschenmassen auf dem Roncalliplatz und der Domplatte. Es kommt ihr vor, als hätte man ihren Kopf unter einer Glasglocke schachmatt gesetzt und ihr Körper würde ohne sein Zutun funktionieren. Sie hat keine Ahnung, wo er sie hinführen will, lässt Hände und Beine den Weg bestimmen.

So landet sie auf dem schmuddeligen Eigelstein mit seinen Shisha-Clubs, Eckkneipen, Brautmodensalons, Wechselstuben, türkischen Bäckereien und chinesischen Lebensmittelläden, wo die Brauerei wie immer die Luft mit ihrem Hefegestank verpestet. Inci bewegt sich zwischen Reisenden mit billigen Rollkoffern, Junkies auf der Suche nach dem nächsten Schuss, Nutten, die auf Kunden warten, verschleierten Frauen, Gebetsketten schwingenden Moslems und hupenden Luxuskarossen, deren mit Gold behängte Fahrer nichts lieber tun, als den Verkehr aufzuhalten.

Plötzlich weiß auch ihr Kopf, weshalb ihre Beine sie hierher führen, er ist wieder mit von der Partie, als ihr Körper das Rad in eine kleine Seitenstraße mit noch billigeren Läden und noch zwielichtigeren Häusern lenkt.

Den Laden gibt es noch. Im Schaufenster steht jetzt allerdings ein Sammelsurium an Fitnessdrinks. Damals war hier das Tattoo-Studio von Johnny K., der sich bei minderjährigen Kunden einen Teufel um die elterliche Einverständniserklärung scherte. Nur die Knete musste stimmen. Cash und im Voraus. Hier ließen sie sich die Kolkraben stechen. Falk einen ganz winzigen auf die rechte Pobacke, Inci einen etwas größeren auf die linke Schulter und Mo den größten auf den rechten Oberarm.

Mo! Wann fing ihr Herz an, höher zu schlagen, wenn er sie in den Arm nahm? Ab wann träumte sie vom Duft seiner Haut und seinem weichen Atem an ihrem Ohr? Ab wann störte es sie, dass sie immer zu dritt unterwegs waren? Genau kann sie es nicht mehr sagen, aber es muss am Ende des Glückssommers gewesen sein, als die Liebe alles durcheinanderbrachte.

Und jetzt soll er an einem bewaffneten Raubüberfall beteiligt sein? Das passt nicht zu Mo. Klauen war für ihn ein Spiel. Elegant, leicht, trickreich, schnell. Die Königsdisziplin: Klauen, ohne bemerkt zu werden. Wenn Inci an Mo denkt, sieht sie seinen Falkenblick, den er immer aufsetzte, nachdem er eine Beute erspäht hatte, sie sieht ihn mit diesen lautlosen Schritten loslaufen, dann in die Höhe springen, nach der Beute greifen, seine coole Drehung, sein Eintauchen in die Menge nach einem kurzen Zickzacksprint.

Der Falkenblick, der richtige Ort, der Fluchtweg, lautete Mos Dreisatz für einen perfekten Diebstahl. »Schwätzer und Besoffene sind am besten zu beklauen. Man muss lernen, sie in der Menge auszumachen«, erzählte er ihnen. »Und wenn ihr sie entdeckt habt, müsst ihr wie ein Falke blitzschnell zuschlagen und wieder verschwinden.«

Richtige Orte fanden sie in Köln zuhauf. Roncalliplatz, Hohe Straße, Neumarkt, zig U-Bahn-Stationen. Genauso wie Unachtsame und Abgelenkte. Besonders an Karneval oder auf den Weihnachtsmärkten. Köln ist ein El Dorado für Diebe, und sie bewegten sich in dieser leichtsinnigen Stadt wie Fische im Wasser.

Geklaut haben sie nur auf Plätzen und in Straßen, keine Einbrüche, niemals. Und niemals eine Waffe! Diebe, die Messer oder Schlagstöcke benutzten, hielt Mo für tumbe Prolls, die das Geschäft nicht beherrschten. Als Falk eines Tages mit dem Revolver ankam, flippte er völlig aus. »Spinnst du? Bist du von allen guten Geistern verlassen? Wir klauen Handys oder Fahrräder, aber wir greifen doch keinen an, wir bedrohen keinen. Wir sind Gentlemen-Gauner, ich habe gedacht, das weißt du. Mit Gewalt haben wir nichts am Hut. Also, bring das Ding zurück, oder wir sind geschiedene Leute!«

Doch Incis Wissen über Mo ist drei Jahre alt, sie hat keine Ahnung, was er in der Zwischenzeit getrieben hat oder was ihm zugestoßen ist. Menschen werden nicht wie Granitblöcke in die Welt gesetzt, sie sind weich und formbar. Sie verändern sich. Wenn man ihr vor drei Jahren erzählt hätte, dass sie Polizistin werden würde, hätte sie allen einen Vogel gezeigt. Und Mo – wer weiß? – hat vielleicht seine Regeln als Gentleman-Gauner vergessen und ist ins Profigeschäft gewechselt. Dort sind die Geschäfte brutaler, dort gelten härtere Regeln.

»Zieh Leine, oder geh rein und kauf was.«

Der Typ, der plötzlich vor ihr steht, trägt schwer an dem schrankbreiten Kreuz und dem aufgepumpten Brustkorb. Bestimmt gibt es in dem Laden auch Anabolika-Zeugs! Inci hat ihn nicht kommen hören. Ihre Aufmerksamkeit ist verdammt schlecht in den letzten Tagen.

»Ich guck doch nur«, nuschelt Inci, die weiß, dass sie sich hier besser nicht mit dem Typen anlegen sollte, obwohl sie es hasst, wenn ihr einer so blöd kommt. »Das ist eine öffentliche Straße und ein freies Land«, schiebt sie hinterher, während sie sich aufs Fahrrad schwingt.

»Hier ist das Land so frei, wie ich das will!«, kläfft der Typ und krempelt sich schon mal die Ärmel hoch.

Na warte, bis ich dir in Uniform begegne, denkt Inci, als sie davonradelt, und malt sich kurz aus, mit was für einem Vergnügen sie dem Typen die verbotenen Substanzen aus den Regalen räumt. Dann kehren ihre Gedanken zu Mo zurück, und sie kommt zu einer Entscheidung. Was immer er jetzt treibt, sie will es nicht wissen. Soll er zusehen, wie er mit seinem Leben klarkommt. Genau das hat er schließlich am Ende des Glückssommers auch von ihr verlangt.

Es riecht nach Lahmacun und Knoblauch-Spaghetti, als Inci die Tür aufschließt. Beim Gedanken an Baba klopft ihr das Herz, doch als sie die fremden Schuhe im Flur stehen sieht, weiß sie, dass heute Babas Kollegen zu Gast sind. Im ersten Moment ist sie erleichtert, dass sie ihrem Vater nicht allein unter die Augen treten muss, im zweiten Moment ärgert sie sich, weil es jetzt noch dauert, bis sie vernünftig miteinander reden können. Es ist furchtbar, nach Hause zu kommen, wenn dort dicke Luft herrscht. Jetzt könnte sie so gut Friede, Freude, Eierkuchen gebrauchen.

Sie steckt den Kopf durch die Küchentür und ruft Hallo. Obwohl sie es eigentlich nicht vorhatte, treibt der Hunger sie dann doch ganz hinein. Noch bevor sie nach einer Pizza greifen kann, posaunt der blöde Kurt, den sie noch nie leiden konnte, quer durch den Raum: »Und was machst du jetzt, Inci? Schon für ein Studium entschieden? Oder geht es hinaus in die große weite Welt?«

Ein kurzer Blickwechsel mit Baba. Halt bloß den Mund, sagen seine Augen. Immer noch kann Inci Wut, Unverständnis und Trauer in ihnen sehen. Vielleicht beurteilt Selin die Lage optimistischer als sie ist?

»Erzähl ich ein anderes Mal, ich hab's eilig«, antwortet sie, schnappt sich zwei türkische Pizzen und eine Flasche Wasser.

Selin ist nicht da, sie hat Spätschicht diese Woche und wird erst in zwei Stunden kommen. Sosehr ihr die große Schwester immer wieder auf den Geist geht, heute fehlt sie ihr. Inci will sich von ihr einreden lassen, dass Baba wirklich nicht mehr böse ist, sie will sich auf dem Sofa an ihre Schulter kuscheln, ihr von den neuen Mitstudenten erzählen, sich den aktuellen Krankenhaustratsch anhören oder mit ihr über Babas Kollegen lästern. Irgendwas halt, um nicht wieder an Mo zu denken.

Aber dann fährt sie doch den Rechner hoch und sucht nach Berichten über einen bewaffneten Raubüberfall in Mülheim. »Brutaler Einbruch! Täter werden immer dreister! In Mülheim wurde ein junges Mädchen niedergeschossen.« Keine weiteren Details zur Tat, keine näheren Hinweise auf die Täter. Keine Suche nach einem Krähentattoo. Vielleicht irrt sie sich, und Mo hat gar nichts damit zu tun.

Sie stellt den Fernseher an und zappt sich lustlos durch die Programme. Verscheuch ihn aus deinem Kopf, befiehlt sie sich, denk an die vielen neuen Jungs in deinem Jahrgang! Ist eigentlich irgendeiner darunter, der ihr gefällt? Jakob auf keinen Fall, und Yüksel genauso wenig, der hängt ihr zu sehr den Türken raus. Und die Westfalenfront geht gar nicht. So Ellbogentypen, die immer ins Rampenlicht drängen, konnte sie noch nie leiden. Die Nummer mit dem Zusammenrotten wird für Kevin aus Paderborn noch ein Nachspiel haben. Eine Unverschämtheit war das! Aber da sind noch viele, viele andere Jungs! Siebzig Prozent Männer in ihrem Jahrgang, das hat sie bei der Begrüßung gehört, da kommen auf jedes Mädchen doch glatt anderthalb. Freie Auswahl, ein weites Feld. Keiner ist ihr sofort ins Auge gesprungen, diese siebzig Prozent sind im Moment noch nicht mehr als eine diffuse Masse aus fremden Gesichtern. Sie wäre so gerne offen für jemand Neues, durchlässig wie eine Bretterwand, aber dazu müsste sie die alte Liebe erst aus dem Kopf kriegen. Bis zu der Nacht mit dem Krähentraum war sie überzeugt, die Sehnsucht nach Mo so tief vergraben zu haben, dass sie nie mehr aufsteigen wird, ihr nie mehr wehtun kann. Sie hoffte sogar, dass sie ganz erstickt sei. Ja, sie glaubte tatsächlich, dass sie bereit sei für eine neue Liebe. Weit gefehlt.

Die Pizza ist alle, in der Glotze läuft nur Schwachsinn, die innere Unruhe raubt Inci den letzten Nerv. Sie muss etwas tun, irgendwas, hier in ihrem Zimmer wird sie verrückt. Am liebsten würde sie boxen, doch das geht heute nicht. Sie scrollt sich durch ihr Handy, Britta ist weit weg, ausgerechnet jetzt, wo sie die Freundin dringend bräuchte! Sie bleibt bei der Nummer von Jeanette hängen – und wählt sie. Als Jeanette rangeht, ist im Hintergrund ein typischer Discosound zu hören. Musik, Fetzen von Gelächter, Gläserklirren.

»Hi, Inci. Kommst du noch? Super! Wir sind im Lime Club, tolle Stimmung, echt klasse«, brüllt Jeanette ihr ins Ohr.

Der Lime Club! Als gäbe es keine anderen Clubs auf den Ringen. Wieso ist die Gruppe ausgerechnet dort gelandet? Genau in dem Club, den Inci so sehr mit Mo und Falk verbindet.

»Ladys Night. Freier Eintritt, Hugo für lau«, schickt Jeanette begeistert hinterher.

»In einer halben Stunde bin ich da.«

Dicker Lidstrich, ein wenig Rouge, Lipgloss, Gel in die Haare, das Top mit den Perlen, die kurze schwarze Lederjacke. Ein »Bin noch mal weg« in Richtung Küche, dann schwingt sie sich aufs Rad. Wieder ist es kühl, der Wind am Fluss scharf und eisig, erste Sterne und ein halber Mond erhellen den Nachthimmel. Inci tritt in die Pedale, fährt noch schneller als sonst. Sie darf nicht nachdenken. Seit damals hat sie den Lime Club gemieden wie die Pest.

Auf den Ringen stauen sich die nächtlichen Autokarawanen, über den Bürgersteig wälzen sich die Feierwütigen, die Clubs locken mit ihren bunten Lichtreklamen, immer wieder schwappt Musik auf die Straße. Inci kettet ihr Rad in einer Nebenstraße an einem Laternenpfahl fest. Es soll heil an Ort und Stelle bleiben, und auf den Ringen stehen die Chancen dafür schlecht. Fahrräder sind so leicht zu klauen! Drei Sekunden mit dem Bolzenschneider und du kannst mit einem fremden Rad davonsausen. So ist sie an ihr erstes Montello-Rad gekommen. Himmel, war das ein irres Fahrgefühl! Nichts an Gewicht unterm Hintern, der Tritt federleicht, die Lenkung ein Genuss, in null Komma nichts von null auf hundert. Der rote Schatz stand bei Edith im Schuppen, mit nach Hause nehmen konnte sie das Rad ja nicht. Bestimmt hat es Mo verscherbelt, als sie nach dem Ende des Glückssommers nicht mehr zu Edith kam. Sie hat sich dann zum Abi ein neues gewünscht.

Jetzt kehrt sie zurück in das Getümmel der Ringe, lässt sich bis vor die silbernen Türen des Lime Clubs treiben. Aus sicherem Abstand inspiziert sie die Türsteher. Zwei Muskelpakete, die sie nicht kennt. Die Typen nicken ihr zu, halten ihr die Tür auf, schieben sie hinein in das farbige Lichtermeer, und als wäre der Lime Club allein nicht schon Erinnerung genug, empfängt sie Lana Del Rey mit »Summertime Sadness«. Plötzlich weiß Inci genau, dass es falsch war, hierherzukommen, sie will nur noch nach draußen, aber so einfach ist das Herauskommen nicht, hinter ihr drängen weitere Leute herein, und da hat Jeanette sie schon entdeckt. Sie stürzt auf sie zu, umarmt sie, hüllt sie in eine Wolke aus Parfum und Alkohol, greift sich ihre Hand und schleppt sie zu den anderen.

»Hugo schmeckt so geil«, kichert Jeanette, als hätte sie den Drink gerade erst entdeckt, und ordert beim Barkeeper noch mal zwei. Einen reicht sie an Inci weiter, vom anderen nimmt sie sofort einen großen Schluck. »Prost, Inci! Auf eine tolle, gemeinsame Zeit.«

Inci trinkt eigentlich nie Alkohol, aber *eigentlich* gilt heute nicht, heute gilt gar nichts, weil nichts mehr stimmt. Deshalb nimmt sie einen kräftigen Schluck, dann noch einen und noch einen. Sie lässt sich von Jeanette zu den anderen ziehen. Alle sind guter Stimmung, man hockt eng zusammen, Schultern und Schenkel berühren sich, auch ihre mit denen von Jeanette rechts und denen von einem blonden, fremden Jungen links von ihr. »Ludwig aus Bottrop«, stellt er sich vor. Die Nähe macht ihr nichts aus, im Gegenteil, sie fühlt sich geborgen, geschützt, im Moment zumindest. Von der anderen Seite des Tisches winkt ihr Jakob zu, er ist neben Jeanette der Einzige, den sie kennt. Er sitzt zwischen zwei Mädchen, trägt ein weißes Hemd und erzählt Witze.

»Kennt ihr den?«, kräht er. »›Pusten Sie bitte ins Röhrchen‹, sagt der Polizist. ›Nein‹, antwortet der Autofahrer. ›Jetzt pusten Sie in das Röhrchen!‹ ›Ich denk nicht dran!‹ ›Gut, dann puste ich für Sie. Aber dann haben Sie 2,5 Promille und sind Ihren Führerschein los‹.«

Das große Gelächter in der Runde stachelt Jakob an, er macht sofort weiter: »›Halt, Fahrzeugkontrolle‹, sagt der Polizist. ›Haben Sie Restalkohol?‹ ›Na hören Sie mal‹, sagt der Autofahrer. ›Kaufen Sie sich gefälligst selber Nachschub‹. – Apropos Nachschub! Nehmen wir noch eine Runde?«

Inci leert ihr Glas, von irgendwoher kommen neue, volle Gläser auf den Tisch, Inci greift zum nächsten. Der DJ legt die Toten Hosen auf, »Tage wie diese« schallt durch den Raum.

»Lass uns tanzen!«, ruft Jeanette, greift nach Incis Arm und zieht sie mit sich auf die Tanzfläche. Und dann tanzen sie und singen mit bei Tagen wie diesen und wünschen sich Unendlichkeit. Inci schreit den Text, verschmilzt mit der wogenden Menge, folgt dem Rhythmus, den die Körper um sie herum vorgeben, stampft auf, schüttelt die Schultern, kreist mit dem Kopf, dreht den ganzen Körper, vergisst alles andere. Als sie wieder auftaucht, sieht sie Jeanette neben sich. Sie hat jetzt einen regelrecht verwegenen Blick, als sei dies die Nacht der Nächte, der sie schon immer entgegengefiebert hat. Mit erhobenen Armen und rhythmischem Hüftschwung stößt Jakob zu ihnen, er umkreist erst sie beide, dann nur noch Jeanette, die sein Spiel gerne mitmacht. Inci taucht wieder in die Musik ein. Irgendwann, als sich um sie herum alles dreht und die Beine schwer werden, zieht Jeanette sie von der Tanzfläche.

»Komm, wir setzen uns an die Bar, ich will in diesem Laden heute alles ausprobieren. Da sind zwei freie Plätze, mach schnell!«

Jeanette juchzt auf, als sie sich auf einen der Barhocker hievt, und bestellt sofort zwei weitere Hugos. Inci bemerkt erst jetzt, wie schick sich Jeanette gemacht hat. Schwer geschminkte Augen, schwarzes Jerseykleid, bunter Schal, kleine goldene Handtasche, High Heels. »Schwarz streckt«, kichert Jeanette und prostet ihr zu.

Inci ist durstig, sie trinkt den Cocktail schnell. Kaum leer, steht schon ein neuer vor ihr. Ein kurzer Blickkontakt mit dem Barkeeper, ein südländischer Typ mit kantigem Kinn, kein Türke. Ein Süditaliener vielleicht, Grieche oder Albaner. Kennt sie ihn? War er vor drei Jahren schon hier? Sie ist sich nicht sicher.

»Kennst du Mo Linder?«, fragt sie.

Der Barkeeper mustert sie, bevor er nickt. »Ist nicht da heute. Kommt nicht mehr so oft wie früher.«

»Ein Freund von dir?«, fragt Jeanette neugierig.

Verdammt! Wieso hat sie wieder vergessen, dass Jeanette neben ihr sitzt? »Früher mal«, wiegelt sie ab. »Hab ihn lang nicht gesehen. Mit sechzehn, siebzehn waren wir hier oft zum Tanzen.«

Jakob quetscht sich zwischen ihre zwei Barhocker, breitet die Arme aus, legt sie um ihre Schultern, grinst wie ein Honigkuchenpferd, ordert ein Bier, leert es mit zwei gierigen Zügen, tänzelt dann mit kleinen Schritten im Rhythmus der Musik zurück auf die Tanzfläche. Jeanette und Inci sehen ihm nach. Als sie sich zurück an die Theke drehen, bemerken sie, dass auch der Barkeeper hinter Jakob herstarrt.

»Verrückter Kerl«, sagt Inci.

»Hast du einen Freund?«, fragt Jeanette.

»Zurzeit nicht.« Inci versucht ihre Stimme ganz locker klingen zu lassen und nimmt schnell noch einen Schluck Hugo.

»Ich auch nicht«, gesteht Jeanette. »Für ein Mädchen wie mich ist das nicht so leicht. Zu viele No-Gos: breite Hüften, fetter Hintern, nur ein Meter sechzig groß. Bei dir stehen die Jungs bestimmt Schlange, oder?«

Von wegen, denkt Inci und lacht. Auch Jeanette lacht und mustert Inci bewundernd, ganz ohne Neid.

»Vergiss die Kerle«, sagt Inci. »Wir können uns auch ohne die amüsieren. Komm, lass uns noch mal tanzen!«

Wieder tanzen, wieder trinken, wieder große Runde, wieder Witze von Jakob, wieder tanzen, wieder trinken. Als Inci nach dem Pinkeln beim Versuch, den Lidstrich nachzubessern, einen schwarzen Strich bis zum Ohr zieht, weiß sie, dass sie ganz schnell nach Hause muss.

»Ich geh dann mal«, sagt sie zu Jeanette, die mit glühenden Wangen neben ihr vor dem Spiegel steht. Ihre blonden Haare stehen wirr ab und kommen Inci wie ein Heiligenschein vor.

»Wo musst du hin?«, fragt Jeanette. Erstaunlicherweise klingt ihre Stimme ganz klar.

»Mülheim.«

Jeanette stützt sie auf dem Weg zurück in die Bar. Verdammt, kann sie etwa nicht mehr gerade gehen? Wo ist ein Strich auf dem Boden? Da ist einer. Huch, ziemliche Schlangenlinien.

»Barkeeper!«, schreit sie durch den Raum. »Wenn Mo Linder auftaucht, sag ihm, Inci hat ihn vergessen …«

»Komm jetzt!« Jeanette packt sie fester, lotst sie nach draußen.

»… schon ganz lang vergessen.«

Die Nachtluft schlägt ihr kalt entgegen, alles dreht sich, ihr ist hundeelend. »Wo hab ich nur das verdammte Fahrrad gelassen?«, nuschelt sie und läuft mal vor und mal zurück, mal in diese Seitenstraße, mal in jene.

»Lass es stehen und hol es morgen ab«, schlägt Jeanette vor.

»Auf keinen Fall!« Inci stupst Jeanette mit dem Finger in die Brust und schwankt dabei gefährlich hin und her. »Das ist ein Montello. Das lass ich über Nacht nicht draußen. – Da ist es übrigens«, bringt sie mit schwerer Zunge heraus, als sie ihr Rad endlich entdeckt. »Na, dann will ich mal.« Sie nestelt ihren Schlüssel aus der Hose, er fällt auf den Boden, Mist. Sie will ihn aufheben, aber er gleitet ihr durch die Finger, als hätte er Füßchen und könnte davonlaufen. Wieso können Jeanettes Finger ihn greifen? Jeanette kann auch das Schloss aufschließen, so mir nichts, dir nichts. Dann schultert sie das Rad. Gute Idee, darauf wäre Inci gar nicht gekommen.

»Wir fahren mit der Bahn«, bestimmt Jeanette. »Welche Linie? Welche Haltestelle?«

»18. Wiener Platz«, hickst Inci, der plötzlich so schlecht ist, dass sie mit den Hugos einen Busch am Straßenrand düngen muss.

»Du trinkst sonst nichts, oder?« Jeanette reicht ihr erst ein Taschentuch und dann einen Kaugummi.

Inci schüttelt energisch den Kopf. Jetzt ist ihr ein kleines bisschen besser. »Und du?«

»Ich komm aus dem Sauerland, da bin ich durch Schützenfeste geeicht! Deshalb weiß ich genau, wann ich aufhören muss. Hast du dein Studententicket dabei?«

Inci nickt. An der U-Bahn-Station stellt Jeanette sie hinter sich auf die Rolltreppe und nimmt sie am Bahnsteig wieder in Empfang.

»Und das Fahrrad? Kostet das extra?«

»Keine Ahnung. Denk schon«, kichert Inci. »Lass das Fahrrad doch schwarzfahren!«

Dann kommt auch schon die Bahn, und irgendwie stolpern sie in den Wagen. Die Bahn rollt an, und Inci fährt Karussell, die restlichen Hugos verlassen ihren Bauch, drängen nach oben, Inci schluckt und schluckt. Bloß nicht in die Bahn kotzen! Das ist so widerlich! Während die Bahn über den Rhein rattert, hält sie sich die Hand vor den Mund, nimmt sie erst weg, als sie am Wiener Platz wieder festen Boden unter den Füßen spürt.

»Und jetzt?«, fragt Jeanette.

Inci deutet in Richtung Frankfurter Straße. Wieder schultert Jeanette das Montello und packt Inci fest am Arm. Der geht es zum Glück ein klein wenig besser.

»Und wohin müssen wir jetzt?«, fragt Jeanette.

»Ist nicht weit. Die dritte Straße rechts«, stöhnt Inci. Sie ist froh, dass ihr Bauch gerade Ruhe gibt.

Jeanette nickt. »Ich werde dir jetzt mal was sagen, weil ich weiß, dass du dich morgen sowieso nicht daran erinnern kannst. Ich verrate dir, warum ich Polizistin werde. Wegen der siebzig Prozent. Darunter muss es doch einen für mich geben. Einer, der sich in mich verliebt. Ich habe auch schon einen im Blick. Weißt du, wer mir gefällt? Jakob. Tanzt super und hat Humor. Man muss mit einem lachen können, das ist wichtig! Stell dir vor, er hat mir seine Nummer gegeben.«

»Liebe ist kompliziert«, nuschelt Inci. »Sehr, sehr, sehr kompliziert. Und weh tut sie auch. Verdammt weh.«

»Aber du hast wenigstens schon mal eine erlebt. Ich dagegen! Mal ein One-Night-Stand nach einem Schützenfest, aber nichts Romantisches. Wenigstens bin ich keine Jungfrau mehr.«

»Jungfrau«, hickst Inci und deutet auf ihr Haus. »Wir sind da. Dritter Stock.«

Jeanette bringt Inci und das Montello hoch bis zur Wohnungstür, die sie aufschließt, erst das Fahrrad und dann Inci nach drinnen schiebt. »Schlaf gut. Wir sehen uns morgen. Blaumachen gilt nicht. Wer feiert, muss auch arbeiten können, sagt man bei uns im Sauerland.«

»Vergiss das Sauerland. Du bist in Köln!«

Jeanette grinst. »Welche Bahn nehme ich nach Deutz?«

»Die 4. Und danke auch.«

Jeanette zieht die Tür hinter sich zu, Inci lehnt sich an die Flurwand, in ihrem Kopf dröhnen Jeanettes Schritte, die schnell leiser und leiser werden. Dann rutscht Inci ganz langsam nach unten, bis ihr Hintern auf dem Boden landet. Und jetzt wird sie nie mehr aufstehen. Nie wieder.

Donnerstag, 4. September

Es ist im Fach »Verfassungsprinzipien und Grundrechtslehre«, als Inci aus ihrem Dämmerzustand aufwacht. Bis dahin hat sie sich unter einer Dunstglocke aus Restalkohol und Müdigkeit durch die Fächer »Öffentliches Dienstrecht« und »Grundlagen taktischen Handelns« gesumpft, ohne irgendetwas mitzubekommen. Mit nichts als zwei Aspirin aus Selins Medikamentenschrank zum Frühstück kam sie in letzter Sekunde an der FH an, rannte zum Unterrichtsraum, nickte Jeanettes besorgtem Gesicht aus der Ferne zu und ließ sich mit einem Lasst-mich-bloß-in-Ruhe-Blick zwischen Yüksel und Jakob plumpsen. Yüksel wirkte fit wie der junge Morgen, Jakob dagegen schwer angeschlagen. Seine gesunden Münsterländer Rotbäckchen sind verschwunden, seine momentane Gesichtsfarbe lässt sich am besten mit stumpfem Stadtgrau beschreiben. Ihre eigene sieht nicht besser aus.

In den wenigen Momenten, in denen sich ihr Verstand an diesem Morgen meldet, verdrängt Inci die Erinnerungsfetzen an den gestrigen Abend und die Fragen, die daraus folgen. Was hat sie Jeanette über Mo erzählt? Was dem Barkeeper beim Abschied zugerufen? Und was hat Jeanette ihr erzählt? Da war doch was mit siebzig Prozent … Himmel, nichts ist schlimmer als Geständnisse im Suff!

Fast kippt sie vom Stuhl, als Yüksel neben ihr aufspringt und sagt: »Die Würde des Menschen ist unantastbar.«

Sie starrt Yüksel an, in ihrem Kopf nichts als Fragezeichen.

»Sehr gut«, lobt der Typ vorne am Pult, Müller oder Miller, so hat er sich vorgestellt, Jurist natürlich, ein Hutzelmännchen in grauem Anzug und mit langweiliger Brille. »Das Grundgesetz, verabschiedet am 23. Mai 1949, ist bis heute das Fundament unserer staatlichen Ordnung. Kollege – junger Mann, wie heißen Sie?«, wendet er sich an Yüksel, nickt, als dieser ihm seinen Namen nennt. »Kollege Öztürk hat Ihnen gerade Artikel 1 dieses Grundgesetzes zitiert. Irgendwelche Erinnerungen an weitere Grundrechte? Es sind mehr als zehn, so viel sei verraten.«

Aber erst mal muss niemand in den Restbeständen seines Sowi- oder Geschichtsunterrichtswissens forschen, denn nach einem kurzen, energischen Anklopfen geht die Tür auf, und Kaspers betritt in Begleitung eines unbekannten Mannes den Raum. Beide Männer wirken sehr ernst, so als sei etwas Gravierendes geschehen.

Kaspers flüstert dem Hutzelmännchen etwas ins Ohr, bevor er sich der Klasse zuwendet. »Jakob Schlosser«, sagt er. »Kommen Sie bitte mit.«

Alle Blicke richten sich auf Jakob, dessen stadtgraues Gesicht sich in Sekundenschnelle in ein grelles Alarmrot verfärbt. Wie das Kaninchen die Schlange starrt er die beiden Männer an.

»Packen Sie alles ein«, befiehlt Kaspers und deutet auf Block und Stift vor ihm auf dem Tisch.

Jakob stopft seine Notizen in den Rucksack und den Stift in die Seitentasche seines Hemdes. Er atmet schnell, als er nach vorne stolpert.

»Vergessen Sie Ihre Jacke nicht!«, ermahnt ihn Kaspers.

Inci reicht sie ihm, schickt ihm einen aufmunternden Blick. Aber der erreicht Jakob nicht, den erreicht gar nichts, der steht unter Schock. Der Fremde öffnet die Tür, Jakob folgt mit gesenktem Kopf, dann Kaspers, der die Tür hinter sich schließt. Eine angespannte Stille macht sich im Raum breit, während Blicke umherschwirren. Alle suchen eine Erklärung für die Aktion, aber keiner hat eine. Das Hutzelmännchen wischt sich mit einem großen Stofftaschentuch die Stirn. Es ist Alma, die sich als Erste räuspert und fragt: »Wissen Sie, was das Ganze zu bedeuten hat, Herr Müller?«

»Ich kann dazu im Augenblick nichts sagen«, weicht er aus und putzt schnell noch seine Brille. »Aber ich versichere Ihnen, dass Sie informiert werden, falls dies nötig sein sollte.« Er steckt das Tuch zurück in die Hosentasche und rückt sich die Brille zurecht. »Deshalb bitte ich Sie, sich wieder auf das Grundgesetz zu konzentrieren. Herr Öztürk, können Sie uns noch weitere Grundrechte nennen?«

Und ob Yüksel das kann: Recht auf freie Entfaltung der Persönlichkeit, Gleichberechtigung von Mann und Frau, Freiheit des Glaubens, freie Meinungsäußerung und so weiter. Die Artikel purzeln nur so aus ihm heraus. Den Rest der Stunde, zum Glück nur noch acht Minuten, bestreiten ausschließlich Müller und Yüksel. Das ist der Vorteil von Strebern, denkt Inci. Manchmal retten sie den Unterricht im Alleingang.

In der Pause lechzt sie nach Kaffee, ist schon auf dem Weg zur Tür, als ein schriller Pfiff von Kevin sie stoppt. Der steht am Fenster und starrt hinunter auf die Straße. »Das glaub ich jetzt nicht!«, ruft er. »Der Münsterländer Bauer wird verknackt.«

Schon drängen alle ans Fenster, auch Inci, und werden Zeuge, wie Jakob von dem fremden Mann zu einem wartenden Streifenwagen gebracht wird und hinten einsteigen muss. Nachdem der Fremde ebenfalls im Wagen sitzt, fährt er davon.

»Zu viele rote Ampeln oder so was«, murmelt Alma.

»Oder zu viele Polizeiwitze in der Öffentlichkeit.« Ludwig aus Bottrop.

»Ach, redet doch keinen Unsinn.« Jeanette ist vor Aufregung ganz rot im Gesicht. »Hört auf, ihn fertigzumachen. Ihr habt doch null Ahnung, weshalb er mitmuss.«

»Die Würde des Menschen ist unantastbar«, wiederholt Yüksel, der in der letzten Reihe steht, aber fast alle überragt. »Ist doch so, oder?«, fährt er fort, nachdem sich alle zu ihm umgedreht haben. »Selbst wenn er etwas angestellt hat.«

»Vielleicht ist das alles eine mit Jakob abgesprochene Show, damit wir kapieren, was das mit dem Grundgesetz soll?«, spekuliert Kevin. »Neue Lernmethoden oder so was.« Er kichert mit der restlichen Westfalenfront.

»Quatsch!« Mit einem einzigen Blick bringt Alma die drei zum Verstummen.

»Auf alle Fälle gilt für ihn wie für jeden Verdächtigen die Unschuldsvermutung.« Jeanettes Stimme zittert, als sie das sagt. »Jakob ist so lange unschuldig, bis seine Schuld erwiesen ist.«

»So ist es«, bestätigt Yüksel wie ein weiser Buddha, bevor er sich umdreht und den Raum verlässt.

Andere folgen, die Runde löst sich auf, auch Inci ist schon fast draußen, als sie sich noch einmal umdreht und sieht, dass Jeanette als Einzige noch am Fenster steht. »Komm mit«, sagt sie. »Ich spendiere dir einen Kaffee.«

Aber Jeanette dreht sich nicht um. Ihre Schultern heben und senken sich heftig, und nicht nur die, der ganze kleine dralle Körper bebt. Jetzt ist es an Inci, nach einem Taschentuch zu suchen. Zum Glück findet sie eines.

»Hier«, sagt sie, geht zum Fenster und reicht Jeanette das Taschentuch über die Schulter.

Jeanette schnäuzt sich und schnäuzt sich, Inci liefert noch zwei Papiertücher hinterher. »Hey«, sagt sie. »Du heulst dir doch nicht wegen eines Typen die Augen aus, den du noch nicht mal eine Woche kennst.«

»Natürlich nicht!« Jeanette dreht sich endlich um und trompetet noch einmal in das dritte Papiertuch, bevor sie es in die Tasche stopft. Ihre Nase leuchtet so rot wie die von Rentier Rudolph. »Es ist wegen der Wohnungssuche, weißt du. Immer nur Absagen, gerade schon wieder eine. Zu haben sind nur Löcher, in denen man wirklich nicht wohnen will, oder irgendwas am Stadtrand, von wo aus man Stunden zur FH braucht, oder zu Preisen, die ich nicht bezahlen kann. Warum ist das bloß so schwierig hier?«

»Metropole.« Inci zuckt mit den Schultern. »Willst du jetzt einen Kaffee?«

»Gleich.« Jeanette nestelt zuerst ein eigenes Taschentuch, dann eine Puderdose aus ihrer Handtasche, mit deren Hilfe sie das Rentier-Rudolph-Glühen abdeckt. »Wie sehe ich aus?«

»Besser, wir warten noch ein paar Minuten«, schlägt Inci vor, denn Jeanettes Augen sehen noch zu verheult aus. »Weißt du, wie Jakob gestern nach Hause gekommen ist?«, will sie wissen. »Der hatte doch auch einiges intus.«

»Du meinst, rote Ampeln und so?«

Inci nickt. »Er besitzt ein Rennrad und ein Motorrad und war nicht weniger besoffen als ich. Und ich hätte gestern Nacht bestimmt alle roten Ampeln überfahren, wenn du mich nicht daran gehindert hättest.«

Jeanette überlegt und schüttelt dann den Kopf. »Der ist mit der Bahn gekommen wie wir alle. Wir haben uns doch am Rudolfplatz getroffen. Ich kann mir wirklich nicht vorstellen, was er angestellt hat. Der kann keiner Fliege was zuleide tun!«

Nett ist er, da stimmt Inci ihr zu. Die Bewunderung für ihr Montello, die Blödeleien vor dem Polizeipräsidium, die Witze gestern Nacht. Aber er braucht Lacher und Schulterklopfer auf seiner Seite, er giert nach Anerkennung, will gefallen. Gefallen um jeden Preis?

»Er hat mir doch gestern Abend seine Nummer gegeben. Meinst du, ich soll ihn anrufen?«

Inci würde es nicht tun, sie würde sich auf keinen Fall noch ein weiteres Problem ans Bein binden, denn irgendwas sagt ihr, dass es da ein Problem mit Jakob gibt. Aber sie ist nicht Jeanette. Jeanette sieht Jakob mit anderen Augen. Wenn Inci ihre Erinnerungen richtig zusammensetzt, dann ist Jakob für Jeanette ein potentieller Märchenprinz.

»Du kannst jetzt wieder unter Leute gehen«, antwortet sie ausweichend. »Kaffee?«

Als Inci nach dem Unterricht ihr Fahrrad aufschließt, sieht sie, dass Jakob sein Scott Speedster am Verkehrsschild ein paar Meter weiter angeschlossen hat. Sie hätte bei einer Verhaftung – oder was immer das war – darauf bestanden, ihr Montello mitzunehmen, oder hätte sich nur beruhigt, wenn man ihr versichert hätte, dass sie es vor dem Abend wieder abholen könnte. Ist Jakob sein Rad genauso wichtig? Nein, er braucht es nur zum Angeben, genau wie das Motorrad. Wie gemein sie über ihn denkt! Sind Leute, die sich in den Vordergrund spielen, per se blöder als die, die in Deckung bleiben? Nicht unbedingt, gibt sich Inci als Antwort und denkt an Alma. Auch Alma mischt gerne weit vorne mit. Aber nicht um jeden Preis. Oder ist ihr Alma nur sympathischer? Vielleicht irrt sie sich bei Jakob? Sie weiß doch, wie trügerisch der erste Eindruck sein kann, auch *ihr* erster Eindruck.

Sie schwingt sich aufs Rad und fährt los. Sie will nicht länger an Jakob denken, aber etwas hängt ihr nach. Eine seltsame Angst, die sie da am Fenster gepackt hat. Für einen Augenblick hat sie nicht Jakob, sondern Mo gesehen, der in den Polizeiwagen steigen musste. Mo, der für diesen bewaffneten Überfall eingebuchtet wurde. Geht dieser Überfall wirklich auf sein Konto? Gilt die Unschuldsvermutung, von der Jeanette gesprochen hat, nicht auch für Mo?

Seit dem Krähentraum schleppt sie ihn mit sich herum, quält sich mit Erinnerungen, fällt fast in Ohnmacht, verheddert sich in Spekulationen. Ja, ja, es ist ihr fast gelungen, ihn zu vergessen.

Fast. Aber er ist zu ihr zurückgekehrt. Erst im Traum und dann als Verdächtiger dieses Überfalls. Sie muss jetzt mal diesen blöden Herzschmerz, der sie irgendwie immer noch plagt, zur Seite schieben, denn es gibt einen anderen, viel gewichtigeren Grund, Mo wiederzusehen: den Schwur. Was immer auch passiert, wenn einer von uns in Schwierigkeiten gerät, sind die anderen für ihn da, das haben sie sich damals versprochen. Und Mo steckt in Schwierigkeiten, anscheinend nicht zu knapp.

Und so radelt sie wieder auf die andere Rheinseite und dort immer weiter aus der Stadt hinaus, an den Hundeschulen und Schrotthalden vorbei, bis sie erneut vor der Kleingartenanlage Olympia steht.

Edith. Mit so einer Art Mutter hatte Inci noch nie etwas zu tun, bevor sie Mo kennenlernte. Auffällig wie ein bunter Hund, feuerrot gefärbte Haare, Hippie-Klamotten, klirrende Armreifen, immer barfuß. Nur bei starkem Frost schlüpfte sie in holländische Holzschuhe. Im Garten säte sie großzügig dies und das, ließ alles wuchern, Kraut und Rüben in den Beeten. Wenn Edith ihnen eine Schale winziger Erdbeeren oder krüppeliger Radieschen auf den Tisch stellte, wunderte sich Inci jedes Mal, dass Mos Mutter aus diesem Wildwuchs tatsächlich etwas Essbares ernten konnte.

Hätte Inci vor drei Jahren Mo und Falk mit nach Hause gebracht, ihr Vater wäre ausgeklinkt. »Ein Mädchen und zwei Jungen! Was da alles passieren kann! Du bist fünfzehn, du bist kein Kind mehr. Und den Kerlen sprießen schon die Barthaare. Glaubst du, die wollen noch Fangen spielen? Ich kann dir sagen, was die wollen. Die wollen nur das Eine …« So oder so ähnlich hätte er geschimpft. Wenn es um seine Töchter geht, vergisst er gerne seine ansonsten liberalen Ansichten.

Auch Falks Eltern wären bei ihrem Auftauchen nicht begeistert gewesen. Aber Falk durfte sowieso niemanden mit nach Hause bringen, es sei denn, seine Eltern kannten die Eltern seines Besuchs. Und weder Baba noch Edith entsprachen dem Typ Eltern, die Falks Eltern kannten.

Bei Edith aber waren sie immer willkommen. Nicht dass sie sie mit offenen Armen empfangen hätte, ihr Willkommen war eher beiläufig. »Hallo, ich bin Edith.« Sie waren Mos Freunde, natürlich durfte er sie mitbringen. Es störte Edith nicht, wenn sie stundenlang in dem winzigen Wohnzimmer der Laube vor dem Fernseher abhingen, in einem Anfall von Heißhunger den Kühlschrank plünderten, sich lautstark über Nichtigkeiten stritten oder im Garten mit giftgrünen Wasserpistolen auf Tauben spritzten.

Edith war ganz anders als ihre Ane und das Gegenteil ihrer gluckenden Großmutter. Edith war cool und lässig. Sie brauchte weder eine große Familie um sich herum noch schien es sie zu stören, dass Mos Vater nicht da war. Sie klebte auch nicht an ihrem Sohn, wie es viele alleinerziehende Mütter tun. Sie war sich selbst genug. Das imponierte Inci. So verlassen, wie sie sich damals fühlte, zeigte ihr Edith, dass man überleben kann, selbst wenn die Familie auseinanderbricht.

Im Schuppen neben der Laube befand sich Ediths Werkstatt. Dort schmiedete sie Schmuck, den sie auf Weihnachtsmärkten verkaufte. Inci schaute ihr gerne dabei zu, und bald legte ihr Edith Silberdraht, Zange und Perlen zum Selbermachen hin. So fertigte sie nach einigen Fehlversuchen eine ganz schöne Kette. »Ein Geschenk für deine Mutter«, schlug Edith vor, nicht ahnend, dass sie Inci damit ein Messer ins Herz stieß. Edith wusste nicht, dass Ane die Familie verlassen hatte und bei Nacht und Nebel verschwunden war. Lange Zeit wusste das niemand außer Baba und Selin. Auch Mo und Falk erzählte sie erst viel später davon.

Während sie ihr Rad wieder über die schmalen, moosbespannten Wege lenkt, merkt Inci, dass sie Edith vermisst hat. Aber damals hieß die Entscheidung, Mo nicht mehr zu sehen, auch seine Mutter nicht mehr zu sehen. Sie hätte es nicht ertragen, Edith zu besuchen und dabei vielleicht Mo und Emily zu begegnen. Emily, die Lime-Club-Prinzessin, in die Mo sich Herz über Kopf verliebte, ohne zu bemerken, dass er damit Incis Herz zerriss. Hör auf, daran zu denken, das ist jetzt nicht wichtig, schilt sie sich.

Noch einmal nach rechts und nach links abbiegen, dann passiert sie Südermanns Spießergarten, und schon steht sie vor Ediths Wildnis. Diesmal öffnet Inci das Gartentor und schiebt ihr Fahrrad hinein. Wie beim letzten Mal flattert grüne Unterwäsche auf der Leine, die dieses Mal aber von zwei Männerjeans eingerahmt wird. Mo! Wird sie ihm gleich gegenüberstehen? Sie ignoriert ihr schnell klopfendes Herz und zwingt sich weiterzugehen. Im Garten entdeckt sie niemanden, aber die Tür zur Werkstatt steht offen. »Take a Look at my Girlfriend« hört sie. Sie kennt das Stück: »Breakfast in America« von Supertramp, eine von Ediths Lieblingsplatten.

»Edith?«, ruft sie und entdeckt auf einem Baumstumpf neben der Schuppentür die Plastikkrähe, die Falk damals anschleppte.

Aber es ist nicht Edith, die aus dem Schuppen tritt, und auch nicht Mo. Eher ein Mo mit faltigem Gesicht und grauen Haaren, ein älterer Mann in Jeans und Kurzarmshirt mit einem immer noch durchtrainierten Körper, ein Mo, wie er in dreißig Jahren aussehen könnte. Mos Vater, na klar. Sie kennt ihn nur von Bildern. Karl der Große. Er saß im Knast in der Zeit, als sie mit Mo befreundet war.

»Hallo«, sagt er und lächelt so, wie Mo es immer getan hat.

»Ich bin Inci, eine alte Freundin von Mo. Ist er da?« Ihr Mund ist so trocken, dass sie die Worte wie steinharte Kekse ausspuckt.

Er schüttelt den Kopf, kommt auf sie zu, betrachtet sie neugierig und sagt: »Inci. Soso.«

Dann reicht er ihr die Hand. Sie ist rau und warm und hat einen kräftigen Druck. Inci inspiziert seine muskulösen Arme und weiß, dass er ihr mit einem Griff die Finger brechen könnte.

»Ist Edith da?«

»Einkaufen.«

»Können Sie Mo ausrichten, dass ich hier war? Ich schreibe meine Nummer auf, damit er mich anrufen kann.« Sie holt ihren Spiralblock aus der Tasche, reißt eine Seite heraus und greift zum Kugelschreiber. Sie ist froh, dass sie was zu tun hat.

»Du hast ihn länger nicht gesehen, was?«

Eine Ewigkeit, denkt sie, nickt aber nur, während sie die Nummer notiert.

»Er ist ausgezogen. Wohnt in einer WG in der Stadt. Belgisches Viertel, Roonstraße 23.« Er fischt ein Handy aus der Hosentasche. »Willst du auch seine Telefonnummer?«

Inci greift nach ihrem Handy und speichert die Zahlen ein. Sie sieht, dass Baba ihr eine SMS gesendet hat. Die muss warten.

»Inci«, murmelt Karl der Große. »Dann bist du die Inci. Ich hab von dir gehört …«

Wieder lächelt er. Seinen Blick kann Inci nicht deuten. Plötzlich kommt ihr dieser Besuch wie eine Kamikaze-Aktion vor, und sie will nur noch weg.

»Einen schönen Gruß an Edith«, stottert sie, während sie das Rad umdreht und schnell davongeht.

»Werde ich ausrichten«, ruft ihr Mos Vater hinterher. »Und komm ruhig mal wieder. Edith freut sich bestimmt.«

»Mal sehen«, antwortete sie.

Sie läuft eilig durch die Gärten zurück, erst an der Straße hält sie inne. Ihr Herz rast immer noch. Karl der Große ist zurückgekehrt, Edith nicht mehr allein, die Familie wieder ganz, aber Mo wohnt nicht mehr hier. Was, wenn Ane zurückkäme? Würde sie oder würde Selin dann auch ausziehen? Kann eine Familie wieder eins werden? Oder bleibt sie Flickzeug, für immer gezeichnet, nachdem sie einmal auseinandergebrochen ist?

Die SMS von Baba lautet: Es gibt Nudelsalat! Ein Friedensangebot, weiß Inci, Nudelsalat ist ihre absolute Lieblingsspeise. Also, ab nach Hause!

Als sie an den Hundeschulen und Schrotthalden vorbei zurück in die Stadt radelt, erinnert sie sich, dass sie damals Baba und Edith verkuppeln wollte. Weil sie fand, dass die beiden gut zueinander passen würden, weil sie hoffte, dass es Baba dann endlich besser ginge, und ein bisschen auch, damit Susanne wieder aus ihrer aller Leben verschwand.

Direkt nach Anes Verschwinden verfiel Baba in hektische Betriebsamkeit. Jeden Tag standen Anes Lieblingsblumen auf dem Tisch, jeden Tag versicherte Baba Selin und ihr, dass Ane nur eine Auszeit nehme, jeden Tag rechnete er mit ihrer Rückkehr, aber sie kam nicht. Nachts, wenn er glaubte, dass sie schliefen, lauschten sie seinen aufgeregten Telefonaten mit Anes Mutter in Istanbul, die auch keine Ahnung hatte, wo ihre Tochter steckte. Erst vier Wochen später kam eine Postkarte mit einem Foto des Gülhane-Parks. Ane schrieb, dass es ihr gut gehe, sie alle liebe, aber nicht mehr mit ihnen leben könne. Keine Adresse, keine Telefonnummer, nichts. Im Gülhane-Park hatten sich Baba und Ane kennengelernt. Baba konnte es nicht fassen, dass sie ausgerechnet von dort eine so nichtssagende Karte schickte. Er weinte ohne Unterlass, lief den ganzen Tag in Schlafanzughosen herum, hielt die Jalousien auch tagsüber geschlossen, vergaß, sie zur Schule zu schicken oder zu kochen und tränkte die ganze Wohnung mit seiner maßlosen Traurigkeit.

Als nichts mehr zu essen im Kühlschrank war, rief Selin Babas Ane an. Die kam sofort mit Bergen von Fladenbrot und Schüsseln voll Köfte, aber leider auch mit Dede im Schlepptau. Dem fiel nichts Besseres ein, als seinen Sohn mit Vorwürfen zu überhäufen, weil er diese eingebildete Istanbulerin und nicht das Mädchen, das sie ihm ausgesucht hatten, geheiratet hatte. »Ich habe dir immer gesagt, dass Hyzün sie zurücktreibt. Die Istanbulerinnen wollen immer nur in Istanbul leben, was anderes gibt es für die nicht. Sie dorren aus in der Fremde, verzehren sich so sehr nach dem Wasser des Bosporus, dass selbst die Liebe sie nicht davon abhält, alle Zelte hinter sich abzubrechen. Deine Cigdem ist nicht die Erste. Hättest du nur auf mich gehört, mein Sohn!«

Seit diesem Gespräch litt Ane für Selin und Inci an der Hyzün-Krankheit, deren Symptome Sehnsucht und Melancholie sind. Eine schlimme, eine furchtbare, eine unheilbare Krankheit, von der nur die Bewohner von Istanbul heimgesucht werden. Wie Schwalben, die in den Süden ziehen, so müssen auch die Istanbuler in ihre Stadt zurück. Den Winter über hofften Baba, Selin und sie, dass Ane wie ein Zugvogel im Frühjahr zurückkehren würde. Aber es kamen nur weitere Postkarten, und Baba, obwohl selbst kein Istanbuler, entwickelte mehr und mehr die Symptome der Hyzün-Krankheit.

Erst als Dede drohte, Selin und sie zu sich zu nehmen, wenn sein Sohn sich nicht endlich wie ein Mann benehme, riss Baba sich am Riemen. Er ging wieder arbeiten, besorgte den Haushalt, schmierte Schulbrote, hörte Vokabeln ab, half bei Referaten und heulte sich bei Susanne aus, die nun fast jeden Abend wie eine dicke Spinne in ihrer Küche saß, verständnisvoll zuhörte, aber gleichzeitig eifrig damit beschäftigt war, ihre klebrigen Netze überall auszulegen. Am Ende, da waren sich die Schwestern sicher, würde sie Baba wie die Schwarzen Witwen mit Haut und Haaren verschlingen und Selin und Inci gleich mit.

Doch das passierte genauso wenig, wie es Inci gelang, ihren Vater mit Edith zu verkuppeln. Edith und Baba kennen sich bis heute nicht, und jetzt, da Karl der Große zurück ist, muss Inci die Wunschvorstellung wohl endgültig begraben, dass aus den beiden irgendwann ein Paar werden könnte.

Auf dem Tisch steht eine große Schüssel Nudelsalat. Es ist für zwei gedeckt – stimmt, Selin hat immer noch Spätschicht –, mit Tischsets, Servietten und allem Pipapo. Der CD-Player spielt »Back to Black« von Amy Winehouse. Diese CD mögen sie alle drei.

»Fangen wir noch mal von vorne an«, schlägt Baba vor. »Du willst also Polizistin werden.«

Inci prüft seinen Blick, bevor sie antwortet. Die Wut ist verschwunden, die Trauer auch, stattdessen entdeckt sie Kummer und Sorge. Ach herrje! Dann zählt sie Baba all die Fächer auf, die sie im ersten Semester hat. »Und jetzt sag nicht, dass das nicht anspruchsvoll ist! Außerdem«, fügt sie hinzu, »kann ich nach der Ausbildung immer noch ein Jurastudium draufsetzen. Und dann werde ich vielleicht mal die erste Polizeipräsidentin, deren Nachname mit einem Y anfängt. Aber eigentlich will ich in die Mordkommission.«

»Mordkommission, natürlich!«, seufzt Baba. »Ich hätte euch nicht so viel fernsehen lassen sollen! Mit der Abteilung für Wirtschaftskriminalität könnte ich mich eher anfreunden. Dann würdest du wenigsten diesen Zockern und Geld-Jongleuren das Handwerk legen. Aber Mordkommission! Hast du eine Ahnung, was du da zu sehen bekommst? Halb verfaulte Leichen, aufgeschlitzte Leiber, abgeschlachtete Kinder. Die werden dir in deine Träume folgen. All diese Grausamkeiten, all das Böse! Du wirst von Albträumen geplagt werden!«

»Baba, da pickst du dir natürlich das Allerschlimmste raus, und außerdem ist es bis dahin ein weiter Weg. Erst mal dauert das Studium drei Jahre. Dann werden wir auf solche Situationen vorbereitet, es gibt Polizeipsychologen, die uns unterstützen und so weiter. – Und du als Sozialarbeiter wirst in deinem Job auch manchmal von Albträumen geplagt. Habe ich recht oder nicht?«

»Ja, ja«, gibt Baba zu und schaufelt erst ihr und dann sich eine große Portion Nudelsalat auf den Teller. »Iss mal. Ich habe extra keine Erbsen in den Salat getan, weil du die nicht magst.«

»Schmeckt sehr gut«, lobt Inci den Salat.

»Es kann ja schon sein, dass die Polizei heute eine andere ist als in meiner Jugend«, macht Baba weiter, »aber sie bleibt ein Staatsapparat.«

»Der Staatsapparat eines Rechtstaates«, wirft Inci ein, die merkt, dass doch ein bisschen was über die Grundgesetz-Vorlesung in ihrem Kopf hängen geblieben ist.

»Das stimmt, aber nicht alles, was der Rechtsstaat macht, ist recht.« Langsam aber sicher redet sich Baba warm. »Denk nur an die NSU-Morde! Wie blind dieser rechtsstaatliche Polizeiapparat da auf dem rechten Auge war und noch ist! Oder stell dir vor, du musst eine Veranstaltung von so rechten Säcken schützen. Vierzig verletzte Polizisten bei dem Hooligan-Aufmarsch im letzten Oktober! Wenn ich mir vorstelle, dass dich so einer schlägt! Oder stell dir vor, du musst bei einer politischen Demonstration gegen deine eigenen Leute vorgehen. Oder …«

»Baba, du tickst anders als ich, für dich sind andere Sachen wichtig«, unterbricht sie ihn. »Lass es gut sein. Du wirst noch tausend Gründe finden, die dagegen sprechen. Es ist …«

»Dein Leben und dein Weg.« Er zuckt hilflos mit den Schultern und legt seine Gabel beiseite.

»Baba, ich werde nicht so ein Horror-Bulle werden. Und …« – das muss nämlich jetzt wirklich gesagt werden – »ich bin nicht egoistisch, rücksichtslos und hinterhältig.«

»Nein, bist du nicht«, gibt er zu. »Tut mir leid, dass ich das gesagt habe. Keiner kann mich so auf die Palme bringen wie du.«

Außer Ane, denkt Inci, aber die ist nun schon so lange nicht mehr da. Sie sagt: »Entschuldigung angenommen. Friede?«

»Friede«, wiederholt Baba, und seine Augen blitzen freudig, während sie sich mit Wassergläsern zuprosten. Dann schleichen sich wieder Kummer und Sorge in seinen Blick. »Inci, du weißt …«, windet er sich. »Es tut mir leid, dass ich dir solchen Kummer gemacht hab, aber bitte hör auf, deine Sorgen in Alkohol zu ertränken. Das ist keine Lösung.«

Oh, verdammt! Nicht Selin, sondern Baba hat sie in der Nacht im Flur gefunden und ins Bett geschafft. Innerlich muss sie grinsen, weil er tatsächlich denkt, sie hätte seinetwegen getrunken. Es gibt noch andere Männer, die mir Sorgen machen, Baba! Die Zeiten, wo du der Dreh- und Angelpunkt meines Lebens warst, sind längst vorbei. Dabei, stellt sie nach einem Blick auf ihn fest, sieht ihr Baba immer noch blendend aus. Schlank und sehnig ist er und hat den geschmeidigen Gang eines Panthers. Gut, Ane bescherte ihm die zwei tiefen Wangenfalten, aber sein Haar ist bis auf wenige graue Einsprengsel immer noch tiefschwarz, und er trägt es weiterhin kinnlang wie auf dem Foto im Flur. Nur sein verwegener Blick ist verschwunden, in seinen Augen hat sich auf ewig die Hyzün-Krankheit eingenistet.

»Das war dieser verdammte Hugo«, erklärt sie ihm. »Schmeckt so süffig und gar nicht nach Alkohol. Bin sofort nach Hause, als ich gemerkt habe, dass ich nicht mehr gerade stehen kann.«

»Bist du etwa noch aufs Rad gestiegen?« Geballte Empörung blitzt aus Babas Augen.

»Nein, nein. Jeanette, eine Studienkollegin, hat mich gebracht.«

»Nett?«, fragt er erleichtert.

»Ja, sie ist nett. Kommt aus dem Sauerland. Sie sucht dringend eine Wohnung. Hockt zurzeit in der Jugendherberge fest und ist schon ganz verzweifelt, weil sie nichts findet.«

»Sie kann ja erst mal bei uns unterkriechen«, schlägt Baba vor. »Du hast doch noch die Gästematratze unterm Bett. Oder …«

»Oder?«

»Das kleine Zimmer. Vielleicht sollten wir es endlich mal entrümpeln.«

Inci traut ihren Ohren nicht und schaut den Vater erstaunt an. Das kleine Zimmer gehörte Ane. Dort stehen immer noch ihre

Nähmaschine, ihre Kisten mit Stoffresten und Dekorationskram, die Körbe mit Wollknäueln und die Kartons mit ihren Zeitschriften, dort hängen immer noch die Kleider, die sie zurückgelassen hat. Nach Anes Verschwinden schlich sich Inci oft hinein, um den Duft ihrer Mutter, der noch zwischen Kleidern und Stoffen hing, einzuatmen und leise um Ane zu weinen. Eines Nachts, als sie nicht schlafen konnte, entdeckte sie auch Baba in diesem Zimmer. Er hielt eines von Anes Sommerkleidern in den Händen und presste es sich ins Gesicht. Ob auch Selin in das Zimmer schlich, weiß Inci gar nicht. Jeder von ihnen trauerte für sich allein. Irgendwann brauchte Inci nicht mehr in das Zimmer zu gehen, und im Laufe der Zeit haben sie viel Aussortiertes dort gelagert, sodass es zur Rumpelkammer wurde.

Aber sie reden nie über dieses Zimmer, deshalb starrt Inci ihren Vater weiter überrascht an. Auch wenn sie das Gesicht ihres Vaters meist wie ein offenes Buch lesen kann, jetzt gelingt es ihr nicht, seinen Blick zu enträtseln.

»Irgendwann muss man Dinge abschließen, findest du nicht? Komm, wir schauen es uns mal an!«, schlägt er vor.

Sie stehen zögerlich auf, lassen sich Zeit, als sie die Stühle an den Tisch zurückschieben, und gehen mit langsamen Schritten durch den Flur. Sie betreten das Zimmer nicht, bleiben an der Schwelle stehen, drehen nur den Lichtschalter an. Sie fahren mit den Augen die Kartons und Kisten ab, bleiben an der großen Fotografie des Gülhane-Parks hängen, die Baba Ane zum zehnten Hochzeitstag geschenkt hat. Sie sagen nichts, schauen nur. Inci spürt Babas Schulter und die Wärme seines Körpers neben sich, und mit einem Mal weiß sie, dass nicht nur Anes Duft, sondern auch ihr Geist endgültig aus diesem Zimmer verschwunden ist.

»Du willst wirklich eine zweite Polizistin im Haus haben?«, fragt Inci und ist erleichtert, als Baba grinst. »Jeanette wird sich freuen. Besser als die Jugendherberge ist es allemal.«

»Wir müssen Selin noch fragen, ob sie damit einverstanden ist. Dann können wir am Wochenende mit dem Entrümpeln anfangen.«

Inci nickt, und Baba löscht das Licht wieder. Sie kehren zurück in die Küche, und Inci denkt, dass jetzt eine neue Zeit beginnt: die Nach-Ane-Zeit, die Ane-ist-Vergangenheit-Zeit, die Anes-Verschwinden-tut-nicht-mehr-weh-Zeit.

Freitag, 5. September

Jeanette ist ganz aus dem Häuschen, als Inci ihr in der ersten Unterrichtspause anbietet, zu ihnen zu ziehen.

»Und deine Familie hat wirklich nichts dagegen? Ist dir morgen als Umzugstermin recht? Was kann ich an Möbeln mitbringen? Weißt du, ich habe so ein super Metallbett, eins vierzig breit, passt das? Und was ist mit einem Schreibtisch? Mensch, was wird das für eine Erleichterung sein, endlich nicht mehr an Wohnungssuche zu denken«, sprudelt es aus ihr heraus. »Womit kann ich deinem Vater eine Freude machen? Mag er Wein? Trinkt er überhaupt welchen? Und für deine Schwester ein Parfüm? Ach, und überhaupt: Was soll das Zimmer denn kosten?«

Da muss Inci passen, denn darüber haben Baba und sie gestern Abend nicht gesprochen. Auch ansonsten bremst sie Jeanette aus. Das Zimmer ist nicht auf Dauer, nur als Übergang gedacht, sagt sie ihr. Außerdem steht es noch voll, und es wird bestimmt ein paar Tage dauern, bis sie es wirklich leer räumen.

»Das macht doch nichts«, sprudelt Jeanette weiter. »Ein paar Tage halte ich es noch gut in der Jugendherberge aus, wenn ich weiß, dass ich danach was Festes habe. Klar versteh ich das mit dem Übergang. Aber das nimmt mir so viel Druck. Du kannst dir gar nicht vorstellen, wie erleichtert ich bin!«

»Weißt du was? Am besten, du kommst heute Abend mal vorbei, damit du alle kennenlernst«, schlägt Inci vor. »Vielleicht willst du ja gar nicht bei uns einziehen, wenn du uns zusammen erlebst!«

»Heute Abend?«, wiederholt Jeanette und wirkt mit einem Mal zögerlich.

»Passt dir das nicht?«

»Doch, doch«, versichert Jeanette eilig. »Es ist nur …« Sie flüstert jetzt und schaut auf den Boden. »Ich habe Jakob auf den AB gesprochen und ihm vorgeschlagen, dass wir uns heute Abend treffen können, wenn er jemanden zum Reden braucht. Er hat noch nicht zurückgerufen. Keine Ahnung, ob er es tut oder ob er überhaupt seine Mailbox abhören kann. Vielleicht wird er noch festgehalten. In der FH ist er jedenfalls nicht. Ich mache mir echt ein bisschen Sorgen um ihn.« Sie schaut kurz auf, um dann schnell wieder den Blick zu senken.

Inci denkt, dass Jeanette sich den Münsterländer Märchenprinzen aus dem Kopf schlagen soll, und sagt: »Jeanette! Du kennst ihn doch überhaupt nicht. Nur von einmal Feiern.«

»Weißt du was?«, meint Jeanette. »Ich komm auf alle Fälle zu euch. Wenn Jakob sich meldet, mach ich was anderes mit ihm aus.«

Kurz blitzt in Incis Kopf ein Bild von Jeanette und Jakob als Paar auf, sie stellt sich vor, dass Jakob dann regelmäßig Gast in ihrer Wohnung ist, und sie fragt sich, ob sie das so gut fände. Ob es überhaupt eine gute Idee ist, Jeanette in ihre Familie zu holen, ob sie damit nicht zu weit aus der Deckung geht. Aber dann denkt sie an das kleine Zimmer und weiß, dass die neue Zeit nur anbrechen kann, wenn sie es wirklich leer räumen. Und damit sie es tatsächlich tun, brauchen sie einen Grund. Und Jeanette, die händeringend ein Zimmer sucht, ist ein solcher.

So weit, so gut, alles Weitere wird sich zeigen. Während des Soziologieunterrichts wendet sich Inci ihrem nächsten Problem zu. Sie überlegt, ob sie Mo anrufen oder direkt in seiner WG vorbeigehen soll. Während der »Einführung in die strafrechtliche Dogmatik« entscheidet sie, dass eine Face-to-face-Begegnung dem Telefonieren vorzuziehen ist.

Das Belgische Viertel, in dem Mo jetzt wohnt, kennt Inci nur bei Nacht. Es gibt viele Clubs in der Gegend, und bei schönem Wetter herrscht am Brüsseler Platz abends Partystimmung, bis das Amt für öffentliche Ordnung einschreitet. Die Roonstraße liegt ein wenig abseits der Feiermeilen und ist stark befahren. Die Häuser rechts und links davon sehen entsprechend aus. Alt, schlecht in Schuss, lärmgeplagt, WG-tauglich. Die Nummer 23 macht da keine Ausnahme. Inci findet Mos Namen neben drei anderen auf der Klingelleiste der vierten Etage. Die Haustür ist offen, sie steigt die vier Stockwerke hoch, stellt fest, dass die Klingel an der Wohnungstür nicht funktioniert, klopft erst vorsichtig, und als nichts passiert, kräftiger.

Wieder ist es nicht Mo, der die Tür öffnet, sondern ein Mädchen, das Inci an Emily erinnert, aber nicht Emily ist. Es versetzt ihr einen Stich, dass Mo immer noch auf diese dünnhäutigen, zierlichen, weizenblonden Club-Prinzessinnen mit Kulleraugen abfährt.

»Hallo, ich bin Inci«, stellt sie sich vor und freut sich, dass ihre Stimme nicht aufgeregt klingt. »Ist Mo da?«

»Hä?«

»Moritz Linder.«

Das Mädchen zuckt eher gelangweilt als verwundert mit den Schultern. »Nein«, sagt sie. »Ist schon seit Montag nicht mehr aufgetaucht. Keine Ahnung, wo er sich herumtreibt. Versuch's auf dem Handy. Hast du seine Nummer?«

Inci nickt. »Kann ich ihm in seinem Zimmer eine Nachricht hinterlassen?«, traut sie sich zu fragen. »Jetzt, wo ich schon mal da bin.«

»Tu dir keinen Zwang an. Zweite Tür rechts.« Das Mädchen dreht sich um und verschwindet hinter der ersten Tür auf der linken Seite.

Doch nicht seine Freundin, denkt Inci verdattert, und er lässt sich nicht mehr Mo nennen. Sie steht noch ein bisschen in der Tür, bevor sie die fremde Wohnung betritt. Geradeaus sieht sie hinter der offenen Küchentür einen Berg schmutziges Geschirr neben dem Spülbecken stehen. Von der oberen Etage dringt Salsa-Musik durch die Decke.

In Mos Zimmer herrscht wie in Ediths Garten ein gemütliches Chaos. Ein Hügel gebrauchter Klamotten in der einen Ecke, eine Ansammlung von Schuhen in der anderen. Dazwischen ein großes Bett mit weinroter Bettwäsche, dahinter an der Wand eine wilde Collage aus Fotos, Comics und Zeitungsausschnitten. Und im Herzen dieses Bilderstrudels entdeckt sie das Foto von sich, Falk und Mo auf der Hohenzollernbrücke. Das gleiche Foto, das ganz unten in ihrer Souvenirkiste liegt. Sie weiß genau, warum sie das Bild versteckt hält, hat aber keine Ahnung, wieso Mo es ins Zentrum seiner Erinnerungen stellt.

Sie fährt mit dem Zeigefinger über die winzigen Papiergesichter und lächelt traurig. Ein asiatischer Tourist hat das Bild gemacht, an dem Tag, als sie beschlossen, auch ein Schloss an diese mit Schlössern behängte Brücke zu klicken. Bestimmt das einzige Schloss zwischen Abertausenden, auf dem bis heute drei Namen stehen: Falk. Inci. Mo. Die Schlüssel dafür warfen sie natürlich in den Rhein, wo sie jetzt auf dem Flussgrund wie alle anderen Schlüssel vor sich hinrosten.

Sie wendet sich von dem Foto ab und dem Fenster zu, unter dem ein hölzerner Schreibtisch steht. Zwei Fachbücher über Schweißtechnik, ein Post-it-Block und ein Stapel Sudoku-Hefte liegen darauf. Ihr fällt ein, dass sie Karl den Großen überhaupt nicht gefragt hat, was Mo jetzt macht. Studieren wahrscheinlich nicht, bei der Masse an Fehlstunden wird er es nicht bis zum Abi geschafft haben. Ob er tatsächlich in einer Ausbildung zum Schweißer steckt? Und daneben eine inoffizielle Ausbildung zum Meisterdieb macht? Mit seinem Vater als Lehrmeister? Deshalb der bewaffnete Raubüberfall? Weil ein Meisterdieb mehr können muss als Fahrräder und Handys klauen?

Ihre Finger gleiten über die Schreibtischschubladen, sie sind nicht abgeschlossen. Nein! Sie ist schon unerlaubt in diesem Zimmer, sie hat kein Recht dazu, diese Schubladen zu öffnen, obwohl es ihr in den Fingern juckt, genau das zu tun, um mehr über Mo zu erfahren. Sie zieht ihre Finger zurück und zwingt ihren Blick über die Buchrücken, die in dem schmalen Regal neben dem Schreibtisch stehen. Bücher über Sicherheitstechniken und Gebäudemanagement. Sicherheitstechniken, na klar ... Zwischen den Fachbüchern entdeckt sie das kleine schwarze Buch von Riechelmann über Krähen, Falks Lieblings-Krähenbuch. Sie nimmt es heraus, legt es auf den Schreibtisch, notiert auf einen Post-it ihre Telefonnummer, schreibt unter die Zahlen: »Ruf mich an!«, und klebt den kleinen Zettel auf die eingestanzte Krähe im Buchcover.

Sie will schon gehen, als sie merkt, dass ihr hier in diesem Zimmer, in Mos Reich, nach Wagnis zumute ist, und bevor sie es sich anders überlegen kann, wählt sie Mos Nummer. Er geht nicht ans Telefon, also wartet sie ab, bis die Mailbox anspringt, eine anonyme Frauenstimme die Nummer wiederholt, und sagt dann: »Ich steh in deinem Zimmer, aber du bist nicht da. Ruf mich an!«

Dann verlässt sie das Zimmer und klopft bei dem Mädchen, das ihr die Tür geöffnet hat. »Ich habe Mo einen Zettel auf den Schreibtisch gelegt und bin wieder weg. Sag mal, kommt das öfter vor, dass er für ein paar Tage verschwindet?«

»Immer mal wieder«, meint sie und zuckt mit den Schultern.

»Und du hast keine Ahnung, was er dann treibt?«

»Moritz kann tun und lassen, was er will, solang er die Miete bezahlt und seine WG-Pflichten erledigt«, erklärt das Mädchen kurz angebunden. »Ich bin weder seine Freundin noch seine Gouvernante. Und jetzt lass mich arbeiten, ja? Ich schreib nächste Woche Klausuren.«

Sie will die Tür zudrücken, also sagt Inci schnell: »Eine Frage hab ich noch. Was macht er denn?«

Das Mädchen runzelt genervt die Stirn.

»Studiert er? Jobbt er? Macht er eine Ausbildung?«, ergänzt Inci ihre Frage.

»Gott! Wann hast du ihn denn das letzte Mal gesehen?«, fragt das Mädchen schnippisch.

Am Höhenfelder See, weiß Inci und sagt: »Ist lange her.«

Das Mädchen rollt mit den Kulleraugen und seufzt, bevor sie sich entschließt, Inci zu antworten. »Na, er studiert. Energie- und Gebäudetechnik an der FH.« Dann schaut sie auf die Uhr und deutet mit dem Kopf auf ihren Schreibtisch. »Du, ich muss. Zieh beim Rausgehen die Haustür fest zu, ja? Die klemmt manchmal.«

Das tut Inci und hört jetzt wieder die quirlige Salsa-Musik von oben. Aber Trompetenfanfaren und fröhliche Trommeln stecken sie nicht an, der schnelle Rhythmus überträgt sich nicht auf ihren Körper. Langsam und kopfschüttelnd steigt sie die Treppen hinunter und denkt, dass man sich in allem irren kann. Von wegen Meisterdieb! Ein braver Ingenieur will Mo werden, wenn das Mädchen recht hat. Wenn sie recht hat und Mo ihr nicht ein X für ein U vormacht.

Und jetzt?, fragt sie sich, als sie wieder auf der Roonstraße steht. Was, wenn Mo sich nicht meldet? Was ist mit dem Dritten im Bunde? Soll sie Falk kontaktieren? Sie hat keine Ahnung, ob die Freundschaft der beiden weiterging oder ob sie sie verloren oder aufgegeben haben, so wie Inci Mo und auch Falk aufgegeben hat.

Wenn Inci an Falk denkt, zerrt ihr Gedächtnis sofort die Bilder des schrecklichen Abends aus der Schublade, an dem Falk das Ritalin und den Revolver mitbrachte. Und diese Schublade schiebt sie wie immer schnell wieder zu.

Wenn Inci an Falk denkt, dann sieht sie ihn als Hans-guckin-die-Luft durch die Merheimer Heide laufen und nach Krähen Ausschau halten. Während Mo und sie mit Steinen kickten oder kleine Wettrennen starteten, stolperte er neben ihnen her, und seine Augen leuchteten, wenn er am Himmel oder in den Bäumen einen der schwarzen Vögel entdeckte.

Wenn Inci an Falk denkt, dann zeigt er ihr in einem Gewühl von Menschen ein nachlässig in einer Hosentasche steckendes Handy. Genau das, das sich gefahrlos zum Klauen anbietet. Keiner konnte so genau beobachten wie Falk!

Wenn Inci an Falk denkt, dann spürt sie seine Arme, mit denen er sie den Fängen eines wütenden Fahrradbesitzers entreißt, der leider genau in dem Augenblick zurückkam, als sie den Bolzenschneider an seinem Fahrradschloss ansetzte.

Wenn Inci an Falk denkt, dann hört sie ihn mit aufgeregter Stimme »Ich liebe dich, Inci« sagen, als sie am Morgen nach der Nacht am See bei ihm Trost suchte.

Denn Falk verliebte sich in Inci, Inci in Mo und Mo in Emily. Es war diese dreimal falsche Auswahl, die ihrem Dreierglück ein Ende setzte. Die Liebe, die schon den ganzen Sommer unbestimmt durch die Luft schwirrte, erwies sich am Ende als Spielverderber.

Inci sieht noch den Starbucks-Pappbecher, den sie zwischen den Händen hielt, als sie sich am frühen Morgen nach der Nacht am See mit Falk am Bahnhof traf. In ihrer Vorstellung hätten das Paar Inci und Mo und das Dreieck Inci, Mo und Falk wunderbar neben- und miteinander existieren können. Natürlich wären sie weiter mit Falk befreundet geblieben! Und dann, nachdem Mo ihre Liebe zu ihm durch seine zu Emily zerstört hatte, brauchte sie Falk zum Ausheulen. Er war doch ihr Freund, und sie erzählte ihm alles. Fassungslos darüber, dass Mo ihr Emily vorzog, empört darüber, dass Mo mit Emily eine Fremde in ihr Dreieck brachte. Und Falk hielt sie im Arm, drückte sie, tröstete sie. Alles war, wie es sein musste. Bis er ihr vorschlug, dass sie zwei doch ein Paar sein könnten, ein Paar, das mit Mo und Emily befreundet wäre, anstelle des Dreiecks ein Quadrat, das sowieso die stabilere geometrische Form sei. Pourquoi pas?, schickte er hinterher. Das sagte er gerne, um etwas zu bestätigen, seit er von seinem Französischkurs in der Normandie zurückgekehrt war.

Sie weiß noch, dass sie den Pappbecher zerdrückte und den heißen Kaffee auf den Oberschenkeln nicht spürte. Sie weiß noch, dass sie aufsprang und durch den Bahnhof irrte und Falk hinter ihr herlief. Sie weiß noch, wie sie in letzter Sekunde in irgendeinen Zug hechtete und Falk gegen die nicht mehr zu öffnende Tür pochte. Sie weiß nicht mehr, wo sie schließlich ausgestiegen und wie sie nach Köln zurückgekommen ist.

Aber sie weiß noch, dass sie auf dieser Fahrt ins Nirgendwo entschied, dass sie alles zu einem endgültigen Schluss bringen musste, so wie auch Ane es getan hat.

Als Erstes löschte sie die Handy- und Festnetznummern der zwei und besorgte sich selbst eine neue SIM-Card. Dann entfernte sie Mo und Falk als Facebook-Freunde und blockierte sie, damit sie ihr nichts mehr posten konnten. Sehr zum Erstaunen von Selin und Baba wechselte sie zudem in den Sommerferien die Schule. Bis heute weiß sie nicht, ob überhaupt und wenn ja, wann die beiden versucht haben, mit ihr in Kontakt zu treten. Sie kappte rigoros alle verbindenden Seile, so wie Ane die ihren gekappt hatte.

Den Rest der Sommerferien sperrte sie sich in ihrem Zimmer ein und tat nichts anderes, als alle Staffeln von »Doctor's Diary« rauf- und runterzugucken, ohne dass diese zuckersüße, witzig-kitschige knallrosa Serie irgendwie half, ihren Kummer zu lindern.

Wie schon tausendmal früher fragt sie sich, ob es damals nicht nur für sie, sondern mehr als ein Jahr zuvor auch für Ane triftige Gründe gab, abzutauchen. Sie brauchte diesen radikalen Bruch, um weiterleben zu können. Vielleicht war es bei Ane genauso gewesen? Inci weiß, dass sie ihre Mutter jetzt fragen könnte, denn seit ein paar Monaten hängt ihre Telefonnummer an der Pinnwand im Flur.

Aber sie weiß nicht, ob sie das will, im Moment jedenfalls nicht, da gibt es Wichtigeres zu tun. Sie muss Falk kontaktieren. Sie sucht ihn bei Facebook unter kraehefalk, seinem damaligen Nick, dann unter Falk Zermühlen, aber nichts davon erweist sich als Treffer. Auch seine alte E-Mail-Adresse funktioniert nicht. Geschwister hat er keine, und Falks Eltern kennt Inci nur vom Sehen. Einmal haben sie Gerlinde und Udo – Falk nannte seine Eltern nur so – zufällig auf der Hohe Straße getroffen, und Falk stellte sie vor. Die Mutter Direktorin eines Kölner Mädchengymnasiums, der nervöse Yoga-Typ, der Vater Staatsanwalt beim Landgericht, Typ graue Eminenz. »Inci, was ist das für ein Name?«, fragte Gerlinde. »Türkisch«, antwortete Inci. »Ein altmodischer Name, meine Oma heißt so.« – »Aha, sehr interessant!« Was anderes fiel der Frau Direktorin nicht ein. »Und ihr geht zusammen mit Falk in die Schule?«, wollte Udo wissen. »Nein, wir sind so mit ihm befreundet«, erzählte Mo. »Über den Krähenclub?« Und dann lachten sie alle.

Einfach nur abhängen und nichts tun war bei Gerlinde und Udo verpönt. Deshalb erfand Falk den Krähenclub. Mit seinen Mitgliedern, Aktivitäten und Exkursionen, sogar mit eigener Homepage existierte der nur auf dem PC und in Falks Kopf. Immer wenn er sich mit ihnen traf, ging er offiziell in den Krähenclub. Also ließen sie die Eltern in dem Glauben, dass sie Mitglieder des Krähenclubs waren. Dreimal reisten sie mit dem Krähenclub sogar in die Eifel, wo Udo eine Jagdhütte besaß. Einmal war es wunderschön, da tollten sie im Wald herum, beobachteten Krähen, sammelten Blaubeeren, saßen abends am Lagerfeuer. Aber zweimal erwischten sie Tage mit Eifeler Landregen und froren sich in der zugigen Hütte den Hintern ab.

So auf die Schnelle fällt Inci außer Gerlinde und Udo niemand ein, über den sie Kontakt zu Falk aufnehmen könnte. Er ist so alt wie sie, müsste jetzt Abitur gemacht haben, seine Stufe ist also in alle Winde verstreut, doch engere Kontakte pflegte er in der Schule eh nicht. Ob sie sich noch auf den Krähenclub beziehen kann, wenn sie seine Eltern anruft? Oder hat Falk in der Zwischenzeit den Fake gestanden? Sie beschließt, es mit dem Krähenclub zu riskieren, sucht sich im digitalen Telefonbuch die Nummer von G. und U. Zermühlen heraus und wählt die Zahlen, bevor sie es sich anders überlegen kann. Gerlinde meldet sich.

»Hier ist Inci, ich kenne Falk von früher aus dem Krähenclub. Ich mache da schon lange nicht mehr mit, aber jetzt zieht ein Freund von mir einen jungen Kolkraben auf, ein wirklich spannendes Projekt, und Falk hat sich doch immer für Kolkraben interessiert«, flunkert sie. »Ob Sie mir wohl seine Nummer geben könnten?«

»Wie war noch mal Ihr Name?«, fragt Gerlinde eher streng als misstrauisch.

»Inci. Wir sind uns mal auf der Hohe Straße begegnet.«

»Ach ja, ich erinnere mich. Türkischer Name, nicht wahr? Falk macht zurzeit ein Praktikum beim Naturschutzbund. Er zählt Zugvögel auf einer schottischen Insel. Ich gebe Ihnen gern seine Handynummer, aber besser wird sein, Sie skypen, es gibt dort viele Funklöcher«, erklärt sie und diktiert Inci tatsächlich Falks Nummer.

Inci bedankt sich und bittet anschließend Falk per SMS, heute Abend mit ihr zu skypen. Mehr kann sie im Augenblick nicht tun.

Das Mädchen solle zum Essen kommen, darauf besteht Baba, als Inci ihm erzählt, dass sie Jeanette für heute Abend eingeladen hat.

Sie läuft immer noch mit dem Handy am Ohr vor Mos Haus auf und ab und kann nicht sagen, warum sie sich noch nicht aufs Rad geschwungen hat. Hofft sie etwa, Mo zufällig in die Arme zu laufen?

»Bring aus der Weidengasse verschiedene Mezze mit«, trägt Baba ihr auf. »Gefüllte Weinblätter, Sigara Börek, Sesampaste, Karottenpüree und so weiter.«

»Mach ich. Jeanette hat gefragt, ob du Wein magst.«

»Ach herrje. Hat sie Ahnung davon?«

»Ich glaub nicht, dass das Sauerland eine Weingegend ist.«

»Dann sind mir ein paar Flaschen Kölsch lieber. Reissdorf oder Mühlen, falls sie noch nicht weiß, was gute Kölner Biere sind. Ach, Fladenbrot brauchen wir noch. Deck schon mal den Tisch, ich weiß nicht genau, wann ich zu Hause bin.«

Inci beendet das Gespräch und will als Nächstes Jeanette anrufen, entscheidet sich dann aber, dies erst in der Weidengasse zu erledigen. Es wird Zeit, dass sie hier wegkommt. Mehr Nachrichten als die, die sie überall gestreut hat, kann sie Mo nicht hinterlassen. Jetzt ist er am Zug.

Im Feierabendverkehr verwandeln sich die Straßen der Innenstadt in Blechlawinen. Auch auf den Fahrradwegen, vor allem auf den Ringen, herrscht um diese Uhrzeit Chaos. Inci entscheidet sich für den Weg entlang des Stadtgartens, braucht aber trotzdem fünfzehn Minuten, bis sie das Rad in der Weidengasse abstellen kann. Monatelang war sie nicht auf dem Eigelstein und jetzt gleich zweimal hintereinander, gestern wegen des Tattooladens, heute wegen der Vorspeisen. Türkische Imbisse und Restaurants reihen sich hier aneinander, man hat eine breite Mezze-Auswahl.

Nach dem Einkauf ruft sie Jeanette an. »Jakob hat sich gemeldet«, berichtet diese aufgeregt. »Stell dir vor, sein Motorrad ist bei einem bewaffneten Raubüberfall verwendet worden. Wurde von einem Zeugen einwandfrei identifiziert. Aber Jakob hat das Teil an dem fraglichen Abend überhaupt nicht benutzt.«

»Behauptet er …«

»Der Überfall ist am Montag passiert, das war unser erster Tag an der FH. Und an diesem Abend hat Jakob die Feiermeile am Ring erkundet«, macht Jeanette weiter, ohne auf Incis Einwand einzugehen. »Er ist mit der Bahn gefahren. Jemand aus seiner neuen WG oder ein Besucher der WG muss sich den Motorradschlüssel gekrallt und das Fahrzeug für den Überfall benutzt haben.«

»Aber sicher das«, wirft Inci spöttisch ein.

»Das hat er natürlich alles wahrheitsgemäß erzählt«, macht Jeanette weiter, »aber dennoch, er ist Verdächtiger in einer laufenden Ermittlung. Und solange seine Unschuld nicht erwiesen ist, darf er nicht mehr weiter den Unterricht besuchen.«

»Was richtig ist«, behauptet Inci.

»Ich habe ihm versprochen, dass ich alles mitschreibe und ihm die Unterrichtsmaterialien bringe. Damit er nicht zu viel verpasst, solange er nicht in die FH kommen darf. Der ist fix und foxi. Noch keine Woche in Köln und dann so was.«

»Kommst du trotzdem zu uns zum Essen?«, will Inci wissen.

»Ja, sicher, aber ich gehe hinterher bei Jakob vorbei. Er hat gefragt, ob du nicht mitkommst. Weil du doch von hier bist und dich auskennst. Der Raubüberfall ist in Mülheim passiert. Mehr oder weniger direkt vor seiner Haustür.«

Mülheim, das ist das Revier der Hilgers. Am Abend des ersten FH-Tages hat die ihr von einem bewaffneten Raubüberfall erzählt. Von dem Mädchen, das angeschossen wurde. Von dem Überfall, in den Inci Mo verwickelt glaubt. Und in dem jetzt auch Jakob drinhängt? Inci wägt ab. Einerseits will sie sich nicht in Jakobs Sache hineinziehen lassen, andererseits … Wenn es wirklich um denselben Überfall geht, dann steckt sie eh schon bis zur Nasenspitze drin und wäre blöd, sich eine weitere Informationsquelle entgehen zu lassen.

»Ich komme nach dem Essen mit«, entscheidet sie. »Weißt du, ob Jakob schon mit seinen WG-Leuten gesprochen hat? Sind die schon von der Polizei befragt worden?«

»Keine Ahnung.«

»Klär das mal. Und wenn er noch nicht mit seinen Mitbewohnern gesprochen hat, soll er die WG zusammentrommeln, aber mit der Fragerei warten, bis wir da sind.«

»Oh, ja. Dann spielen wir schon mal ein bisschen Polizei!«, ruft Jeanette eifrig.

Inci rollt die Augen, sagt aber nur: »20 Uhr. Und sei pünktlich.«

»Bin ich! Also: Ich bringe deinem Vater Kölsch mit, deiner Schwester ein Wellness-Set und Blumen für deine Mutter, ist ja klar. Muss ich sonst noch was beachten?«

»Keine Blumen«, antwortet Inci. »Meine Mutter wohnt nicht mehr bei uns.«

Stille in der Leitung, dann fragt Jeanette geschockt: »Echt?«

»Ja«, bestätigt Inci und drückt die Off-Taste.

Nach dem Essen drängeln sie sich zu viert vor dem kleinen Zimmer. Es ist Baba, der es als Erster betritt und dabei ganz lässig, so als ob er das schon lange erledigen wollte, die große Fotografie des Gülhane-Parks von der Wand nimmt. Selin, die mit Inci in der Tür stehen geblieben ist, wirft Inci einen bedeutungsschweren Blick zu. Plötzlich ahnt Inci, warum Ane nach ihrem Verschwinden diese Karte mit dem Motiv des Gülhane-Parks geschickt hat. Als Mitteilung an Baba, dass ihre Liebe zu ihm erloschen ist. Der Park als Anfang und Ende. Und vielleicht ist jetzt, wo Baba die Fotografie abhängen kann, auch seine Liebe zu Ane zu Ende. Auf alle Fälle ist etwas in Bewegung geraten. Sie betrachtet ihren Baba. Er wirkt fröhlich und aufgekratzt, als er Jeanette auffordert, sich das Zimmer anzusehen. Die lässt sich das nicht zweimal sagen, zückt ein mitgebrachtes Metermaß und misst Länge und Breite aus. Dann überlegt sie mit Baba, welche Möbel sie übernimmt und welche sie mitbringt.

»Wenn wir durch sie von diesem Mausoleum befreit werden, soll's mir recht sein«, flüstert Selin Inci zu. »Doch eines sage ich dir: Was das Badezimmer angeht, da muss sie sich hintanstellen oder deutlich früher aufstehen als wir. Es reicht mir, mich mit dir deswegen immer zu streiten, eine zweite Trödeltante im Bad verkrafte ich nicht.«

»Das wird bestimmt kein Problem«, meint Inci. »Jeanette ist glücklich, dass sie endlich aus der Jugendherberge rauskann. Sag's ihr einfach.«

»Nix da. Das ist dein Job, sie ist dein Gast.«

Lautes Lachen lässt die beiden Schwestern wieder ins kleine Zimmer blicken. Baba und Jeanette schieben gemeinsam den großen Karton mit Stoffresten in Richtung Tür, dann kehren sie zur Wand zurück und greifen nach dem nächsten.

Die Schwestern bleiben im Türrahmen stehen, denken nicht daran, mitzuhelfen – dafür ist das Zimmer auch viel zu klein –, und liefern sich stattdessen leise eines ihrer Wortgefechte. Selin: »Baba ist ganz begeistert von deiner Jeanette.« Inci: »Kennst ihn doch. Bei unseren Freundinnen dreht er immer auf.« Selin: »Aber selten, wenn die so dumm sind.« Inci: »Hey, jetzt mach mal halblang! Sie hat das Herz auf dem rechten Fleck.« Selin: »Na, wenigstens das.«

Stundenlang können sie sich beharken und ineinander verbeißen, und dabei versucht jede, die andere zu übertrumpfen. Aber heute steht Inci der Sinn nicht nach Satz und Sieg, sie hat noch ein strammes Abendprogramm vor sich: erst der Besuch bei Jakob und dann Skypen mit Falk.

Es ist nicht so, dass Inci alle Straßen in Köln-Mülheim kennt, dazu ist der Stadtteil viel zu groß, aber als Jakob ihr erzählt hat, dass er in der Krahnenstraße wohnt, klingelte etwas bei ihr. Und jetzt, da sie mit Jeanette vor Jakobs Haus steht, weiß sie auch, was. Die Krahnenstraße ist die Straße, die direkt zum Rheinufer führt, dort sind sie als Kinder oft entlangspaziert. Deshalb kennt sie auch das prächtige Herrenhaus, das zwischen den grauen Schmuddelhäusern, nur vier Häuser von Jakobs Haus entfernt, wie ein Diamant unter Kieselsteinen heraussticht. Mit den kunstvoll geschnitzten Flügeltüren aus Eichenholz, den hohen Fenstern und der undurchdringlichen Mauer, die den Park umgibt, der direkt ans Haus anschließt, passt das Haus in Kölns reichen Süden, aber hier im armen Osten der Stadt wirkt es fehl am Platz, provozierend.

Ein Raubüberfall in unmittelbarer Nähe von Jakobs Wohnung. Klar, dass Inci da sofort an das prächtige Herrenhaus denkt.

Sie steigt mit Jeanette die Stufen zu Jakobs Wohnung hinauf. Jakob öffnet die Tür so schnell, als hätte er dahinter auf sie gewartet, und führt sie in eine schmale Küche, wo sie sich zu Jens und Carlo, Jakobs Mitbewohnern, auf eine Eckbank quetschen und Jakob den Stuhl an der Kopfseite des Tisches überlassen.

Bevor er sich setzt, fährt Jakob ein breites Sortiment an Getränken auf, das von Limo bis Hugo reicht. Chips und Nüsse dürfen nicht fehlen, so wenig wie Servietten und Schaumküsse. Inci beobachtet das hektische Treiben, und ihr fällt wieder auf, wie wichtig es für Jakob ist, anderen zu gefallen. Aber heute wird ihm das nicht gelingen. Er ist nicht mehr der strahlende Witzeerzähler aus dem Lime Club, sondern einfach nur nervös.

Seine Mitbewohner sind bereits vernommen worden, aber Jakob hat danach noch nicht mit ihnen gesprochen, das weiß Inci von Jeanette. Am Tisch herrscht keine gute Stimmung. Carlo hält die Arme verschränkt und starrt aus dem Fenster, Jens tippt auf seinem Handy rum, und Jeanette hört gar nicht mehr auf zu lächeln.

»Folgendes«, sagt Jakob, nachdem alle mit Getränken versorgt sind. Seine Stimme ist aufgeregt, die Wörter wirken abgehackt. »Meine BMW ist nach einem Raubüberfall als Fluchtfahrzeug benutzt worden. Montagnacht, das wisst ihr. Und hinterher hat der Mistkerl die Maschine genau dahin zurückgestellt, wo ich sie geparkt hatte. Gegenüber dem alten Herrenhaus. Ich habe die Maschine nicht gefahren, ich war feiern. Der Schlüssel lag auf meinem Schreibtisch, da lege ich ihn immer hin. Da hat man ihn geklaut, denn die Maschine ist nicht kurzgeschlossen worden. Ich weiß, dass man den Bullen nicht unbedingt die Wahrheit sagt, aber für mich steht meine berufliche Zukunft auf dem Spiel. Ich will euch nicht verdächtigen, aber irgendeiner muss den Schlüssel genommen haben.«

Obwohl sie nicht hätte sagen können, wie man es besser macht, spürt Inci sofort, dass dies kein guter Gesprächseinstieg ist. Und so ist es auch. Carlo behauptet, Jakobs Motorradschlüssel nicht angerührt zu haben und an dem Abend bei Freunden in der Südstadt gewesen zu sein – das habe er auch genau so den Bullen gesagt –, und Jens sagt, dass er überhaupt keinen Motorradführerschein habe, ihn Jakobs Motorrad nicht die Bohne interessiere und er mit zwei Kumpels hier in der Küche für die nächste Klausur gelernt habe. Ob einer der Kumpels vielleicht …?, will Jakob wissen, und außerdem will er eine Liste von allen Leute, die seit seinem Einzug in der Wohnung waren. Beide legen für ihre Freunde die Hand ins Feuer und drohen Jakob damit, ihn rauszuwerfen, wenn er mit seinen Verdächtigungen nicht ganz schnell aufhört. Jeanette versucht zwischen den Fronten zu vermitteln und gerät dabei selbst in die Schusslinie, denn für Jens und Carlo steht sie auf Jakobs Seite. Recht haben sie. In Bezug auf Jakob ist Jeanette blind.

Inci sagt nichts, sie beobachtet nur, bleibt lieber in Deckung. Wie kriegt man raus, ob einer die Wahrheit sagt oder lügt? Bei Kindern ist es noch einfach. Die werden rot oder schwindeln so dämlich, dass es nicht schwerfällt, sie zu überführen. Doch je älter man wird, desto besser lügt man. Sie selbst konnte schon mit dreizehn so gut lügen, dass weder Baba noch Ane dahinterkamen, am ehesten noch Selin. Es muss Möglichkeiten geben, auch begabte Lügner zu überführen. In ihrem Beruf ist das wichtig. Ob sie das im Fach »Grundlagen taktischen Handelns« lernen? Wie doof, dass sie da gestern Morgen nicht aufgepasst hat. Oder anderswo? Hauptsache irgendwo, denn ihr fehlt das Handwerkszeug, um festzustellen, ob einer am Tisch lügt. Ihr dämmert, dass man nicht unvorbereitet in ein solches Gespräch gehen darf. Dass man dafür eine Strategie braucht.

»Sorry, ich glaube, das bringt nichts mehr«, sagt sie in die Runde und steht auf. »Am besten, ihr schlaft alle eine Nacht drüber. Vielleicht fällt euch morgen früh noch was ein, das weiterhilft.«

Als sie sich verabredet und dazu kurz auf den Tisch klopft, starren Jeanette und Jakob sie an, als wäre der Küchentisch die Titanic, die gleich im Eiswasser versinkt, und Inci die Letzte, die es in eines der Rettungsboote schafft. Aber sie kann nichts dafür, dass das Gespräch in den Sand gesetzt wurde. Sie ist nur diejenige, die sagt, dass es so ist.

Sie geht allein los – Jeanette bleibt noch bei Jakob – und will schon auf ihr Rad steigen, als sie zögert und dann die Krahnenstraße bis zum Herrenhaus weiterläuft. Dort sucht sie den Parkplatz, auf dem Jakob seine Maschine abgestellt hatte. Gegenüber an dem kleinen Mäuerchen, hat er gesagt. Ein gewagter Platz! Totales Halteverbot, die Straße an der Stelle sehr schmal, schon ein Kleintransporter würde nicht an dem Motorrad vorbeikommen. Ein Wunder, dass niemand den Abschleppdienst gerufen hat. Oder lügt Jakob?

Für ein Fluchtfahrzeug, vielleicht nur kurzfristig geparkt, allerdings die ideale Position, überlegt sie weiter. Raus aus dem Herrenhaus, rauf auf die Maschine und ab dafür. Aber wenn Fluchtfahrzeug, warum hat man dann die Schilder nicht mit Dreck beschmiert und unlesbar gemacht?

Fragen, nichts als Fragen.

Noch mehr Fragen schwirren durch Incis Kopf, als sie eine halbe Stunde später in ihrem Zimmer den Rechner hochfährt und sich bei Skype einloggt. Falk ist online. Er hat schon versucht, sie zu kontaktieren. Zuverlässig wie früher, denkt Inci. Im Gegensatz zu Mo war auf Falk immer Verlass. Sie wählt ihn an. Sekunden später baut sich Falks Gesicht im Bildschirm vor ihr auf.

»Hallo, Inci.«

Seine Stimme klingt ein wenig verzerrt, den Mund verzieht er zu einem schmalen Lächeln, seine Augen kann sie nicht deuten. Freut er sich, von ihr zu hören? Oder ist er nur neugierig, was sie von ihm will? Wird er gleich eine Schimpftirade anstimmen, weil sie so sang- und klanglos aus seinem Leben verschwunden ist? Himmel, skypen ist verdammt merkwürdig, wenn man so lange nichts voneinander gehört hat! Hätte sie besser mailen oder simsen sollen? Zu spät! Ein bisschen Smalltalk zum Auflockern hilft vielleicht, denkt Inci.

»Hallo, Falk. Wo genau steckst du, und was treibst du in Schottland?«

»Ich bin auf Eday, einer der Orkney-Inseln, und zähle Seevögel. Basstölpel, Dreizehenmöwen, Sandpipers, Austernfischer«, zählt er auf. »Und wenigstens einmal will ich am Loch Mill einen Sterntaucher sehen, darauf sind alle Birder hier auf Eday heiß. Ist mir aber bis jetzt nicht gelungen.«

»Gibt es da auch Krähen?«, will sie wissen.

Er trägt die Haare länger, stellt sie fest. Und sein Gesicht ist schmaler geworden. Irgendwie erwachsener. Liegt vielleicht auch an der randlosen Brille, die ihm echt gut steht. Ob er in die Höhe geschossen ist? Ob er endlich größer ist als sie? Jetzt lacht er.

»Krähen gibt es überall auf der Welt, Inci. Hier auf Eday natürlich Saat- und Nebelkrähen. – Du trägst die Haare immer noch kurz.«

Stimmt! Er sieht ja genauso ein schrecklich verpixeltes Bild von ihr wie sie von ihm! Die kurzen Haare. Wieder blitzt die Erinnerung an den Tag auf, als Falk das Ritalin und die Pistole mitbrachte. Und diesmal kann sie die Schublade nicht schnell genug schließen und sieht, wie Ayhan sie an ihren langen Haaren über eine Straße schleift.

»Alle Mädchen tragen die Haare lang«, sagt sie und verdrängt die Bilder. »Kurz ist was Besonderes.«

»Du warst immer etwas Besonderes, Inci.«

Die Wehmut in seiner Stimme hört sie sogar aus all dem Verzerrten und Verpixelten heraus.

»*Wir* waren etwas Besonderes«, korrigiert sie ihn.

Das Schweigen, das auf diesen Satz folgt, kann Inci kaum ertragen.

»Gilt unser Schwur noch?«, fragt sie in die Stille hinein. »Du weißt schon. Wenn einer von uns …«

»Steckst du in Schwierigkeiten?«, unterbricht sie Falk.

»Nicht ich, aber Mo, glaube ich. Hast du noch Kontakt zu ihm?«

»Wie kommst du darauf, dass Mo in Schwierigkeiten steckt?«, will Falk wissen, ohne ihre Frage zu beantworten.

Und da erzählt Inci von dem Raubüberfall, von dem Krähentattoo und davon, dass sie Polizistin wird.

»Das glaube ich jetzt nicht!« Falk schüttelt auf dem Monitor den Kopf. »Du hast die Seiten gewechselt. Du spielst jetzt bei den Guten mit.«

»Ja«, sagt Inci. »Tu ich.«

»Und jetzt willst du dir dein erstes Fleißkärtchen verdienen, indem du Mo ans Messer lieferst.«

»Quatsch!«, ruft Inci empört. »Du weißt so gut wie ich, dass

Mo mit Waffen nichts am Hut hat. Keine Waffen! Niemals einen Angriff auf Leib und Leben! Handys und Fahrräder, mehr nicht! Das hat er uns vorgebetet, bis es uns zu den Ohren rauskam. Da will ihn einer reinlegen, vermute ich. – Also, hast du nun noch Kontakt zu ihm oder nicht?«

»Aber wenn sich herausstellt, dass es doch Mo war, dann hast du ein Problem, nicht wahr?« Wieder übergeht Falk ihre Frage.

»Mich interessiert, was wirklich passiert ist«, übergeht nun sie Falks Frage und redet sich in Rage. »Und wie Mo da drinsteckt. Ob er Hilfe braucht, um aus dem Schlamassel rauszukommen. Ich war bei Edith und habe mit Karl dem Großen gesprochen, ich habe Mo eine Nachricht auf dem AB hinterlassen, ich war in seiner WG. Dort hat man ihn seit Tagen nicht gesehen, sagt das blonde Kullerauge. Also: Wo ist er? Was treibt er? Braucht er Hilfe?«

»Du hast Karl den Großen kennengelernt? Wie ist er?«

Inci hört die brennende Neugier in seiner Stimme. Er fragt wie früher. Sie erinnert sich, wie sie beide geschockt und gleichzeitig fasziniert waren, als Mo ihnen am Lagerfeuer vor der Jagdhütte erzählte, dass sein Vater im Gefängnis saß. »Einzel- oder Zweierzelle? Gehört er zu einer Knast-Gang? Wurde er dort schon mal zusammengeschlagen? Was für eine Arbeit macht er dort?«, wollte Falk wissen. Inci dagegen fragte: »Warum sitzt er denn im Gefängnis?« – »Bewaffneter Banküberfall«, lautete Mos Antwort.

»Er ist nicht so groß, wie wir ihn uns immer vorgestellt haben«, erzählt sie Falk. »Aber sehr stark. Irgendwie ein bisschen unheimlich.«

»Weißt du, wann er rausgekommen ist? Und Edith, wie geht es Edith?«

»Keine Ahnung. Meinst du, ich frag ihn, wie's im Knast war und seit wann er wieder in Freiheit ist? Und Edith war nicht da.«

Falk nickt, und wieder entsteht eine Pause, in der keiner spricht. Inci sieht Bilder aus Ediths Garten. Sie drei, all die sonnengetränkten Nachmittage, all die milden Abende mit dem Duft von Gegrilltem in der Luft. In ihrer Erinnerung scheint immer die Sonne, was definitiv nicht der Fall war. Auch in ihrem Traum hat die Sonne geschienen.

»War eine schöne Zeit damals, wir drei, nicht wahr?«, greift Falk das Gespräch wieder auf. »Bis auf das Ende …«

»Ja«, bestätigt Inci. »Bis auf das Ende.«

Das Ende, beschließt Inci, ist nichts für Skype. Vielleicht sitzen sie irgendwann wieder zu dritt an einem Tisch, vielleicht können sie dann darüber reden oder sogar darüber lachen, wie die Liebe sie durcheinanderwirbelte und komplett verrückt machte.

»Was ist jetzt mit Mo?«, kommt sie auf ihr Anliegen zurück.

»Keine Ahnung. Was sagt Nelly? Wie viele Tage war er schon nicht mehr in der WG? Vier? Fünf? Sorry, Inci, dahinter kann natürlich auch eine simple Weibergeschichte stecken.«

»Komm schon, Falk. Er ist seit Montag verschwunden. Am Montag war der Überfall. Er hängt irgendwie mit drin. Wo könnte er sich verstecken?«, bohrt Inci weiter.

»Woher soll ich das wissen?«, weicht Falk weiter aus.

»Was ist mit eurer Jagdhütte?«, fällt Inci ein. »Liegt der Schlüssel dafür immer noch unter dem Baumstumpf links neben der Terrasse?«

Falk nickt.

»Ist Mo da?«

»Inci!« Jetzt funkelt Falk sie bösartig an, wie immer, wenn er genervt ist. »Ich sitze hier in Schottland am Ende der Welt. Keine Ahnung, wer in unserer Jagdhütte sitzt.«

»Ich werde nachsehen, wenn er sich bis morgen nicht bei mir gemeldet hat. Gib mir die genaue Adresse!«

Falk stöhnt und rauft sich demonstrativ die Haare. »Wahrscheinlich wirst du deshalb Bulle! Weil du in dem Job deine Hartnäckigkeit ausleben kannst. Tu, was du nicht lassen kannst.« Er diktiert ihr die Wegbeschreibung und fragt dann: »Bleiben wir in Kontakt?«

»Natürlich! Ich hoffe doch sehr, dass du dich meldest, wenn du vor mir etwas von Mo erfährst.«

»Du aber auch, darauf bestehe ich. Jetzt, wo du die Pferde scheu gemacht hast.«

»Klar doch. Wie lang bleibst du noch auf Eday? Wann bist du fertig mit Vögel zählen? Ich will doch sehen, ob du endlich größer bist als ich.«

»Darauf kannst du wetten! Mindestens zehn Zentimeter.«

»Nie und nimmer! Also, wann bist du wieder in Köln?«

»23. Oktober.« Falk holt tief Luft, bevor er sehr leise fragt: »Inci, der Schwur … Würdest du für mich das Gleiche tun?«

Nachdem Falks Gesicht auf dem Bildschirm zu einem winzigen Punkt geschrumpft und dann ganz verschwunden ist, fährt Inci den Rechner herunter. Sie bleibt am Schreibtisch sitzen, spielt mit der Tastatur und stellt all die Fragen, die sie Falk nicht gestellt hat: Bist du noch in mich verliebt? Hast du eine Freundin? Ist Mo noch mit Emily zusammen? Hat eure Freundschaft gehalten? Habt ihr mich vermisst? Hat Mo mich vermisst?

Natürlich hat sie Ja gesagt, als Falk fragte, ob sie auch ihm in Schwierigkeiten beistehen würde. Und ungelogen, das würde sie. Ja, wirklich, aber irgendwie anders als Mo.

Ihr ist aufgefallen, dass Falk auf alle Fragen zu Mo ausweichend geantwortet hat. Warum? Weshalb darf sie nicht wissen, ob die zwei Freunde geblieben sind? Denn Kontakt haben sie noch. Woher sonst hätte Falk wissen können, dass der blonde Schmollmund aus Mos WG Nelly heißt? Warum macht er daraus ein Geheimnis?

Fragen. Nichts als Fragen.

Samstag, 6. September

Die Eifel zeigt sich am nächsten Tag von ihrer schlechten Seite. Grau und kalt, wolkenreich und regnerisch. Passend zu Incis mieser Stimmung.

Bis zum Frühstück keine Nachricht von Mo, beim Frühstück ein Riesentrara mit Selin, weil Inci das Leerräumen des kleinen Zimmers erst später am Nachmittag erledigen will. Sie konnte ja schlecht erzählen, warum sie in die Eifel muss, und hat deshalb behauptet, unbedingt einen Kommilitonen wegen eines Referates treffen zu müssen. »Schon in der ersten Woche Referate?« Selin, die ewig Misstrauische, glaubte ihr kein Wort. Immer unterstellt ihre Schwester Inci, dass sie sich drücken will, dass sie lügt und betrügt, und immer will Selin, dass alle nach ihrer Pfeife tanzen. Als Kompromiss schlug Baba vor, um 15 Uhr mit dem Aufräumen anzufangen, weil doch am Abend das Familientreffen ansteht. Verdammt! Das Familientreffen hätte Inci glatt vergessen. Kein Wunder, das tut sie immer. Sie hasst es, wenn Dede alle um sich schart und auf seinem Sessel Hof hält. Baba und Selin hassen diese Treffen auch, aber viermal im Jahr gehen sie Babas Mutter zuliebe hin, und heute Abend ist es mal wieder so weit.

Beim Rausgehen fischte Inci Selins Autoschlüssel aus deren Tasche. Selin hätte ihr den Fiesta niemals geliehen, sie hütet die Blechkiste wie einen Augapfel. Zudem hat Inci den Führerschein erst seit vier Monaten und dürfte den Wagen wegen der Versicherung sowieso nicht fahren. Aber ohne Auto schafft sie es in der kurzen Zeit nicht bis zur Jagdhütte und wieder zurück. Was ist ihr anderes übrig geblieben, als sich die Karre heimlich zu nehmen?

Jetzt fährt sie auf einer Landstraße durch einen Landregen in Richtung Blankenheim und hofft, dass alles gut geht. Für sie heißt das, schnell den Weg zur Jagdhütte zu finden und Mo natürlich. Sie stellt sich sein überraschtes Gesicht vor, wenn er sie sieht. Sie hört ihn »Respekt, Inci, Respekt«, murmeln und sich selbst von dem Überfall und dem Krähentattoo erzählen. Nach einem coolen Verhör mit unheimlich geschickten Fragen erfährt sie die Wahrheit über den Überfall. Dank Inci gelangen diese Informationen in die richtigen Hände, der wahre Täter wird geschnappt, und Mo ist aus dem Schneider – so sieht ihre positive Version der Geschichte aus, an die negative will sie nicht denken. Es sprengt ihre Vorstellung, dass Mo in ein Haus einbricht und auf einen Menschen schießt.

Falk hat recht, der worst case brächte sie tatsächlich in einen Gewissenskonflikt. Nicht nur weil sie jetzt Polizistin wird, aber auch deshalb. Hat Falk etwa nichts von Mo erzählt, weil der worst case bereits eingetreten ist?

Der Scheibenwischer quietscht, und der Regen lässt nach, als Inci das Schild mit dem Hinweis auf den Ponyhof entdeckt, bei dem sie abbiegen muss. Ab hier besteht der Weg nur aus mit Wasser gefüllten Schlaglöchern. Inci umfährt diese, so gut sie es kann, landet aber immer wieder in einem. Das Dreckswasser spritzt bis zu den Seitenfenstern hoch, die Reifen drehen durch, die Achse schrappt über den Boden. Selin wird sie lynchen, wenn sie das Auto nicht heil zurückbringt!

Endlich erreicht sie den Parkplatz, von dem aus sie zu Fuß weitergehen muss. Weit und breit kein Mensch, das einzige Anzeichen von Zivilisation ist der schmale Weg, der in den Wald hineinführt. Der schwarzgraue Himmel droht mit neuem Regen, der dunkle Wald dampft vor Feuchtigkeit, und der Boden schmatzt unter ihren Füßen, als Inci endlich losgeht. Von den Bäumen tropft ihr Wasser in den Nacken, jedes Rascheln im Unterholz erschreckt sie. Das Wetter und der Wald sind so abweisend wie Mo, seit sie versucht, mit ihm in Kontakt zu treten. Sie zieht die Kapuze auf und folgt dem Weg, der steil bergauf führt. Zwanzig Minuten später sieht sie die Jagdhütte am Rande der Lichtung. Von Weitem wirkt sie leer und unbewohnt, beim Näherkommen ebenso. Wieder setzt Regen ein, und Inci beeilt sich, den Schlüssel zu finden und die Tür aufzuschließen.

Zwei roh gezimmerte Stockbetten, ein Tisch, vier Stühle, mehr gibt es in der Hütte nicht. Die Quelle hinterm Haus ist zum Waschen, der Feuerplatz vor dem Haus zum Kochen, und zum Pinkeln geht man in den Wald. Eine dicke Staubschicht bedeckt Tisch und Stühle, hier ist seit Wochen niemand mehr gewesen. Sie hat den weiten Weg ganz umsonst gemacht. In was verrennt sie sich bloß? Wenn Mo sich nicht meldet, hat das seinen Grund. Er will nichts mehr mit ihr zu tun haben. Drei Jahre sind eine lange Zeit … Und sie riskiert seinetwegen Kopf und Kragen! Na ja, auf alle Fälle nasse Füße und einen Riesenzoff mit Selin! – Oder aber Mo kann nicht anrufen. In ihrer gemeinsamen Zeit sind sie nie beim Klauen erwischt worden, aber Mo vielleicht in der Zwischenzeit? Dann hat KHK Schmitz ihn längst per Datenabfrage gefunden, und die Ermittler haben ihn festgenommen.

Sie schließt die Tür, bringt den Schlüssel zurück und weiß nicht, ob sie auf sich oder auf Mo wütend ist. Wieder einmal beschließt sie, Mo zu vergessen. Sie will schnell zurück zum Parkplatz, schnell zurück nach Köln, als überraschend der Himmel aufbricht. Zwischen zwei grauen Wolken schimmert helles Blau, und spärliche Sonnenstrahlen bescheinen den Feuerplatz. Sie rücken ihn in den Vordergrund, heben ihn hervor, wollen, dass sie ihn anschaut, dass sie sich erinnert.

In der Nacht, als sie sich ihre größten Geheimnisse anvertrauten, beschien ein halber Mond die Feuerstelle. Holz knackte in der glimmenden Glut, Stockbrot und Würstchen waren aufgefuttert, ein paar Fledermäuse taumelten durch die Luft. Wangen glühten, die Füße waren wohlig warm, aber Rücken und Po froren, also rückten sie ganz nah zusammen, so nah, dass sie ihre größten Geheimnisse flüsternd der Nacht anvertrauen konnten.

Karl der Große, der im Gefängnis sitzt: Mo.

Ane, die ohne ein Wort verschwand: Inci.

Gerlinde und Udo, die einen Falk wollen, den es nicht gibt: Falk.

So nah wie in dieser Nacht waren sie sich nie mehr. Selbst nicht, als die Liebe ihnen später eine ganz besondere Nähe vorgaukelte.

Auf der Rückfahrt setzt wieder heftiger Regen ein. Der Scheibenwischer quietscht und stockt, als würde er gleich den Geist aufgeben, ächzt dann aber weiter. Noch nie im Leben ist Inci bei so starkem Regen Auto gefahren. Das Wetter ist eindeutig gegen sie. Kommt als Rache daher, weil sie heimlich Selins Fiesta genommen hat! Nicht nur das Wetter, alles ist gegen sie. Sie sollte die Vergangenheit ruhen lassen. Inci wischt sich immer wieder ein Guckloch in die beschlagenen Scheiben, doch das hilft nicht besonders viel. Am liebsten würde sie sich auf den Standstreifen stellen und warten, bis alles vorbei ist, aber dann kommt sie nicht rechtzeitig zum Aufräumen nach Hause. Außerdem, vielleicht braucht Selin den Wagen doch? Mit sechzig Stundenkilometern schleicht Inci über die Autobahn, schneller traut sie sich wirklich nicht zu fahren. Sie hält das Lenkrad krampfhaft fest, wenn ein Wagen ihr beim Überholen Wasser auf die Fahrerseite spritzt. Immer wieder wischt sie neue Gucklöcher in die Frontscheibe und beschließt, nie mehr heimlich Selins Auto zu nehmen.

Als sie von der Zoobrücke auf die Straße nach Mülheim abbiegt, lässt der Regen nach. In ihrer Straße findet sie einen großen

Parkplatz, ein Glück, denn Einparken ist nicht ihre Stärke. Auf der linken und nicht wie vorher auf der rechten Seite, aber auf solche Kleinigkeiten achtet Selin nie. Wenigstens hat der Regen den Wagen sauber gewaschen. Nichts deutet darauf hin, dass sie damit in der Eifel durch den Dreck gerumpelt ist, dass sie ihn überhaupt benutzt hat. In einer Wasserlache wischt Inci sich die Erdklumpen von den Schuhen, erst dann geht sie nach Hause. Ein Blick auf die Uhr. Halb vier. Bestimmt wird Selin wegen der halben Stunde Theater machen.

Als Inci die Tür öffnet, steht Selin vor ihr, als hätte sie nur auf sie gewartet. In Incis Kopf wirbeln Entschuldigungen, Notlügen und Wiedergutmachungsvorschläge durcheinander, aber die Schwester sagt kein Wort zum Auto, drückt ihr stattdessen einen Karton in die Hände, kommandiert »Keller, Regal links unten«, dreht sich um und verschwindet im kleinen Zimmer. Inci erledigt das, kommt zurück, sieht weitere Kartons vor der Tür warten. »Du hast noch Straßenschuhe an, also bringst du die Kartons nach unten. Ist außerdem gut für deine Kondition«, ruft Selin ihr aus der Wohnung zu. Blöde Kuh! Drei Etagen runter und rauf, schwer bepackt, immer wieder, das ist ein Knochenjob. Aber sie ist heilfroh, dass die Schwester das Verschwinden ihres Autos nicht bemerkt hat und will sich jetzt nicht mit ihr anlegen.

Mit jedem Karton, den sie nach unten schleppt, fragt sie sich, ob es richtig ist, Anes Hinterlassenschaften in den Keller zu verbannen. Was, wenn sie doch zurückkommt? In ihrem tiefsten Inneren weiß Inci, dass dies nicht passieren wird. Selbst wenn ein Wunder geschähe und sie mit einem Mal vor der Tür stünde, wäre nichts wie früher. Man kann nach einem so radikalen Bruch nie da weitermachen, wo man aufgehört hat. Weder mit Ane noch mit Falk und Mo. Ein Neubeginn? Nein, so etwas gibt es nicht. Nie kann man zurück zum Anfang. Was geschehen ist, lässt sich nicht löschen. Ob »anders weitermachen« eine Möglichkeit ist? Nur wenn trotz des Bruches nicht alles zerstört wurde. Aber alles, nein, alles wurde nicht zerstört.

Nachdem sie den letzten Karton nach unten getragen hat, quält sich Inci erschöpft die Treppen hoch. Sie schiebt die Wohnungstür auf, zieht ihre Schuhe aus und hört aus dem kleinen Zimmer Baba, Selin und Jeanette lachen. Jeanette, stimmt! Die hat Baba gestern eingeladen mitzukommen, weil sie noch nie auf einem türkischen Familienfest war, so eines aber unbedingt mal erleben will. Jeanette hatte angeboten, davor beim Räumen ihres zukünftigen Zimmers zu helfen. Die hätte ruhig auch mal was in den Keller bringen können, denkt Inci, als Jeanette aufgeregt zu ihr in den Flur gelaufen kommt.

»Was denn für ein Referat?«, fragt sie. »Hab ich irgendwas nicht mitbekommen?«

Inci braucht einen Moment, bis sie weiß, wovon Jeanette redet. Ihre Ausrede beim Frühstück. Selin hat Jeanette nach dem Referat gefragt.

»Ein Crashkurs in Grundgesetz von Yüksel«, erfindet sie schnell. »Hab in der Stunde nicht viel mitgekriegt, war viel zu verkatert.«

»Ach so«, sagt Jeanette wenig überzeugt und starrt auf Incis dreckverschmierte Jeans.

»Wir sind spazieren gegangen. Im Gehen kann man sich Dinge viel besser merken.«

»Spazieren gehen mit Yüksel, soso.« Jetzt lächelt Jeanette verschwörerisch.

Inci verdreht die Augen, sagt aber nichts. Soll Jeanette ruhig denken, dass sie mit Yüksel anbändelt! Dann hält sie wenigstens den Schnabel und reitet nicht weiter auf dem Referat oder den dreckigen Hosen herum.

»Sorry, aber ich muss noch schnell unter die Dusche.«

»Klar doch. Ich geh dann noch mal.« Jeanette deutet auf das kleine Zimmer.

Inci wartet, bis Jeanette im kleinen Zimmer verschwunden ist, dann lässt sie an der Garderobe den Autoschlüssel wieder in Selins Tasche gleiten und huscht in ihr Zimmer.

Zehn Minuten später sind alle zum Aufbruch bereit. Baba mit der Schüssel Bulgursalat unterm Arm, Selin mit der Schleife eines Baklava-Kartons am Finger, Jeanette mit einem Blumenstrauß in der Hand.

»Mein Auto oder deines?«, fragt Selin Baba, und Inci wird ein bisschen mulmig zumute.

»Ich kann euch fahren«, schlägt Jeanette vor. »Dann könnt ihr was trinken.«

Selin, Baba und Inci grinsen. Alkohol ist für Dede Teufelszeug. So was kommt ihm nicht ins Haus. Nicht mal einen Schluck Raki lässt er zu. Jeanettes Angebot nehmen sie trotzdem an.

»Habt ihr Jeanette erzählt, was auf sie zukommt?«, fragt Inci, die sich mit Selin auf die Rückbank von Jeanettes Polo setzt.

»Dein Vater hat noch zwei Brüder und drei Schwestern, alle verheiratet. Die Brüder haben jeweils zwei, eine Schwester hat drei, eine zwei und eine keine Kinder«, berichtet Jeanette eifrig. »Drei der Kinder sind verheiratet und haben selbst schon Kinder. Insgesamt umfasst die Familie Yildiz in Köln zurzeit einunddreißig Mitglieder, heute kommen achtzehn.«

»Sogar Onkel Yusuf«, ergänzt Selin.

»Etwa auch Günel und Cem?«, stöhnt Inci, die die Cousine und den Cousin nicht ausstehen kann. »Cem redet immer nur von Motorrädern, und Günel will sich über Häkelmuster austauschen.«

»Nichts da! Sie wird der strahlende Mittelpunkt des Abends sein. Stell dir vor, Cousine Günel hat sich verlobt. Mit einem Ayhan irgendwas«, erzählt Selin. »Den bringt sie heute mit.«

»Hä? Die ist doch erst einundzwanzig. Warum will sie denn schon heiraten?«

»Das richtige Alter für eine traditionelle Türkin. Jung, formbar, gebärfreudig«, spottet Selin. »Onkel Yusuf hat bestimmt einen guten Preis für sie erzielt.«

»Bei euch werden die Mädchen echt verkauft?«, fragt Jeanette entgeistert.

»Klar! Baba wird mit Inci und mir ein Vermögen machen! Stell dir …«

»Quatsch«, unterbricht Inci die Schwester. »Erzähl Jeanette doch nicht so einen Unsinn.«

»Mein ältester Bruder Yusuf ist wie mein Vater ein sehr konservativer Mann. Er und seine Familie sind überzeugte Muslime, seine Frau und seine Töchter tragen das Kopftuch«, erklärt Baba. »Für Yusuf ist es wichtig, dass alles seine Richtigkeit hat. Verlobung, Heirat. Keine wilde Ehe oder so was.«

»Natürlich muss Günel bei der Hochzeit noch Jungfrau sein«, versprüht Selin weiter Gift.

»Das weißt du doch überhaupt nicht«, widerspricht ihr Baba.

»Mit dem Alter ist Baba toleranter geworden. Aber früher haben sich Baba und Onkel Yusuf bei Familientreffen immer gefetzt.« Inci beugt sich nach vorne, damit Jeanette sie verstehen kann. »Baba ist sowieso das schwarze Schaf der Familie. Wilde Jugend, linke politische Ideen, Affären mit deutschen Frauen, kein anständiger Beruf. Sozialarbeiter! Für Dede und Onkel Yusuf ist das Weiberkram. Ein Mann wird Ingenieur oder Geschäftsmann. Bla, bla, bla. Deshalb gehen wir nur sehr selten zu diesen Familientreffen.«

»Warum geht ihr denn überhaupt hin?«, will Jeanette wissen.

»Baba-Ane, unserer Großmutter zuliebe«, sagt Inci.

»Familie ist für die Türken unglaublich wichtig, noch viel wichtiger als für die Deutschen. Zusammensitzen, reden und essen, das ist das Lebenselixier der Türken. Sich streiten, unterschiedlicher Meinung sein, das ist alles erlaubt, nur die Familie verlassen darf keiner. Nichts ist schrecklicher als ein verlorener Sohn oder eine verlorene Tochter!«, erklärt Selin und drängt Inci von ihrem Platz in der Lücke zwischen den beiden Vordersitzen weg.

»Aufs Essen kannst du dich wirklich freuen. Meine Mutter ist eine vorzügliche Köchin«, sagt Baba.

»Und erst Tante Azra!«, schwärmt Selin.

»Essen kannst du also gut und viel«, erklärt Inci und schiebt ihre Schwester auf deren Platz zurück. »Halt dich ran, es bleiben dir nur zwei Stunden dafür. Dann gehen wir nämlich immer.«

»Wieso?«, fragt Jeanette dämlich.

»Zwei Stunden lang können wir die Familie ertragen, danach wird es immer schrecklich.« Selin schüttelt sich.

»Oh ja!«, seufzen Inci und Baba unisono.

An der Tür begrüßt sie die Großmutter mit heftigen Küssen und dem Duft von gebratenen Zwiebeln im Haar. Wie immer wehrt sie die mitgebrachten Geschenke ab. Aber wehe, sie kommen mal ohne welche! Baba-Ane watschelt zurück in die Küche, und sie stellen ihre Schuhe zu all den anderen Schuhen im Flur. Als Kinder haben Inci und Selin gerne mit den vielen Schuhen gespielt. Sie haben sie anprobiert oder versucht zu erraten, wem welche Schuhe gehörten. Und wenn sie der Teufel ritt, vertauschten oder verknoteten sie sie auch mal.

Im Wohnzimmer mit seinen Sofas, Sesseln und Teppichen müssen sie zuerst Dede begrüßen, der wie ein Pascha im breitesten Sessel sitzt, Söhne und Schwiegersöhne um sich geschart, alle mit Teetässchen oder Zigaretten in der Hand. Es dauert, bis sie alle begrüßt und allen Jeanette vorgestellt haben – »Eine Freundin von Inci. Sie wohnt vorübergehend bei uns und kein Wort über deine Berufswahl!« –, hat Baba vorher bestimmt.

Die Tanten knubbeln sich wie immer bei der Großmutter in der Küche, pendeln zwischen Küche und Esszimmer hin und her, wo der große Tisch gedeckt wird und Stühle aus allen Zimmern angekarrt werden.

Jeanette klebt wie eine Klette an Inci, bis die ihr Cousin Sami vorstellt, der seit zwei Semestern Kunst studiert. Sami hat die buschigen Augenbrauen eines Derwischs, er ist klein und cool und sehr von sich überzeugt.

»Kunst!«, ruft Jeanette aus. »Ich liebe Kunst! Es soll doch so viele tolle Museen in Köln geben.«

Da ist sie bei Sami an der richtigen Adresse. Jeanette hängt sofort an seinen Lippen, und Inci fragt sich, ob es Sami und nicht die Kunst ist, was Jeanette gefällt. Sami genießt auf alle Fälle die seltene Chance, eine bewundernde Zuhörerin zu haben. In der Familie Yildiz macht man sich ansonsten über seine Leidenschaft für die Kunst immer nur lustig.

Inci nutzt die frisch erworbene Freiheit, um durch die Zimmer zu streifen. Im Badezimmer trifft sie auf Cousine Merve, die eine Wolke Haarspray in ihre üppigen Locken sprüht.

»Hast du das von Günel gehört?«, fragt sie. »Das hässliche Entlein ist verlobt. Bestimmt ist dieser Ayhan so ein dickbäuchiger, bärtiger Moscheegänger.«

»Keine Ahnung.« Inci prüft ihren Lidstrich im Spiegel.

»Onkel Yusuf und die Seinen lassen auf sich warten. Wollen einen großen Auftritt haben«, fügt Merve hinzu und zupft und rupft an ihren Haaren. »Könntest du auch haben, diese Pracht! Die Jungs stehen auf lange Haare. Weiß der Henker, was dich reitet, sie immer wieder so kurz zu schneiden.«

Inci zuckt mit den Schultern, schlendert weiter und trifft im Esszimmer auf Tante Azra. Sie ist die jüngste und stillste von Babas Schwestern, die einzige, die keine Kinder hat, und die einzige, mit der Ane sich anfreunden konnte.

»Inci, meine Schöne, wie geht es euch?«

»Gut.«

»Und deine Freundin? Wohnt sie in dem kleinen Zimmer?«

Inci nickt.

»Ihr habt es also ausgeräumt«, flüstert Tante Azra. »Das ist sehr gut.«

Manchmal denkt Inci, dass Ane und Tante Azra heimlich miteinander in Kontakt stehen. Bisher hat sie sich noch nicht getraut, ihre Tante danach zu fragen. So wenig, wie sie es bisher über sich gebracht hat, die fremde Telefonnummer zu wählen, die bei ihnen im Flur hängt.

»Yusuf! Na endlich!«, ruft Baba-Ane, als es klingelt, und rennt in den Flur.

Tanten, Onkels, Cousins und Cousinen stürzen hinter ihr her. Fast alle aus der Familie Yildiz sind schrecklich neugierig. Jeder will so früh wie möglich einen Blick auf Günels Zukünftigen erhaschen.

Tante Azra und Inci bleiben im Esszimmer.

»Hilf mir, das Essen aufzutragen«, bittet Tante Azra. »Ihr wollt doch danach schnell wieder gehen.«

Inci macht das gerne. Günel und ihr Verlobter interessieren sie überhaupt nicht. Es reicht ihr völlig, dass sie gleich gemeinsam mit ihnen an einem Tisch sitzen muss.

Hätte sie nur schon vorher einen Blick auf das Brautpaar geworfen! Dann hätte sie unerkannt verschwinden können. Denn als Günel mit ihrem Verlobten das Esszimmer betritt, erkennt Inci in Ayhan ausgerechnet den Ayhan wieder, dessentwegen sie seit drei Jahren die Haare kurz trägt. Der Ayhan, dem sie die Pest an den Hals wünschte! Der Ayhan, von dem sie hoffte, ihn nie wiederzusehen! Das Kreuz noch so breit wie damals, die Pranken noch immer so fett und behaart, Goldklunker an Fingern und Hals, alles genau wie vor drei Jahren. Aber keine Glatze mehr, stattdessen ein Kurzhaarschnitt. Anstelle des Muscle-Shirts trägt er jetzt ein gebügeltes Hemd.

Als Cousine Merve neben ihr fragt, ob sie auch Linsensuppe möchte, hört Inci sie nicht, erst als Merve sie anstupst, erwacht sie aus ihrer Schockstarre. Sie hält ihr automatisch den Teller hin. Dede platziert Günel und Ayhan rechts und links von sich. Inci sieht zu Cousin Cem hinüber. Er wirkt nicht begeistert von seinem zukünftigen Schwager. Aber Cousin Cem wirkt nie begeistert, außer wenn er über Motorräder reden kann. Dede beugt sich zu Ayhan hinüber und fragt irgendwas. Inci kann die Frage bei dem Lärm am Tisch nicht verstehen. Ayhan antwortet und schlenkert dabei mit seiner Gebetskette. Dede und auch Yusuf nicken zufrieden und lehnen sich zurück.

»Er macht in Elektrogeräten«, erklärt ihr Merve. »Hat einen Laden auf der Krefelder Straße. Die Familie kriegt jetzt bestimmt Prozente bei ihm. Yusuf und er haben sich in der Moschee kennengelernt.«

»Eine arrangierte Ehe?«, fragt Jeanette neugierig.

Alle zucken mit den Schultern.

»Mir kommt der Kerl irgendwie bekannt vor«, flüstert Cousin Sami, der neben Jeanette sitzt. »Hat der mal auf den Ringen gearbeitet?«

Oh ja, weiß Inci. Als Türsteher im Lime Club. Ist jeden Abend mit einer anderen abgezogen, allein sie kennt drei Mädchen, die mit Ayhan im Bett waren. Hat sich die Hörner abgestoßen, würde Dede sagen, ist völlig normal für einen Mann. Doch Inci hasst Typen, die so drauf sind! Dede ist ein alter, verknöcherter Türke, der sich an Traditionen festhält, aber Ayhan ist jung, der könnte ganz anders, wenn er nur mal für fünf Minuten nachdenken würde. Inci schaut zu Baba hinüber, der neben Tante Azra sitzt, und hebt das Glas auf ihn. Nie hat er sie oder Selin in ihrer Freiheit eingeschränkt, nur weil sie Mädchen sind.

Ob Ayhan sie auch erkannt hat? Wenn, dann verbirgt er es gut. Aber es ist gut möglich, dass er nicht weiß, wer sie ist. Drei Jahre älter, die kurzen Haare, die vielen Leute. Ihre Kopfhaut brennt plötzlich wieder so wie an dem Abend, an dem Mo, Falk und sie richtig Scheiße gebaut haben. Und Ayhan erst!

»Sein kleiner Bruder Abdul ist ein Gangster«, weiß Merve. »Schlägereien, Diebstähle am laufenden Band. Sozialstunden rauf und runter. Ayhan hält seine schützenden Hände über ihn, damit er endlich auf den rechten Weg kommt.«

Dass ich nicht lache, denkt Inci. Ayhan hat doch selbst jede Menge Dreck am Stecken. Es gelingt ihr nicht, den Blick von ihm zu wenden, und jetzt schaut auch er in ihre Richtung. Zuerst ein kurzes Erschrecken, dann ein fieses Grinsen, er hat sie erkannt. Inci hofft, dass der Schock ihr Gesicht versteinert und Ayhan ihre Angst nicht sehen kann. Sie wendet den Blick ab, richtet ihn auf die Wanduhr mit den goldenen Ziffern, die in ein Gipsrelief der Agiasofia-Moschee eingelassen ist. Noch vierzig Minuten, bis die zwei Stunden rum sind! Sie muss Baba und Selin bedrängen, damit sie früher gehen. Aber erst fährt die Großmutter Hühnchen und Lammkeule auf, erst hält Dede eine Rede, erst müssen sie essen: die Suppe, das Fleisch, das Gemüse, alles selbst gemacht. Baba-Ane verbringt vor einem Familientreffen immer Tage in der Küche. Wehe, man isst nicht wie ein Scheunendrescher! Wehe, man lobt ihr Essen nicht!

Aber Inci isst heute weniger als ein Spatz, Ayhan ist ihr auf den Magen geschlagen. Sie ihm eindeutig nicht, so wie er Hähnchenkeulen abnagt und in zentimeterdicke Fleischscheiben beißt. Ayhan der Schreckliche, so hat sie ihn genannt. Und dieser brutale Kerl heiratet jetzt in ihre Familie ein. Ob sie Günel warnen soll? Ihr erzählen soll, zu was Ayhan fähig ist, wenn ihn die Wut packt?

Inci wirft ein Stück Fladenbrot in Selins Richtung, die sich mit Cousine Selma unterhält. Als Selin aufblickt, zeigt Inci auf die goldene Uhr. »Wieso?«, bedeutet ihr Selin. »Wir haben noch eine halbe Stunde.« Auch Baba, sieht Inci, kann sie nicht zum Gehen bewegen, der ist in ein Gespräch mit Tante Azra vertieft, und Jeanette lacht mit Cousin Sami.

Nach dem Essen werden Teller und Schüsseln abgeräumt. Frauenarbeit, normalerweise bleibt Inci dann extra sitzen. Aber heute springt sie zeitgleich mit der Großmutter auf, sammelt Teller und Besteck ein, wischt Brotkrümel von der Tischdecke, schleppt Geschirr in die Küche. Die Küche ist Frauenrevier, da kommt Ayhan nicht hin. Soll sie sich allein dünnemachen? Und Baba und Selin gegenüber später behaupten, ihr sei schlecht geworden? Nichts da. Ayhan würde wissen, dass sie vor ihm geflohen ist. Zwanzig Minuten noch. Mokka und Großmutters türkischer Honig, das wird sie überstehen.

Sie räumt die Spülmaschine ein und trocknet Schüsseln und Pfannen ab. Dann schlängelt sie sich im Flur zwischen den Schuhen hindurch und stellt den vollen Müllbeutel vor die Tür. Sie bleibt stehen, schaut die Treppe hinunter, lauscht den gedämpften Straßengeräuschen. Sie könnte einfach gehen. Nichts da! Sie wird vor dem Typ nicht die Flucht ergreifen. Stattdessen kehrt sie zurück in den Flur und sucht in den Schuhbergen nach Ayhans Schuhen. Die protzigen schwarzen Cowboystiefel sind es, solche hat er schon als Türsteher getragen. Sie nimmt sie mit vor die Tür, nestelt die Mülltüte auf, holt ein paar abgenagte Hühnerknochen heraus und steckt sie in die Stiefel. Sie stellt sich vor, wie sich so ein Knochen in seine Ferse bohrt oder Fleischreste an seinen Socken kleben, und muss lächeln. Dann stellt sie die Schuhe auf ihren Platz zurück und geht schnell ins Bad, um sich die Hände zu waschen.

Als sie die Badezimmertür wieder aufmacht, steht Ayhan vor

ihr und versperrt ihr den Weg. Als sie an ihm vorbeiwill, drängt er sie mit seinem massigen Körper zurück.

»Hey, Inci. So sieht man sich wieder.«

Er greift ganz lässig in seine Tasche und holt ein Bonbon heraus. Das Goldpapier knistert, als er es auswickelt. Er knüllt das Papier zusammen und schiebt sich das Bonbon in den Mund. Das Goldpapier lässt er in Incis Ausschnitt fallen, sie fischt es angewidert heraus und wirft es weg. Für einen Augenblick ist es ganz still, so als wäre der Türrahmen das Ende der Welt, so als gäbe es nur sie und Ayhan, so als müsse sie auf immer und ewig mit ihm in der Hölle schmoren. Dann erst dringt das Lachen und Schwatzen aus dem Esszimmer wieder in den Flur. Warum muss jetzt keiner zur Toilette? Sonst muss doch immer einer.

Ayhan beugt sich zu ihr hinunter. Inci zuckt zusammen, als sie seine Nase an ihrem Ohr spürt.

»Wir sind jetzt Familie. Deshalb sind meine Lippen versiegelt«, flüstert er. »Ich hoffe, deine sind es auch. Sonst …«

»Sonst was?«, unterbricht Inci ihn und schiebt ihn mit der Hand ein Stück von sich weg.

Ayhan schüttelt bekümmert den Kopf. »Inci«, flüstert er weiter. »Ich glaube nicht, dass die Familie weiß, was für ein Miststück du bist.«

»Selber Miststück.« Auch Inci flüstert, obwohl sie am liebsten brüllen würde.

»Vergangenheit, Inci, alles Vergangenheit. Vergeben und vergessen. Du sagst nichts, ich sag nichts.« Er deutet auf ihre Haare. »Verdammt kurz. Ich vermute, seit damals? Hast daraus gelernt, was?«

»Du kannst mich mal, Ayhan.«

»Gerne! Wenn's unter uns bleibt.«

Er bleibt einfach stehen, pult schon das nächste Bonbon aus dem Goldpapier und genießt es, ihr weiterhin den Weg zurück ins

Esszimmer zu versperren. Nach einer gefühlten Ewigkeit taucht Cousin Sami auf, und Ayhan macht endlich die Tür zum Badezimmer frei. Wie von Zauberhand herbeigewinkt, kommen auch Baba, Selin und Jeanette in den Flur, Baba legt den Arm um Incis Schultern, Ayhan verdrückt sich, Baba-Ane überreicht ihnen in Alufolie verpackte Fresspakete und wird zum Abschied geküsst. Zehn Minuten später brausen sie in Jeanettes Auto davon.

Inci müsste jetzt radeln oder boxen, um sich Luft zu verschaffen. Stattdessen sitzt sie eingequetscht in Jeanettes kleinem Wagen, klemmt die Hände unter die Oberschenkel und presst die Lippen zusammen, damit sie nicht schreit oder um sich schlägt.

Als sie endlich zu Hause sind, stürmt Inci zur Haustür und rennt die Treppen nach oben. Selin ist direkt hinter ihr. Wie früher, als sie sich gerne einen Wettkampf lieferten, wer zuerst oben ankam. Eine halbe Treppe unterhalb der Wohnung hören sie ihr Telefon klingeln und steigern das Tempo noch einmal. Inci erreicht die Wohnungstür als Erste, sie schließt auf, Selin will sich an ihr vorbeidrängeln, Inci schubst sie zurück, und deshalb ist sie es, die das Telefon zuerst erreicht und den Hörer abhebt.

»Inci Yildiz«, schnaubt sie in den Hörer und zeigt Selin das Victory-Zeichen.

»Hier ist Mo. Treffpunkt morgen zwölf Uhr am Blumenstand im Hauptbahnhof.«

Er legt auf, bevor sie antworten kann.

Sonntag, 7. September

Übergroß zeigt die Bahnhofsuhr 12 Uhr 10 an. Natürlich ist Mo nicht da, Mo war noch nie sonderlich pünktlich. Inci steht direkt vor dem Blumenladen und hat die Leute im Blick. Die, die von der U-Bahn-Station heraufkommen ebenso wie die, die von den Gleisen nach draußen streben. Auch den Haupteingang mit seinen unentwegt hin- und herschwingenden Türen kann sie sehen. Es herrscht ein ständiges Kommen und Gehen. Hunderte von Leuten laufen an ihr vorbei, doch Mo ist nicht darunter. Wieso hat er sie auf dem Festnetz und nicht übers Handy angerufen? Wollte er prüfen, ob sie noch zu Hause wohnte? Wozu? Ihr fällt kein vernünftiger Grund ein, aber Mo war immer für eine Überraschung gut. Wieder hält sie nach ihm Ausschau. Würde sie ihn überhaupt in der Menge erkennen? Hat er sich ähnlich stark verändert wie Falk? Natürlich würde sie ihn erkennen, beziehungsweise er würde sie finden. Es gibt schließlich nur ein Mädchen, das sich vor dem Blumenladen bereits seit einer Viertelstunde die Füße in den Bauch steht.

Sie war früh wach heute Morgen, was sie geärgert hat, denn heute ist der einzige Tag in dieser Woche, an dem sie hätte ausschlafen können. Natürlich ist sie aufgeregt. Ein Wiedersehen mit Mo nach so langer Zeit. Der schwere Verdacht, so viele Fragen. Hat Mo auf einen Menschen geschossen? Sie will die Wahrheit wissen, doch die zu finden wird nicht leicht sein. Denn Mo war schon immer ein Meister der Ausflüchte, einer, der fünf gerne gerade sein ließ.

Ihre Augen wandern ruhelos zwischen den Reisenden umher. Alle großen Blonden nimmt sie direkt ins Visier. Als sie Mo zum letzten Mal gesehen hat, trug er die Haare kurz. Und jetzt? Da, der mit der Umhängetasche, der könnte es sein! Er ist es nicht. Der mit dem New-York-T-Shirt? Nein, auch nicht. Er wird nicht kommen. Aber sie, sie rennt los, sowie er Piep sagt. Nicht mal eine Antwort hat er abgewartet, so sicher war er, dass sie auch heute noch nach seiner Pfeife tanzt.

Ein freches Lachen lässt sie nach links sehen. Es ist ein Junge, der mit seiner Freundin aus der Parfümerie tritt und eine Duftwolke aus Moschus und Ambra nach sich zieht. Auf der Bahnhofsuhr ist es 12 Uhr 29. Sie wird sich auch gleich mit Testern einsprühen, sich das Hirn mit schweren Düften benebeln, sich als dummes Huhn beschimpfen und sich mal wieder schwören, nie mehr an Mo zu denken.

Sie fährt herum, als sie merkt, dass jemand direkt hinter ihr steht.

»Hallo, Inci!«

Mos Stimme, Mos Lächeln, Mos Duft. Er muss aus dem Blumenladen gekommen sein. Stimmt, der hat noch einen zweiten Eingang.

»Verschwindest einfach, lässt jahrelang nichts von dir hören, und plötzlich hinterlässt du überall deine Spuren. – Kaffee?«

Inci nickt und folgt Mo in den Bahnhof hinein. Sie ist ihm dankbar für die kleine Pause. Noch ein paar Schritte gehen, sich an den anderen gewöhnen, noch nicht reden. Mo führt sie in den Zwischengang des Bahnhofes, lässt einen Saftladen und eine Bäckerei links liegen, deutet schließlich auf den freien Stehtisch eines italienischen Cafés an der Ecke, das wie der Blumenladen zwei Ausgänge hat. Er kauft zwei Kaffees, stellt sie vor Inci auf den Tisch, legt eine Handvoll Zucker- und Milchtütchen daneben. Sie greift nach dem Zucker, er nach der Milch. Dann rühren sie in schwarzer beziehungsweise brauner Brühe. Dabei betrachtet Inci ihn verstohlen. Er wirkt muskulöser, durchtrainierter. Am rechten Zeigefinger steckt ein Silberring aus Ediths Werkstatt. Jeans, T-Shirt, ein lässig um die Schultern gelegtes Kapuzensweatshirt. Sein Outfit hat er nicht verändert. Das T-Shirt allerdings hat Ärmel. Sein Krähentattoo ist verdeckt, er verbirgt es.

»Hat Falk dich erreicht?«

Nicht lang drum herumreden, direkt einsteigen, das hat sie sich heute Morgen im Bett überlegt. Aber kaum ist die Frage ausgesprochen, ist Inci schon nicht mehr sicher, ob es eine gute Frage für den Anfang ist.

Mo legt den kleinen Plastiklöffel zur Seite, schaut sie neugierig an: »Ist lang her, Inci! Erzähl mal, was du gemacht hast!«

Ich habe überlebt, denkt Inci und sagt: »Ich boxe seit drei Jahren, ist super, aber das tut jetzt nichts zur Sache.«

»Boxen, das passt zu dir.« Mo nimmt einen Schluck Kaffee und lässt seinen Blick über die Tische nach draußen schweifen, wo der Strom der Reisenden nicht abreißt. Inci bemerkt, dass er mit dem Stehtisch eine ideale Beobachtungsposition gewählt hat. Er liegt in einer schummrigen Ecke und ist deshalb von außen schwer einsehbar. Den Hinterausgang hat sie vorhin schon registriert. Die Wahl des Tisches passt zu Mo. Nie einen Fluchtweg außer Acht lassen! Eine der wichtigsten Regeln für einen Dieb.

»Du konntest so verdammt wütend werden, ist bestimmt ein gutes Ventil dafür.« Er stellt den Becher ab, sieht sie kurz an und blickt dann wieder im Raum umher. »Deine Mutter«, fragt er leise. »Hast du was von ihr gehört?«

»Nein«, sagt sie schnell. »Aber dein Vater ist draußen. Hätte nie gedacht, dass ich Karl den Großen mal in natura sehen würde. Du siehst ihm verdammt ähnlich.«

Mo verzieht den Mund zu einem schmerzhaften Lächeln und lässt sich mit der Antwort Zeit. »Ist nicht so, dass der Knast einen besseren Menschen aus ihm gemacht hat. War verdammt schwer mit ihm, die erste Zeit. Er hat gedacht, er kann da weitermachen, wo er aufgehört hat, bevor er ins Gefängnis kam. Aber das kann man nicht.«

»Das kann man nie«, bestätigt Inci und fragt: »Bist du seinetwegen ausgezogen?«

»Sagen wir, er hat den Auszug beschleunigt. Aber ich wollte eh raus. Konnte ja nicht ewig bei Mama auf dem Schoß sitzen. Wohnst du noch zu Hause?«

»Das weißt du doch bereits.« Inci trinkt einen Schluck Kaffee. »Und Falk und du, seid ihr Freunde geblieben?«

»Wieso nicht? War schlimm genug, dass du uns im Stich gelassen hast.«

Im Stich gelassen … Inci stößt der Kaffee bitter auf. »Dann hat Falk dich also erreicht.«

»Ist das ein Verhör? Kommt da schon die Polizistin durch? Mensch, Inci, ich konnte es nicht glauben! Polizistin, so was Spießiges! Inci Yildiz, eine Bulette!«

»Ich will in die Mordkommission. Und später Polizeipräsidentin werden«, sagt Inci trotzig und merkt sofort, wie lächerlich das klingt.

»Immer hoch hinaus. Wenigstens das ist dir geblieben. Ich nehme an, Klauen tust du nicht mehr.« Er seufzt bei ihrem energischen Kopfschütteln. »Darin warst du richtig gut!«

»Ich nehme an, du schon noch. Falk hat dir bestimmt alles erzählt. – Bewaffneter Raubüberfall! Was ist aus Mo, dem Gentleman-Gauner geworden? Wann hast du deine Ideale über Bord geworfen?«

»Der Gentleman-Gauner hat dir also gefallen?« Das alte Mo-Lächeln blitzt kurz auf. »Ich arbeite niemals mit Waffen«, sagt er dann hart und klar. »Daran hat sich nichts geändert.«

»Ach ja? Und wieso taucht dann dein Krähentattoo bei einem

bewaffneten Raubüberfall auf? Arbeitest du jetzt mit Leuten zusammen, die auf kleine Mädchen schießen?« Inci merkt, wie ihre Stimme leicht ins Hysterische kippt. Aber sie muss das fragen, sie muss.

»Ich arbeite als Solist, seit Falk nur noch Vögel im Kopf hat.« Mos Stimme klingt jetzt scharf wie ein Rasiermesser. »Und ich schieße nicht. Niemals.«

»Bist du mal erwischt worden? Hast du eine Vorstrafe? Kann man dich bei einer polizeilichen Datenabfrage finden?«

»Versuch es doch!« Er funkelt sie herausfordernd an. »Du sitzt ja jetzt an der Quelle.«

»Hahaha. Nach der ersten Woche Theorieunterricht! Du hängst da doch mit drin! Sag mir, wie, vielleicht kann ich dir helfen.«

»Helfen? Das glaubst du doch wohl selbst nicht! Du willst ein weißes Westchen tragen, da passt es nicht, wenn ein alter Freund ein Dieb ist.«

»Wenn ich das wollte, hätte ich erzählt, dass ich weiß, wer das Krähentattoo trägt, aber …«

»… du lieferst keine alten Freunde ans Messer. Mit so was machst du dir nicht die Hände schmutzig, das sollen die mal selbst erledigen. Aber wenn du glaubst, ich schleppe mich mit gesenktem Kopf zur nächsten Wache und lege meinen rechten Oberarm auf die Schlachtbank, dann hast du dich geschnitten.«

»Was ist passiert, Mo?«

»Mit uns? Mit dir? Mit mir? Mit Falk? Wir hatten eine schöne Zeit, sie war irgendwann zu Ende. Und jetzt stehen wir auf verschiedenen Seiten.«

»Nein!«

Inci sagt das so laut, dass die Leute von den Nebentischen hersehen. Mo lächelt, und für einen Moment treffen sich ihre Augen. Alles scheint so wie früher.

»Lass gut sein, Inci«, sagt Mo und zerstört den magischen Augenblick. »Und glaube mir: Ich komme nicht ins Gefängnis.«

»War das nicht der Lieblingsspruch deines Vaters? Und hat es ihm was genutzt? Einmal den falschen Leuten vertraut, und schon schnappte die Falle zu. Wie lang hat er gesessen? Fünf Jahre? Fünf vergeudete Jahre! Nie wolltest du etwas anstellen, das dich ins Gefängnis bringt. Du bist durchgedreht, als Falk den Revolver mitgebracht hat. Und jetzt? Bewaffneter Raubüberfall!«

»Hast du nicht zugehört? Ich benutze keine Waffen, niemals. Das weißt du doch, Inci.«

Inci merkt, wie ihr die Tränen kommen. Plötzlich und unerwartet, sie kann nichts dagegen tun. Erst tropfen sie langsam und leise in den Rest Kaffee, dann werden sie schneller und von lauten Schluchzern begleitet. Mo reicht ihr eine Papierserviette, beugt sich zu ihr herüber und flüstert ihr ins Ohr: »Was ich dir unbedingt noch sagen will, bevor ich gehe: Liebe macht blind, Inci. Deshalb habe ich zu spät gemerkt, was Emily für eine taube Nuss ist. Ein schwerer Fehler!«

Ganz kurz streift er zum Abschied mit seinem Mund ihre Wange, sodass sie sich aussuchen kann, ob dies ein Kuss war oder nicht.

Sie schaut Mo nach und sieht ihn genauso leise und unauffällig durch den Hinterausgang verschwinden, wie er aufgetaucht ist. Sie weiß nicht, wie lange sie ihm nachstarrt, bevor sie die Papierservietten in die Tasche stopft, nach draußen stolpert und sich zwischen die Reisenden schieben lässt.

Sie hört nicht die Ansagen für Gleis 5 oder 10, sie hört nichts von Verspätungen und Umleitungen, nicht die dreisprachige Warnung, auf das eigene Gepäck aufzupassen.

Sie sieht nicht den künstlichen Garten mit den kränkelnden Sonnenblumen, die die Sonne nie sehen, weil es hier im Bauch des Bahnhofes kein Tageslicht gibt. Nicht die Bahnpolizisten, die geballt patrouillieren. Nicht die Fans des KEC, die mit Kölsch und wehenden Fahnen auf dem Weg zum Spiel ihrer Eishockey-Mannschaft sind.

Es macht ihr nichts aus, dass die Fans sie an den Rand drängen, es macht ihr nichts aus, dass Leute sie anrempeln, es macht ihr nichts aus, als sie plötzlich mit einem Typen zusammenknallt. Sie schaut in ein kantiges Jungengesicht unter einer KEC-Baseballkappe, dass sie an irgendwen erinnert. Doch es ist ihr egal, an wen, alles ist ihr egal.

»Pass doch auf!«, blafft der Junge.

Bevor Inci reagieren kann, schickt ihr der Freund des Jungen ein entschuldigendes Lächeln. Auch er ein KEC-Fan in einem riesigen Mannschafts-T-Shirt, dazu trägt er einen taubenblauen Schal, der überhaupt nicht zum Rest seines Outfits passt. »Ist doch nicht schlimm«, sagt er zu dem Jungen mit der Baseballmütze. Dann zieht er ihn weiter und legt ihm einen Arm um die Schultern.

Auch Inci stolpert weiter, bis sie irgendwann auf der falschen Seite vor dem Bahnhof steht. Sie dreht um und hängt sich hinter die Rollkoffer von zwei Mädchen ihres Alters. Fast folgt sie ihnen die Treppen hinauf zu Gleis 7, aber dann läuft sie doch weiter geradeaus, bis sie auf der Domseite vor den Bahnhof tritt, die paar Schritte bis zum Fahrradständer geht, ihr Fahrrad aufschließt und davonfährt.

Zu Hause trifft sie auf eine vor Wut schäumende Selin, die sie wie ein Maschinengewehr mit Vorwurfssalven zuballert, die Inci stoisch über sich ergehen lässt. Nein, dem Auto ist nichts geschehen, natürlich bezahlt sie das Benzin, selbstverständlich hätte sie fragen müssen, sie weiß das mit der Versicherung, klar putzt sie dreimal hintereinander das Bad. Sie hätte noch viel mehr Dingen zugestimmt, damit Selin sie endlich in Ruhe lässt.

In ihrem Zimmer verkriecht sie sich ins Bett, während in ihrem Kopf die Gedanken Karussell fahren. Sie denkt an Mo, an dieses merkwürdige Gespräch, an ihre Niederlage. Nicht klüger als zuvor ist sie, und heulen musste sie auch noch. Nun, die positive Version der Geschichte, die kann sie endgültig knicken. Und ihre strahlende Rolle dabei sowieso. Mo hat etwas mit diesem Überfall zu schaffen, sonst hätte er anders reagiert. Aber hat er wirklich geschossen? Nein, nein, nein! Oder doch? Die Angst, dass sie genau diese Möglichkeit in ihrem Kopf nicht zulassen will, macht sie verrückt. Weil sie nicht weiß, was sie danach tun soll. Muss sie Mo dann anzeigen? Was ist wichtiger? Die Aufklärung einer brutalen Straftat oder die Treue zu einem alten Freund? Und überhaupt. Kann sie noch an einem Freund festhalten, wenn er so etwas getan hat?

Was, wenn sie alles wegschiebt, bleiben lässt, vergisst? Nein, vergessen geht nicht, da kann sie sich nichts vormachen. Muss sie Mo anzeigen? Quatsch! Bisher quält sie sich doch nur mit Verdächtigungen, sie weiß nichts Genaues. Und was sollte Mos letzter Satz bedeuten? Die blinde Liebe, Emily ein Fehler. Wäre *sie* kein Fehler gewesen?

All diese Fragen rasen durch ihren Kopf, mal drängt sich die eine, mal die andere in den Vordergrund. Keine kann sie beantworten. Baba klopft und ruft an ihrer abgesperrten Tür, sogar Selin rüttelt an der Türklinke und will wissen, was los ist. Doch Inci hält sich mit dem Kopfkissen die Ohren zu.

Es ist fast Abend, als sie aufsteht, sich die Sportklamotten anzieht und die Boxhandschuhe einpackt. Am Sonntag boxt sie eigentlich nie, aber sie weiß, dass das Studio geöffnet ist. Vielleicht findet sie einen, der mit ihr in den Ring steigt. Sonst wird sie bis zur Besinnungslosigkeit auf Sandsäcke eindreschen.

Bei ihrer Ankunft der vertraute Geruch von Schweiß und Gummi, auf den Matten mal wieder die Italiener, im großen Boxring zwei Türken, die sie nicht kennt. Sie begrüßt Nihat, fragt nach, ob einer da ist, mit dem sie in den Ring steigen kann. Die Niederlagen reichen ihr für heute, sie will den säuerlichen Gestank der Verlierer und Zweifler abstreifen.

»Mach dich erst mal warm«, sagt Nihat.

Sie will sich nicht warm machen, sie kocht und glüht doch schon, sie will sofort zuschlagen, wenn nicht auf Menschen, dann wenigstens auf Sandsäcke. Aber mit einem Mal gewinnt die Vernunft die Oberhand, und sie läuft ein paar Runden, macht brav ihre Liegestützen und quält sich mit der üblichen Tortur am Springseil.

»Komm mal rüber!«, ruft Nihat, als sie das Seil zur Seite legt. Inci schaut dreimal hin. Sie kann nicht glauben, wer da in Boxhandschuhen neben Nihat steht.

»Das ist Alma«, stellt er sie vor. »Kennt ihr euch? Alma ist über die Hilgers zu uns gekommen. So wie ich euch einschätze, könnt ihr euch das Wasser reichen. Nehmt den kleinen Ring, seid fair zueinander, und hört erst auf, wenn es wehtut. Ich sehe später nach euch.«

Alma wirkt genauso überrascht wie Inci. Ihnen ist beiden nicht nach Reden zumute, also steigen sie schnell in den Ring.

Alma schenkt Inci nichts. Sie ist wendig wie eine Katze, flink wie ein Wiesel und hat einen Schlag, der jedem Kerl Ehre machen würde. Alma ist genau die Gegnerin, die Inci jetzt braucht. Sie greift an, Alma wehrt ab, Inci reagiert geschickt auf Almas Panzerfaust, platziert einen Schlag nach dem nächsten, steckt ein, teilt wieder aus, steht schnell auf, wenn sie zu Boden geht. Alma macht es genauso. Keine kann die andere in die Ecke drängen und dort festnageln. Es ist Nihat, der irgendwann zu ihnen in den Ring steigt, sie auseinanderbringt und sagt, dass es jetzt reicht.

Schwer atmend sitzen sie auf der Bank in der Ankleide nebeneinander, lösen ihre Boxhandschuhe, rollen ihre Bandagen auf.

»Guter Kampf«, sagt Alma. »Gerne mal wieder. Trinken wir noch was?«

Inci nickt, sie spürt den Geruch von Pfeffer und Eisen im Mund. Alma war eine würdige Gegnerin. Mit dem Unentschieden kann sie gut leben.

Der Club verfügt über eine kleine Bar, dort ordern sie Bitter Lemon und Apfelschorle, trinken erst gierig, dann langsamer, den Rhythmus der tänzelnden Schritte der Türken im Ring und den Takt der Sandsäcke schlagenden Italiener im Ohr.

»Woher kennst du die Hilgers?«, will Inci wissen.

»Wir kommen aus derselben Kleinstadt. Sie ist eine Freundin meiner Mutter. Ohne sie hätte ich nie angefangen zu boxen. Und du? Woher kennst du Valery?«

»Wir boxen manchmal.« Ist nicht gelogen, aber nicht die ganze Wahrheit.

Sie lachen beide. Sosehr sich Inci gelegentlich gewünscht hat, Alma näher kennenzulernen, so wenig weiß sie jetzt, was sie von ihr wissen will oder sie fragen soll. Sie fühlt sich merkwürdig aufgeregt. Alma dagegen wirkt ganz ruhig. Mit sicherem Griff löst sie das Haargummi und schüttelt ihre Haare aus. Die tänzelnden Schritte der Türken geraten aus dem Tritt, und die Italiener schlagen nicht mehr auf die Sandsäcke ein. Eine einzige Geste und alle Kerle rasten aus. Inci wettet hundert zu eins, dass sie alle Almas Rücken anstarren. Wie das wohl ist, wenn man so auf Männer wirkt?

»Valery ist übrigens schuld, dass ich Polizistin werde«, erzählt Alma.

Inci will eigentlich rufen »Bei mir auch«, bleibt dann aber doch lieber in Deckung.

»Ich habe oft mit ihr darüber geredet. Interessant finde ich, wie viele unterschiedliche Arbeitsfelder es bei der Polizei gibt. Von der Sitte bis zur Wirtschaftskriminalität ist alles drin. Sogar Valerys

Abschlussarbeit habe ich gelesen. ›Der Verlauf von kriminellen Karrieren im Bereich schwerer Raub‹.«

»Interessant«, murmelt Inci.

»Ist es wirklich«, bestätigt Alma. »Weißt du zum Beispiel, dass fast jeder in seiner Jugend mal kriminell wird? – Abgesehen von braven Mädchen wie uns natürlich.« Sie zwinkert Inci zu.

Oh ja, denkt Inci. Das weiß ich.

»Bei den meisten sind das einmalige Geschichten. Ohne Führerschein fahren, eine Schlägerei, ein Handyklau, ein Kaufhausdiebstahl. Aber manchmal entwickeln sich daraus eben kriminelle Karrieren.«

»Und wie hat die Hilgers die untersucht? Ist die in den Knast gegangen und hat die Knackis nach ihrem Lebensweg gefragt?«

Alma schüttelt den Kopf. »Nein, solche Befragungen im Knast dürfen wir als Polizisten nicht machen. Wenn die Gefangenen ein Verbrechen ausplaudern, das noch nicht bekannt ist, müssen wir das anzeigen. Strafverfolgungszwang, das war das juristische Wort, das Valery gebraucht hat. Und jetzt überleg mal! Welcher Knacki würde uns da die Wahrheit sagen? Aber als Wissenschaftler hast du andere Möglichkeiten. Deshalb hat Valery für ihre Arbeit die Untersuchung von zwei Kriminologen gewählt, die tatsächlich Feldstudien betrieben haben. Auf deren Grundlage hat sie Lebenswege von Bankräubern erforscht und ihre kriminellen Karrieren analysiert. Ihre Arbeit steht übrigens bei uns in der FH im Archiv.«

»Das heißt, ich kann sie mir ausleihen und lesen?«

»Klar«, meint Alma. »Kann ich dir nur empfehlen. Die Arbeit von Valery lässt sich nicht nur gut lesen, sie ist auch spannend und originell. So beschreibt sie beispielsweise ›ihre‹ Bankräuber anhand von Spitznamen. Eddie, the brain, Karl der Große, underworld-hero, Baron von Gold, Das einsame Auge und so weiter – und untersucht, ob und wie diese Namen ihre kriminellen Karrieren widerspiegeln.«

»Karl der Große«, wiederholt Inci mit trockenem Mund und fügt schnell Eddie, the brain und Baron von Gold an, um nicht zu verraten, wie verwirrt sie ist, dass die Hilgers über Karl den Großen Bescheid weiß. »Witzige Namen.«

»Karl der Große ist laut Hilgers eine faszinierende Gestalt«, erzählt Alma weiter. »Wurde bei einem Bankraub geschnappt. Er saß fast fünf Jahre ein. Die Waffe, die damals verwendet wurde, war eine Derringer, Modell Texas Defender, so ein kleiner silberner Damenrevolver, eine ungewöhnliche Waffe – und jetzt stell dir vor!« Alma beugt sich zu Inci hinüber, sie macht eine kleine Pause, um sich Incis Aufmerksamkeit gewiss zu sein. »Bei einem Raubüberfall in Mülheim letzte Woche wurde dieselbe Derringer Texas Defender verwendet.«

»Und die Hilgers glaubt jetzt, dass Karl der Große ...«, folgert Inci mit krächzender Stimme.

»Die Hilgers folgert gar nichts«, erwidert Alma. »Die Hilgers hat den Fall an die Soko Mülheimer Bötchen abgegeben, sie macht sich höchstens im Stillen ihre Gedanken. Die redet nicht mit Kommissar-Anwärterinnen wie uns über einen aktuellen Fall. Das mit der Derringer weiß ich nur, weil ich zufällig in ihrem Büro saß, als der Anruf von der Spurensicherung kam, und da habe ich, weil ich Hilgers' Arbeit gelesen habe, eins und eins zusammengezählt.«

»Wieso heißt die Soko denn Mülheimer Bötchen?«, fragt Inci dämlich, weil ihre Gedanken mal wieder verrücktspielen.

»Was weiß ich? Gibt es da nicht so ein Karnevalslied? ›Heidewitzka, Herr Kapitän, im Mülheimer Bötchen fahren wir so gern‹? Und weil der Raubüberfall doch in Rheinnähe stattfand ... Bisschen makaber ist der Name schon, da hast du recht. – Aber du merkst, wir erlernen einen spannenden Beruf!« Alma klopft auf den Holztresen, wie um den Satz zu bestärken oder um das Gespräch zu beenden. Dann hüpft sie von ihrem Barhocker und verzieht das

Gesicht zu einem schmerzhaften Grinsen. »Hast mich ganz schön rangenommen. Wann trainierst du denn normalerweise?«

Inci sagt es ihr.

»Blöd, am Dienstag kann ich nie. Ich trainiere donnerstags.«

»Da kann ich nicht«, lügt Inci, die noch nicht weiß, ob sie näheren Kontakt zu Alma haben will.

»Wir sehen uns ja in der FH und können uns spontan verabreden«, schlägt Alma vor und hebt die Hand zum Abschied.

Als Alma geht, starren ihr alle Boxer nach. Auch Inci sieht ihr hinterher, wenn auch aus anderen Gründen. Sie denkt, dass die geheimnisvolle Alma wirklich immer für eine Überraschung gut ist. Niemals wäre Inci auf die Idee gekommen, dass sie die Hilgers kennt oder dass sie boxt.

Zehn Minuten später nimmt Incis Rad ganz automatisch den Weg zum Rhein und lotst sie unter der Brücke hindurch zu der Bank neben der Trauerweide. Es ist bereits dunkel. Der Fluss gluckst in kleinen Wellen ans Steinufer, dünne Nebelschwaden huschen über dem Wasser. Das Licht, das die Straßenlaternen am anderen Ufer in kleinen Kegeln streuen, verwandelt Büsche und Sträucher in kleine verwunschene KoboldDörfer, unerreichbar wie ferne Gefilde.

Der Revolver. Falk hatte ihn gefunden, lange bevor Mo ihnen von Karl dem Großen erzählte. Zufällig, in einer von Ediths Kisten, als er nach Ersatzfederbällen suchte. Während Falk der Fund völlig aus dem Häuschen brachte, reagierte Mo zunächst gar nicht. Klein und silbern war der Revolver, in der Trommel steckten Patronen, Falk war sich sicher, dass es eine echte Waffe war. »Une arme pour une femme«, sagte er in seinem angeberischen Französisch. Inci übersetzte »eine Waffe für eine Frau«, aber Mo hörte nicht zu, er stand regelrecht unter Schock. Erst als Falk die Trommel öffnen wollte, fand er seine Sprache wieder. »Rühr sie nicht an!«, befahl er drohend und senkte langsam seine Hand auf die Waffe, als handle es sich dabei um ein gefährliches Tier, das nicht erschreckt werden durfte. Dann packte er den Revolver vorsichtig am Griff, hielt die Mündung auf den Boden und legte ihn in die Kiste zurück. Falk verstand Mos Panik nicht, er lief hinter ihm her, rief mal wieder »Pourquoi pas?«, nannte den Revolver in seinem affigen Französisch »bizarre« und schlug vor, damit auf Blechdosen zu schießen, nur so zum Spaß. Als Mo sich umdrehte, brannte in seinen Augen eine so wilde Entschlossenheit, wie Inci sie noch nie bei ihm erlebt hatte. Er rüttelte und schüttelte Falk, bis dieser vor Schmerzen schrie, und ließ ihn erst los, als Inci eingriff. »Niemals!«, brüllte Mo. »Niemals eine Waffe! Weder zum Spielen noch zum Arbeiten. Ihr vergesst diesen Revolver, er existiert für euch nicht! Er ist nur zum Schutz meiner Mutter! Wenn einer von euch jemals auf ihn zurückkommt, ist er das letzte Mal hier bei uns gewesen. Habt ihr das kapiert?« Falk insbesondere, aber auch Inci war so erschreckt von Mos heftiger Reaktion, dass sie nur stumm nickten. Auch später trauten sie sich nie, danach zu fragen, warum die Waffe in der Kiste lag oder wer sie dorthin gelegt hatte.

Bald dachten sie tatsächlich nicht mehr daran, aber dann kam der Tag, an dem Falk das Ritalin mitbrachte. Er hatte seinem kleinen Vetter, einem nervigen ADHS-Kind, ein Zehnerpack geklaut, als dieser bei den Zermühlens zu Besuch war. An dem Abend saßen sie in Ediths Garten. Es war die Zeit, als sie alle schon von diesem prickelnden Gefühl der Verliebtheit infiziert waren, das sie leichtsinnig und wagemutig machte. Sie schluckten die Tabletten. Erst passierte gar nichts, aber bald fühlten sie sich seltsam frei und stark, irgendwie unbesiegbar. Falk und Mo wollten im Höhenfelder See schwimmen, aber das wollte Inci nicht. Sie schlug den Lime Club vor, und die Jungs waren einverstanden. Bevor sie gingen, muss Falk den Revolver geholt und eingesteckt haben, weiß Inci heute. Bemerkt hatten das weder Mo noch sie.

Im Lime Club stand Ayhan vor der Tür. Sie kannten ihn, er kaufte Mo oft Handys ab, die sie geklaut hatten. Normalerweise winkte er sie großzügig durch, aber an diesem Abend war ihm eine Laus über die Leber gelaufen. Vielleicht drohte auch ein Besuch vom Ordnungsamt. Auf alle Fälle machte er sich wichtig und bestand bei Inci auf der Ausweiskontrolle. Sie war noch keine sechzehn und hatte sich nicht wie sonst, wenn sie tanzen gingen, Selins Ausweis »geliehen«. Also vollführten Mo und Falk ein solch herrliches Spektakel vor dem Kerl, dass sie schnell an ihm vorbeihuschen und ins Innere abtauchen konnte. Beim Tanzen hatten sie einen Riesenspaß, viel mehr als sonst. Sie tanzten zu dritt oder zu zweit oder jeder für sich, Inci einmal eng umschlungen mit Mo. Und sie tranken jede Menge. Redbull-Wodka, Whisky-Cola, Tequila, alles durcheinander. Als sie gingen, stand Ayhan immer noch an der Tür. Sie lachten wie blöd, und Inci zeigte ihm den Mittelfinger. Er deutete einen Schnitt durch die Kehle an, und sie rannten davon.

Inci kann sich nicht mehr erinnern, wie es kam, dass sie noch einmal zurückkehrten. Ayhan baggerte gerade eine aufgedonnerte Schwarzlockige an. Mo und Falk bauten sich vor den beiden auf und imitierten Fick-Bewegungen, Inci begleitete das Ganze mit lustvollem Stöhnen. Heute kann sie nicht glauben, dass sie wirklich etwas so super Peinliches gemacht haben, aber es war so. Ritalin und Alkohol katapultierten sie in eine wilde Hölle, ließen sie glauben, dass alles erlaubt sei. Die Schwarzlockige jedenfalls verdrückte sich schnell, und Ayhan packte die Wut. Aber sie waren zu dritt. Flink, geschickt und unbesiegbar. Keinen von ihnen bekam Ayhan zu packen, und nachdem Inci, die irgendwann hinter Ayhan stand, ihm mit sicherem Griff das Handy aus der einen und den Geldbeutel aus der anderen Hosentasche zog, beides kurz in die Luft hielt, um es Falk und Mo zu zeigen, stoben sie in unterschiedliche Richtungen davon, um sich wenig später an der Bahnhaltestelle zu treffen. Sie lachten sich krumm, als sie aus der Ferne sahen, wie Ayhan nach seinem Handy suchte. Sie machten einen solchen Krach, dass er sie bemerkte und sofort losstürmte. Doch sie erwischten in letzter Sekunde eine startklare Bahn und ließen einen vor Wut schäumenden Ayhan auf dem Bahnsteig zurück.

Inci weiß bis heute nicht, wie Ayhan ihre Fährte aufnahm. Vielleicht erinnerte er sich durch die Ausweiskontrollen an ihre Adressen, vielleicht fragte er den Barkeeper nach ihnen, vielleicht entdeckte er sie zufällig bei McDonald's, aber vielleicht hatte er auch einfach nur den richtigen Riecher.

In dieser Nacht stromerten sie weiter umher. Von Ayhans Geld – enttäuschende fünfzig Euro nur – ließen sie sich beim McDonald's am Hauptbahnhof Fritten und Burger schmecken. Beim Weitergehen fanden sie irgendwo eine halb volle Spraydose, liefen zu Falks Schule, die in der Nähe war, kletterten über die Mauer und sprühten mitten auf den Schulhof »Schule ist vertane Zeit! Lasst es krachen, Leute!« auf den Boden. Dabei lachten sie sich halb tot.

Inci weiß nicht mehr, wie sie auf der anderen Rheinseite landeten, ob sie mit der Bahn gefahren oder gelaufen sind und wieso sie unbedingt den Weg nehmen wollten, der unter der Eisenbahnbrücke herführt. Sie weiß auch nicht mehr, warum Falk und Mo sie unbedingt begleiten wollten, aber schön fand sie es irgendwie. Auch wenn sie kurz hoffte, dass Falk die Biege machen und sie mit Mo allein lassen würde.

Sie vollführten auf alle Fälle einen Heidenlärm, als sie unter der Eisenbahn herliefen, weil hier mal wieder kaum eine Straßenlaterne funktionierte und es nach Pisse und Ärger stank. Mo und sie hielten sich die Nase zu, während Falk den Trafokasten mit den FC-Aufklebern anpinkelte. Und dann stand plötzlich Ayhan vor ihnen. Wie aus dem Nichts aufgetaucht, wie herbeigebeamt, wie vom Himmel gefallen. Er fackelte nicht lange. Zuerst donnerte er Mo seine Faust ins Gesicht und knallte ihn dann mit dem Hinterkopf an die Wand der Unterführung, sodass Mo wie ein nasser Sack zu Boden ging. Völlig gelähmt von Ayhans Überraschungsangriff und rammdösig von dem Höllencocktail, den sie in sich hatte, dauerte es, bis Inci laut um Hilfe schrie und sich der kleine Falk in einem Anflug von Größenwahn oder Todesmut auf Ayhan stürzte. Der hatte das kommen sehen und rammte ihm sein rechtes Knie brutal in den Bauch. Falk taumelte zur Seite, krümmte sich vor Schmerz und kotzte auf die Straße.

»So, du Miststück, und jetzt zu dir!« Inci sollte das Handy und die Brieftasche herausrücken, aber sie hatte weder das eine noch das andere. Mo hatte beides eingesteckt, doch das konnte sie nicht sagen, sie konnte nur schreien, immer weiter schreien. »Feuer!«, schrie sie jetzt, weil sie mal gehört hatte, dass Leute dann eher reagieren, als wenn jemand um Hilfe schreit. »Halt's Maul!«, brüllte Ayhan sie an, aber sie schrie immer weiter. Da packte er ihre langen Haare, zwirbelte ein dickes Büschel zusammen, zog daran und kickte ihr gleichzeitig die Knie nach hinten, sodass sie zu Boden ging. Auf dem Bauch schleifte er sie an den Haaren über die Straße in Richtung von Mo und Falk. Alle Hochgefühle zerplatzten von einer Sekunde auf die andere, ihr ganzer Körper war nichts als brennender Schmerz, und ihr Kopf erfasste in erschreckender Klarheit, in was für eine miese Situation sie geraten waren.

»Lass sie sofort los«, hörte sie Falk nach einer Ewigkeit sagen, und etwas in seiner Stimme ließ auch Ayhan aufhorchen. Er hielt zwar weiter ihre Haare fest, blieb aber stehen. Und so konnte Incis Blick vom Boden aus an Falks Beinen hinaufwandern bis zu seinem Bauch. Und sie sah den kleinen silbernen Revolver, mit dem er auf Ayhan zielte. »Das ist eine Derringer Texas Defender, und die ist geladen. Scharfe Munition.«

»Nimm die Waffe runter, Falk!«

Mos Stimme klang ganz schwach, Inci drehte den Kopf in seine Richtung. Sie sah, dass er an der Wand lehnte, es also irgendwie geschafft hatte, aufzustehen.

»Ayhan, ich habe deine Papiere und dein Handy. Hier schau!« Er nestelte Handy und Brieftasche aus seiner Hose. »Lass Inci los!«

»Waffe runter! Hast du nicht gehört?«, brüllte Ayhan Falk an, der immer noch auf ihn zielte, und riss so kräftig an Incis Haaren, dass sie glaubte, skalpiert zu werden. »Und du schiebst meine Sachen rüber, aber ganz sachte, ja?«, befahl er Mo.

»Erst wenn du Inci loslässt.« Mo legte Ayhans Sachen vor sich auf den Boden.

»Ich bin doch nicht blöd. Ihr habt mich heute …«

Er stockte im Satz und lauschte in die Nacht, sie alle lauschten und hörten das Tatütata erst in der Ferne, dann näher und näher. Plötzlich ging alles sehr schnell. Ayhan ließ Inci los, schnappte sich Papiere und Handy, Mo taumelte auf Inci zu, Inci befahl Falk, mit Mo zu verschwinden. Die beiden starrten sie wie gelähmt an, und das Martinshorn klang schon gefährlich nahe, als Falk endlich Mo packte und ihn die Böschung des Bahndamms hochzog.

Inci schleppte sich auf allen vieren zum Trottoir, ihr ganzer Körper brannte, aber das war nichts gegen den Kopf. Ihr war, als ob ihre Haare in Flammen stünden. Danach quietschten Bremsen, knallten Autotüren, schnelle Schritte kamen auf sie zu, zwei Knie beugten sich, dann das Gesicht der Hilgers vor ihrem. Sie half Inci beim Aufstehen und fragte: »Wie viele? Wohin?« Inci hob einen Finger und zeigte auf die andere Seite des Bahndamms. Mit dem Kopf bedeutete die Hilgers den Kollegen, sich dort umzusehen.

Die Polizisten kehrten unverrichteter Dinge zurück, sie nahmen Inci mit auf die Wache. Dort erzählte sie, dass ein Kerl – nie gesehen, keine Ahnung, groß, bärtig, Boxernase, akzentfreies Deutsch, höchstens vierzig – ihr erst den Weg versperrt und sie dann wie blöd an den Haaren gezogen und über die Straße geschleift habe.

Geschichten erfinden konnte sie gut, das hatten sie immer wieder geübt, um auf Situationen wie diese vorbereitet zu sein. Situationen, in denen einer zurückblieb, damit die beiden anderen verduften konnten. Da Inci von ihnen dreien die beste Geschichtenerfinderin war, sollte, wenn irgend möglich, sie zurückbleiben.

»Er hat nicht geschossen.«

Inci erschrickt, als sie die eigene Stimme hört. Sie hat den Satz laut gesagt. Sie schaut sich um. Niemand in unmittelbarer Nähe, keiner hat sie gehört. »Er hat nicht geschossen«, wiederholt sie leise und weiß, dass das die Wahrheit ist. Noch einmal schaut sie zu den unerreichbaren Inseln des Lichts auf der anderen Seite des Flusses, die so wenig erhellen und so weite Schatten werfen. Nur nicht die ganze Wahrheit, ergänzt sie.

Montag, 8. September

Inci sitzt auf ihrem Platz neben Yüksel, Jakobs Stuhl auf ihrer anderen Seite bleibt leer. Das graue Hutzelmännchen kratzt die Kreide in quälenden Strichen über die Tafel, Gänsehaut überzieht Incis Arme. Sie schaut auf, als es klopft. Kaspers tritt in Begleitung der Hilgers ein. Inci zwinkert ihr zu, aber die Polizistin schaut über sie hinweg auf die kahle, rückwärtige Wand des Raumes. Wie an dem Morgen, als sie Jakob holten, flüstert Kaspers dem Hutzelmännchen etwas ins Ohr. Dann dreht er sich zur Klasse um und sagt: »Inci Yildiz, kommen Sie bitte mit!«

Inci traut ihren Ohren nicht, sie kommt sich wie in einem schlechten Film vor. Doch der Blick von Kaspers ist ernst, der des Hutzelmännchens auch und der der Hilgers weiter auf die kahle Wand gerichtet. Auf Incis Rücken brennen sich die Blicke der Klassenkameraden ein, als sie hastig ihr Schreibzeug in die Tasche stopft und mit Kaspers und der Hilgers den Raum verlässt. Ihre Schritte hallen durch die langen Flure, führen sie hinaus auf die Straße, wo ein Streifenwagen mit laufendem Motor wartet. Die Hilgers hält ihr die hintere Tür auf, schlägt sie zu, als Inci sitzt, platziert sich auf dem Beifahrersitz und gibt dem Uniformierten den Befehl, loszufahren.

Vor dem Polizeipräsidium dasselbe Spielchen, nur andersherum, danach dirigiert die Hilgers Inci zum Eingang, zückt ihren Ausweis, lotst Inci zum Fahrstuhl, drückt auf die 3. Bisher haben sie kein Wort miteinander gewechselt. Der Blick der Polizistin weiterhin abweisend, fast eisig, Inci so verwirrt, dass sie nicht einmal fragt, wohin sie gebracht wird. Die Hilgers klopft an eine Tür, öffnet sie, lässt Inci eintreten, schließt die Tür wieder. An einem Tisch sitzt KHK Schmitz. Vor ihr liegt eine riesige Spiegelreflexkamera.

»Bitte machen Sie Ihre Schultern frei«, befiehlt sie und zückt die Kamera. Die so schwer ist, dass KHK Schmitz sie kaum halten kann.

Inci zieht ihr T-Shirt aus. Sie friert, als sie mit nacktem Oberkörper vor der Kommissarin steht, und fragt sich, warum sie keinen BH trägt. Die Schmitz richtet das riesige Zoomobjektiv auf sie.

»Drehen Sie sich um!«

Inci gehorcht. Das Klicken der Kamera wird begleitet von einem sich wiederholenden Piepton, und mit einem Mal weiß Inci, weshalb sie hier ist. Aber sie kann das Wort nicht aussprechen, sie kann überhaupt nicht sprechen, weil die Kamera immer weiter klickt und die Töne immer weiter piepen. Erst als sie jemand an der Schulter packt, schreit sie.

»Schlecht geträumt, was?« Selin hält ihr das Handy hin, damit sie den Weckton ausstellt. »Wie lang soll das Ding noch klingeln? Du musst aufstehen. Hast Glück, ich war schon im Bad.«

Tattoo, denkt Inci, als sie eine halbe Stunde später mit dem Fahrrad auf dem Weg ins Kunibertsviertel ist. Das war das Wort, das ihr im Traum nicht einfiel. Die Hilgers hat ihres gesehen, die Hilgers kennt die Aussage des Mädchens. Hat die Hilgers einen Zusammenhang zwischen ihrem Tattoo und dem von Mo hergestellt? Hat sie mit KHK Schmitz telefoniert und sich eine Kopie von Mos Tattoo schicken lassen? Gesehen, dass es sich bei beiden Tattoos um denselben Kolkraben handelt? »Blödsinn«, sagt sie laut. Die Hilgers hat den Fall abgegeben, die hat gar nichts mehr damit zu tun. Warum sollte sie sich mit Krähen beschäftigen? Die Wahrscheinlichkeit ist minimal, dass die Ermittler auf sie, Inci, kommen.

Aber es gibt die Möglichkeit, das ist die Botschaft ihres Traumes. Was, wenn sich die Wege der Hilgers und von KHK Schmitz zufällig kreuzen? Was, wenn sie, Inci, die Geschichte ihres Tattoos erklären muss? Was, wenn sie sie nach Mo fragen?

Inci merkt, wie sich ihr Magen vor Angst zusammenklumpt und sich in ihrem Mund der säuerliche Gestank der Verzweiflung breitmacht. Als sie das nüchterne Gebäude der FH vor sich sieht, fragt sie sich, ob es wirklich die richtige Entscheidung ist, Polizistin zu werden. Ob ihr die Vergangenheit immer an den Füßen kleben wird oder ob sie sich davon befreien kann.

»Scheiß der Hund drauf«, murmelt sie und spuckt zur Bestätigung des Satzes auf den Boden, bevor sie das Gebäude betritt.

Jeanette kommt ihr im Flur mit zwei Kaffees entgegen. Sie fragt dies und das, erzählt von drei vergeblichen Anrufen bei Jakob, den Engeln, die sie in ihrem neuen Zimmer aufhängen will, einem Museumsbesuch, zu dem Sami sie überredet hat. Inci merkt, wie diese Alltäglichkeiten sie beruhigen und wie Jeanettes Unbekümmertheit auf sie abfärbt. Auf einmal freut sie sich, dass Jeanette bei ihnen einziehen wird. Scheiß der Hund drauf, wiederholt sie in Gedanken.

Jeanette setzt sich auf Jakobs Platz und zwinkert verschwörerisch, als sich Yüksel neben Inci setzt. Alma kommt und gibt nur durch ein winziges Nicken in Incis Richtung zu erkennen, dass sie sich gestern Abend beim Boxen getroffen haben. Inci nickt ebenfalls. Sie kann Alma immer noch nicht einschätzen. Besser in Deckung bleiben.

Ethik steht auf dem Stundenplan, der Dozent, Doktor Reitemöller, ist jung und attraktiv und sieht nicht so aus, wie sich Inci einen Doktor der Philosophie vorstellt. Er wirkt eher so, als sei er einer Soap entsprungen.

»Das ›höchste Gut‹, das richtige Handeln und der freie Wille, das sind die drei großen Themen, mit denen sich die Ethik beschäftigt. Vor allem das ›höchste Gut‹ klingt für Sie als zukünftige Polizisten möglicherweise etwas abgehoben, aber Sie werden schnell merken, wie sehr das auch in Ihre Arbeit hineinspielt.«

Doch keiner Soap entsprungen, denkt Inci, als sie seine Stimme hört. Die ist metallen wie die des Blechmannes in »Der Zauberer von Oz« und zum Gähnen langweilig.

»Das höchste Gut, das summun bonum, kann je nach philosophischem Standpunkt etwas anderes bedeuten. Ich nenne mal die Einheit von Tugend und Glück bei Kant, die Bedürfnisbefriedigung bei Hobbes oder die Freiheit bei Sartre. Wie eng das höchste Gut mit dem richtigen Handeln verknüpft ist, macht uns Kants kategorischer Imperativ klar: Handle nur nach derjenigen Maxime, durch die du zugleich wollen kannst, dass sie ein allgemeines Gesetz werde. Oder, um es salopper auszudrücken: Was du nicht willst, dass man dir tu, das füg auch keinem andern zu.«

Von der Westfalenfront in der hintersten Reihe dringt ein nicht zuzuordnendes Stöhnen durch den Raum. Der Blechmann, ganz in seine Aufzeichnungen vertieft, redet einfach weiter. Alma vorne in der ersten Reihe sitzt aufrecht und angespannt. Erst jetzt bemerkt Inci, was für ein unauffälliges Sweatshirt sie heute trägt. Yüksel schreibt Satz für Satz mit, und Jeanette malt Kreise und Dreiecke auf ihren Block.

»Was ist recht und was ist unrecht?«, fährt Herr Reitemöller unbeirrt fort. »Die Ethik beschäftigt sich mit Fragen der Moral und des Rechtes. Wobei ›Recht‹ sowohl den durch das Gesetz festgelegten Begriff des Rechts als auch das impliziert, was wir für rechtens halten.«

Das Stöhnen der Westfalenfront wird lauter. Jetzt bemerkt es der Blechmann und hebt erstaunt den Kopf.

»Geht's ein bisschen konkreter?«, fragt Alma. »Klar, wenn einer zuschlägt, ist das unrecht. Aber vielleicht ist derjenige so gepiesackt worden, dass das Zuschlagen verständlich ist. Wiegt dann das Zuschlagen schwerer als das Piesacken? Was ist höher zu bewerten? Die Aktion oder die Reaktion?«

»Sehr, sehr gut«, lobt Reitemöller blechern. »Genau das sind moralische Fragen, mit denen wir uns beschäftigen werden und zu denen Sie eine Position beziehen müssen. Und dies nicht nur als Privatpersonen, sondern auch als Polizisten. Es gibt einen Wertekanon, auf dem unsere Gesellschaft fußt und der für Sie verbindlich ist. Wissen Sie, wo der formuliert ist?«

»Grundgesetz«, spuckt Yüksel brav aus.

»Im Grundgesetz sind unsere Grundwerte verankert. Die müssen Sie nicht nur kennen, zu denen müssen Sie sich auch *be*kennen, sonst können Sie keine Polizisten werden.«

Wieder Stöhnen aus dem Hintergrund. Der Blechmann verlässt nun das Pult, geht durch den Raum bis zur hintersten Reihe und fragt Kevin: »Welcher Grundwert ist für Sie von besonderer Bedeutung?«

»Das Recht auf Freizeit.« Er kichert. Justin und Julio kichern mit.

»Das ist formuliert wo?«

Diesmal ist die Antwort eine Mischung aus Stöhnen und Kichern.

»Jetzt hört doch mal auf, euch wie Schulkinder aufzuführen«, regt sich Alma auf. »Ich will wissen, was schwerer wiegt. Zuschlagen oder Piesacken?«

»Wer will noch etwas wissen?«, fragt Reitemöller.

Incis Arm geht nach oben, die Frage in ihrem Kopf ist so drängend, dass sie, ohne weiter nachzudenken, fragt: »Wie verhalte ich mich, wenn ein Freund …« Sie bricht die Frage ab, kann nicht fassen, dass sie sie tatsächlich stellen wollte. Aber macht der halbe Satz nicht alles noch viel schlimmer? Denk nach, Inci, schnell, schnell!

Alma dreht sich zu ihr um und schaut sie interessiert an.

Was wollte Alma wissen? Piesacken oder Zuschlagen. Genau!

Das ist die Rettung! »… wenn ein Freund zuschlägt?«, bringt sie die Frage zu Ende und merkt, wie ihr Puls rast.

»Sehr, sehr interessante Frage!«, versichert der Blechmann eifrig und kehrt an sein Pult zurück. »Die Frage der Loyalität. Im Laufe Ihres Berufslebens müssen Sie sich immer wieder damit auseinandersetzen. Welche Loyalität ist höher zu bewerten? Die einem Freund, dem Partner/der Partnerin, den Kameraden gegenüber oder die gegenüber dem Gesetz? Möchte jemand aus dem Bauch heraus antworten?« Er schaut kurz auf, sieht Yüksels zuckenden Finger und fährt schnell fort: »Oder wollen wir uns zunächst den grundlegenden Fragen von Ethik und Moral zuwenden, auf deren Grundlage Sie dann ihre Bauchantwort überprüfen können?« Da Yüksels Finger wieder nach unten geht und sich auch sonst kein Widerstand regt, nickt Reitemöller zufrieden. »Ich möchte Sie aber bitten, nur so für sich im stillen Kämmerlein, Position in dieser Frage zu beziehen. Dann können Sie sehen, ob Ihre Antwort am Ende des Semesters dieselbe geblieben ist oder anders ausfällt.«

In der Pause stellt Inci sich am Kaffeeautomaten an. Hinter ihr steht Alma, und wieder überlegt Inci, ob sie sie ansprechen soll. Es interessiert sie, was sie mit Zuschlagen und Piesacken gemeint hat. Sie könnte aber auch unverfänglich danach fragen, ob sie von Muskelkater geplagt wird. Wäre doch ganz einfach. Aber Alma hat wieder diesen entrückten, abweisenden Blick, also lässt Inci es und zieht zwei Kaffee. Schwarz mit Zucker für sich, mit Milch und Zucker für Jeanette. Die balanciert sie nach draußen auf die Straße, wo Jeanette auf einem Steinmäuerchen in der Sonne sitzt.

»Du hast bei deiner Frage bestimmt an Jakob gedacht«, meint Jeanette und bedankt sich für den Kaffee. »Die Geschichte mit seinem Motorrad ist immer noch nicht aufgeklärt.«

Jakob? Wieso sollte sie Jakob gegenüber loyal sein? Einem Typen, den sie gerade mal ein paar Tage kennt. Einen Typen, von dem sie so gut wie nichts weiß. Aber sie lässt Jeanette gerne in dem Glauben.

»Ist denn an dem Abend in Jakobs WG noch irgendwas passiert, nachdem ich gegangen bin?« Inci setzt sich neben Jeanette und hält den Kopf in die Sonne.

»Du meinst, außer der Tatsache, dass seine Mitbewohner mehr oder weniger mit dir verschwunden sind?« Jeanette nimmt einen Schluck Kaffee und flucht, weil er so heiß ist. »Die sind stinksauer auf Jakob! Kann man auch verstehen. Erst werden sie von der Polizei durch die Mangel gedreht, und dann verdächtigt Jakob sie auch noch.«

»Wenn er sein Motorrad nicht benutzt und nichts mit dem Überfall zu tun hat, absolut nachvollziehbar.« Inci rührt den Kaffee eine Weile, bevor sie den ersten Schluck nimmt. »An den Schlüssel für sein Motorrad kommt schließlich nicht jeder. Und die zwei hatten die Möglichkeit.« Sie trinkt den nächsten Schluck. Jetzt hat der Kaffee die richtige Temperatur. »Und du und Jakob, ihr habt also noch länger am Küchentisch gesessen und euch mit all den Getränken die Kante gegeben?«

»Ich habe dir schon mal gesagt, dass ich, im Gegensatz zu dir, genau weiß, wie viel ich vertrage.« Zum ersten Mal sieht Jeanette sie wütend an. »Aber was Jakob betrifft, hast du recht. Der schluckt echt was weg. Der hat sich an dem Abend mehr als genug hinter die Binde gekippt.«

»Und? Es gibt doch diesen Spruch, dass Besoffene und Kinder die Wahrheit sagen.«

Jeanette zuckt mit den Schultern und schaut jetzt genauso unbestimmt in die Ferne, wie Alma dies gerne tut. »Na ja, er hat mir gesagt, wie toll er es findet, dass ich zu ihm halte, ihm die Unterrichtssachen bringe und so weiter«, presst sie mühsam heraus. »Dass er in mir so was wie eine Schwester sieht, die ihrem Bruder beisteht.«

»Blödmann«, sagt Inci.

»Ist nichts Neues für mich. Ich kann's wegstecken. Bin halt ein Unglücksrabe, was Männer angeht.« Jeanette trinkt ihren Kaffee leer und knüllt den Becher zusammen.

Inci legt ihr behutsam eine Hand auf den kräftigen Oberschenkel. »Der Kerl hat dich nicht verdient. Der ist viel zu flatterhaft. So ein Fähnchen im Wind. Du findest einen Besseren!«

»Glaubst du?« In Jeanettes Blick blinkt so viel Hoffnung auf, dass Inci angst und bange wird, weil sie nicht weiß, ob sich die wirklich erfüllt.

»Für jedes Töpfchen gibt's ein Deckelchen«, zitiert Inci einen alten Spruch von Edith.

»Hahaha. Am Ende lande ich noch bei parship.«

»Aber erst mal wirst du Polizistin! Hat der blöde Jakob denn sonst noch was gesagt?«

»Wie meinst du das?«

»Ob er noch andere Leute in Köln kennt, ob es andere Gelegenheiten gab, an seinen Motorradschlüssel zu kommen ...«

»Du interessierst dich ja echt für den Fall«, stellt Jeanette erstaunt fest. »Dabei kannst du Jakob doch nicht ausstehen. Warum also?«

Es erleichtert Inci, dass die Glocke das Ende der Pause einläutet und ihr einen Moment zum Überlegen gibt. »Werden wir nun Polizisten oder nicht? Ist doch ein schönes gedankliches Übungsfeld, wenn man an einer Sache so nah dran ist«, redet sie sich raus und springt gleichzeitig auf, greift nach Jeanettes Arm und zieht sie vom Sitz hoch.

»Also für mich ist das nur noch Sache der Kollegen«, sagt Jeanette entschieden und klopft sich den Hintern sauber. »Die werden den Fall schon aufklären. Und entweder kommt Jakob dann zurück oder eben nicht. Das ist mir so was von egal.«

»Kann ich verstehen.« Inci läuft zum Mülleimer und knüllt ihren Kaffeebecher ebenfalls zusammen. »Würde ich an deiner Stelle auch so sehen. Aber für mich und mein Gedankenspiel: Hat Jakob noch was anderes erzählt oder nicht?«

Auch Jeanette wirft ihren Kaffeebecher in den Müll. »Er war auf einem Motorradtreffen. Er besitzt eine ältere BMW-Maschine, ein Liebhaberstück, Treffen mit anderen BMW-Liebhabern und so weiter. Um solche Maschinen machen die doch gern ein Riesenbohei. Deswegen ist er extra schon drei Tage früher nach Köln gekommen. Hilft dir das weiter?« Jeanette hakt sich bei Inci unter.

»Keine Ahnung.«

»Übrigens, ich geh heute Nachmittag zu einer Ausstellung von Meret Oppenheim.«

»Ach?« Inci macht sich los und bleibt stehen. »Ich dachte, du ziehst heute bei uns ein.«

»Aber doch erst heute Abend hab ich mit deinem Vater ausgemacht. Gepackt ist alles.«

»Meret wie?« Inci kann sich ein breites Grinsen nicht verkneifen, als ihr einfällt, warum Jeanette in diese Ausstellung will.

»Oppenheim«, antwortet Jeanette so beiläufig wie möglich. »Eine Idee von Sami, der natürlich mitkommt. Was ist mit dir?«

Inci grinst noch breiter. Jeanette tut so, als ob sie ernsthaft eine Antwort erwarte. Also spielt Inci das Spiel noch ein bisschen weiter mit und fragt: »Meret Oppenheim? Ist die interessant?«

»Unheimlich. Schweizer Künstlerin, schon tot. Sami meint, sie hat verrückte Sachen gemacht. Frühstück im Pelz und so. Also?«

Inci runzelt die Stirn, als müsse sie nachdenken. »Frühstück im Pelz! Etwa echter Pelz? Na, wenn das keine radikalen Veganer auf den Plan ruft! Außerdem … Sami und du, da will man ja schließlich nicht stören.«

»Ach, hör doch auf!«

Jeanette macht eine abwehrende Handbewegung, aber als sie Incis breites Grinsen sieht, muss sie kichern. Inci fällt in das Kichern ein. Als sie sich neben Yüksel setzen, kichern sie immer noch. Peinlich berührt rückt er ein Stück von ihnen ab. Das lässt sie erst recht laut losprusten, weil es ganz so aussieht, als würde er die Flucht ergreifen.

»Weiber«, knurrt er hilflos. »Versteh einer die Weiber!«

Glaub nicht, dass du das kannst, denkt Inci und wischt sich die Tränen aus den Augen. Sie hat schon lange nicht mehr so herzhaft gelacht.

Nach dem Unterricht trödelt Inci so lange herum, bis alle gegangen sind. Dann erst macht sie sich auf den Weg zur Bibliothek und trödelt dort vor der Tür weiter herum. Sie muss sich einen Ruck geben, bevor sie eintritt. Respekt einflößende Stille empfängt sie, zumindest empfindet sie es so. Sie schleicht sich an hohen Regalen voller Bücher entlang, versehen mit Hinweisen wie »Recht«, »Psychologie«, »Waffenkunde« oder »Polizeipraxis«, streift mit dem Finger über Buchrücken, nimmt das eine oder andere heraus, schlägt es auf und wieder zu, stellt es zurück, geht weiter. Der Teppichboden schluckt ihre Schritte, mit den Augen sucht sie nach einem Wegweiser zum Archiv, entdeckt aber keinen. Am Ende des Raumes sieht sie einen Schreibtisch und eine große schwere Frau dahinter. Eine weiße Queen Latifah, die über die Bücher herrscht. Zehn Peitschenhiebe für jeden, der ein Buch mit Eselsohren zurückbringt. Der Kopf von Queen Latifah verschwindet manchmal hinter einem riesigen Bildschirm, taucht dann aber schnell wieder auf. Inci hat den Eindruck, dass der Frau nichts in der Bibliothek entgeht. Ihr wird heiß, als sie sich dem Schreibtisch nähert, deshalb dreht sie schnell ab und vertieft sich in die Buchrücken einer weiteren Regalreihe, dann macht sie wieder kehrt und beobachtet die Frau verstohlen. Links neben dem Schreibtisch steht ein mächtiger Kopierer, rechts davon ein hoher Schrank mit Hängeregalen. Wie eine Festung kommt ihr der Arbeitsplatz der wuchtigen Bibliothekarin vor. Wieder nähert sie sich ihr, wieder wird ihr heiß, wieder dreht sie ab.

»Kann ich Ihnen helfen?«, fragt die Frau mit einer für diesen massigen Körper erstaunlich zarten Stimme, und Inci hört in Gedanken die Ketten rasseln, an denen die Hängebrücke zur Festung heruntergelassen wird.

»Ich bin im ersten Semester und sehe mich mal um.« Himmel, Inci, wie blöd bist du? Da bereitet die Frau dir den Weg, und du sagst nicht, was du willst!

»Aber natürlich. Und wenn Sie Fragen haben, nur zu!«

»Das Archiv«, schiebt Inci schnell hinterher und macht einen Schritt auf den Schreibtisch zu. »Ist das auch hier?«

Die Frau mustert sie von Kopf bis Fuß. »Wollen Sie etwas Bestimmtes einsehen?«

»Die Abschlussarbeit von Valery Hilgers. Ich boxe mit ihr, wissen Sie. Sie ist Polizistin, ich werde Polizistin, und da dachte ich …«

»Ihren Studentenausweis«, unterbricht sie Queen Latifah, streckt ihr den kräftigen Arm entgegen und wartet, bis Inci ihr den Ausweis reicht. Dann tippt sie etwas in den Computer. »Sie müssen die Arbeit hier lesen. Sie ist nicht zum Ausleihen.« Mit einem Blick deutet sie auf ein paar Lesetische an der Wand, und Inci entdeckt Yüksel, der an einem der Tische sitzt und in einem sehr dicken Buch liest.

»Dauert ein paar Minuten.« Queen Latifah lächelt.

Inci nickt und weiß dann nicht so recht, was sie tun soll. Einfach stehen bleiben und warten kommt ihr blöd vor, also zieht sie sich in den Schutz der Buchregale zurück, aber so, dass sie den Schreibtisch im Blick behält. Sie landet im Bereich Waffenkunde: historische Waffen, Kriegswaffen, Polizeiwaffen, moderne Waffen, Folter- und Hinrichtungsinstrumente. Gerade als sie ein Buch herausziehen will, winkt die Frau sie zu sich.

»Bitte schön.«

Inci nimmt die Arbeit der Hilgers und setzt sich damit an einen Tisch hinter Yüksel, sodass sie auf seinen Rücken blickt und er nicht sehen kann, was sie liest. Aber Yüksel dreht sich nicht einmal um, der ist ganz in sein eigenes Buch vertieft.

Inci atmet einmal tief durch, bevor sie die Mappe aufschlägt. »Meinem Vater gewidmet« hat die Hilgers unter den Titel der Arbeit geschrieben. Hat sie nicht erzählt, dass sie den gar nicht kennt? Egal, Inci studiert die Inhaltsangabe: Vorgehensweise, Untersuchungsansatz, wissenschaftliche Hintergründe, Auswahl der Probanden, all das interessiert sie nicht. Wo ist das Kapitel über die Spitznamen? Wo versteckt sich Karl der Große? Ganz am Ende entdeckt sie ihn. Eine ganze Seite hat die Hilgers über ihn geschrieben:

Karl L., geboren 1968, genannt Karl der Große. Er begann seine kriminelle Karriere als Kirchendieb in einer Kleinstadt am Niederrhein, wo er eine Holzstatue des Heiligen Benedikts aus karolingischer Zeit entwendete. Es folgt der Diebstahl einer ebenfalls karolingischen Silbermünze bei einer Ausstellung zu Karl dem Großen in Aachen. Seit diesem Raub wird Karl L. in »Fachkreisen« Karl der Große genannt. Kunstraub bleibt seine Spezialität, oft, so erzählt er zumindest, erhält er Auftragsarbeiten und begeht Diebstähle, von denen viele nicht polizeibekannt sind, da sie von den Geschädigten nicht angezeigt werden. Die Kunstszene, so Karl der Große, sei per se kriminell, weil sie so gierig und unersättlich ist. Viele Sammler sehen Kunstwerke nur als Wertanlage. Wenn die Expertise dazu stimmt, ist alles in Ordnung. Und Expertisen kann man genauso gut fälschen wie Kunstwerke selbst. Karl L., so erzählt er, habe sich sein Leben lang in der Kunst »fortgebildet«. Schließlich habe er ja auch als Dieb wissen müssen, was echt und was falsch ist, und seinem Spitznamen alle Ehre machen wollen.

Es ist eine Ironie des Schicksals, dass seine Karriere als Kunstdieb erst durch ein anderes Verbrechen, das eine Hausdurchsuchung nach sich zog, polizeibekannt wurde. Dabei handelt es sich um einen Bankraub aus dem Jahr 2008 in Krefeld – vgl. hierzu die Berichte der Soko Goldfinger des Polizeipräsidiums Krefeld vom 20.6. und 23.6.2008 –, bei dem ein Kassierer angeschossen und schwer verletzt wurde. Zu seinem Motiv für diese Tat schweigt Karl L. sich bis heute aus. Bekannt ist aber, dass es das einzige Verbrechen war, dass Karl L. nicht alleine, sondern in Komplizenschaft mit Mohammed K. und Hubert M. begangen hat. Und das war auch das einzige Verbrechen, bei dem eine Waffe, eine Derringer, Modell Texas Defender, verwendet wurde. Der Kassierer wurde angeschossen, als er während des Überfalls den Notruf drückte. Die Täter gerieten in Panik und flohen. Sie konnten von einer Polizeisperre an der Autobahnauffahrt Fichtenhain gestellt werden. Der Waffe müssen sie sich während der Flucht entledigt haben. Sie wurde nicht gefunden. Wer geschossen hat, konnte nicht zweifelsfrei festgestellt werden, da alle während der Tat Sturmmasken und Handschuhe trugen, die sie ebenfalls unterwegs entsorgt haben. Bei der Gerichtsverhandlung behaupteten alle drei, nicht geschossen zu haben. Da nicht festzustellen war, wer der Schütze war, wurden die drei wegen schwerem Raub verurteilt.

Karl L. sitzt seit seiner Verurteilung in der Justizvollzugsanstalt Geldern ein. In allen Gesprächen mit ihm bedauerte er den Einsatz der Waffe glaubhaft. Er bezeichnete sich selbst gern als »Gentleman-Gauner«, der sehr wohl moralische Grundsätze habe, zu denen zählt, dass er niemals Leib und Leben anderer in Gefahr bringt. Ein Unrechtsbewusstsein, was die Kunstdiebstähle betrifft, konnte allerdings nicht festgestellt werden. Bei guter Führung wird Karl L. im Frühjahr 2012 entlassen.

Inci blättert vor und zurück, liest den Text der Hilgers immer wieder. Sie sieht sie vor sich, wie sie sich hartnäckig durch das Material über Karl den Großen wühlt, so hartnäckig, wie sie Inci auf der Wache befragte, als Inci ihr die Lügengeschichte vom großen Unbekannten erzählte. Immer und immer wieder ließ die Hilgers Inci die Geschichte erzählen und stellte dabei immer neue Fragen.

Inci redete sich irgendwann auf totale Erschöpfung heraus, weinte sogar – was nicht mal gespielt war –, bat darum, endlich nach Hause zu dürfen. Allein, bitte ohne Begleitung, es sei doch alles gut gegangen, sie wolle die Familie nicht ängstigen. Im Gegenzug bestand die Hilgers darauf, dass sie am nächsten Tag wieder auf die Wache kam. Zum einen, um ihre Aussage zu unterschreiben, zum anderen, weil ihr über Nacht vielleicht noch etwas zum Täter einfallen könnte.

Erst als sie auf der Straße stand, dachte sie wieder an Mo und Falk. Die Polizei hatte sie nicht geschnappt, das hätte man der Hilgers mitgeteilt, und man hatte sie nicht einmal nach draußen gerufen, während sie mit Inci redete. Aber was war mit Ayhan? Hatte er den beiden noch einmal aufgelauert? Sie griff nach ihrem Handy, wollte Mos Nummer aufrufen und stoppte, weil sie nach dem Befragungsmarathon so durch den Wind war, dass sie schon Gespenster sah. Der Typ unter der Straßenlaterne neben der Wache, wollte der was von ihr? Beobachtete er sie? Schickte ihr die Hilgers jemanden hinterher? Hörte man ihr Handy ab?

Sie wartete bis zum frühen Morgen des nächsten Tages, dann radelte sie zur Kleingartenanlage Olympia. Sie betrat diese erst, als sie sicher war, dass ihr niemand folgte. Sie fand die zwei oben in Mos altem Baumhaus in ihre Schlafsäcke gerollt und um die Wette schnarchend. Inci fiel ein Stein vom Herzen. Sie kuschelte sich zwischen sie auf die Matratze – keiner wachte auf –, und eine ganze Weile tat sie nichts anderes, als dem Schnarchen zu lauschen und Mos Geruch in sich aufzusaugen. Als sie mit den Fingern vorsichtig das krank violettgelb schimmernde Veilchen an Mos linkem Auge befühlte, wachte er auf.

»Inci«, flüsterte er. Er legte seinen Arm um sie und zog sie zu sich hinüber. Er roch nach Nacht und Schlaf, sein Herz schlug langsam, viel langsamer als ihres. Inci lauschte den Herzschlägen, ihren lauten und Mos leisen, hörte, dass sie trotz verschiedener

Tempi im gleichen Takt schlugen, so als ob sie zueinander gehörten. Ewig hätte sie so liegen bleiben können, aber Falk bereitete dem Glück schließlich ein Ende. Sein lang gezogenes Stöhnen ließ sie und Mo auseinanderfahren. Falk reckte und streckte sich, bevor er die Augen aufschlug. Mo schlüpfte schnell aus dem Schlafsack, Falk suchte seine Brille, Inci rollte sich von der Matratze. Als sie ein paar Minuten später durch das feuchte Gras nebeneinander in Richtung Laube liefen, waren sie wieder das alte Trio. Kurz bevor sie die Laube erreichten, hielt Mo an, griff nach dem Arm von Inci und dem von Falk und sagte: »Damit das klar ist: Nie mehr Drogen!« Dann drückte er Falks Arm stärker und fragte: »Wo ist die Waffe?«

»Hab ich weggeworfen, wie du es mir gesagt hast.« Falk befreite sich aus Mos Daumenschrauben. »Ich weiß wirklich nicht, was für ein Teufel mich geritten hat, das Ding mitzunehmen. Tut mir echt leid. Aber immerhin konnte ich Ayhan damit ein paar Minuten in Schach halten.«

»So? Konntest du?« Mos Stimme klang gefährlich leise, und er schob seinen Oberkörper so nah an den von Falk, dass sich ihre Nasenspitzen berührten. »Hast du überhaupt den leisesten Schimmer, was hätte passieren können, du Idiot?«

»Jetzt reg dich mal ab.« Falk ging auf Abstand. »Ist ja doch alles gut gegangen.«

»Gut gegangen?« Mos Stimme war immer noch leise, aber sein ganzer Körper barst vor Anspannung. Inci konnte sie spüren, Falk auch, deshalb sagte er: »Jetzt beruhige dich mal.«

Da schlug Mo zu, hart und fest, Falk wehrte sich. Bald verkeilten sich die zwei ineinander, wälzten sich auf dem Boden. Inci ging dazwischen, als sie wieder auf den Beinen standen.

»Wo hast du sie weggeworfen, Falk?«, fragte sie. »Am Bahndamm? Da kann sie doch nicht liegen bleiben.«

Sie suchten nach der Waffe. Nicht am selben Tag, da sie fürchteten, dass die Polizei das Gelände noch beobachten würde, aber am nächsten und am übernächsten, immer ohne Erfolg.

Die Derringer, die, wie Inci jetzt weiß, einst Karl dem Großen zum Verhängnis wurde, blieb verschwunden. Und jetzt ist sie bei einem bewaffneten Raubüberfall wieder aufgetaucht.

Inci schwirrt der Kopf, sie überlegt hin und her, nicht ein Gedankenblitz, der ihr weiterhilft. Immer wieder liest sie den Text, in der Hoffnung, das Ende eines Fadens zu erwischen, der sie aus diesem Labyrinth offener Fragen hinausführt. Es erleichtert sie fast, als sich vor ihr Yüksels breiter Rücken erhebt. Inci hört, wie er das Buch zuschlägt und sich umdreht. In der Hand hält er eine weinrote Ausgabe vom »Straf- und Prozessrecht«. Himmel, der Streber liest schon juristische Fachtexte, denkt Inci. Hat sie was anderes erwartet? Nein! Bei manchen Leuten stimmt der erste Eindruck halt.

Sie sieht, wie Yüksel das Buch Queen Latifah wie eine Gabe auf den Tisch legt, die sie gerne annimmt. Bevor er den Raum verlässt, nickt er Inci wortlos zu. Die Bibliothekarin schaut zu ihr hinüber und deutet gebieterisch auf die Uhr. Also bringt Inci ihr brav die Arbeit der Hilgers zurück.

»Klüger geworden?«, fragt die Frau.

»Wird sich zeigen.«

Jeanettes Umzug am Abend ist in zwei Stunden erledigt. Ihr Vater ist mit einem voll gepackten VW-Kombi vorgefahren, ihre Mutter hat einen Kartoffelsalat mitgebracht, alle haben beim Hochtragen geholfen. Nachdem die letzte Kiste oben war, prosteten sich die beiden Väter und Jeanettes Mutter mit einem Glas Kölsch zu. Danach machten sich Jeanettes Eltern wieder auf den Weg ins Sauerland.

Jetzt räumt Jeanette Kisten aus, hängt Bilder auf, verteilt Kissen und Grünpflanzen. Baba ist gegangen, Susanne hat ihn mal wieder ins Kino eingeladen. Inci sitzt mit Selin in der Küche, sie testen den Kartoffelsalat von Jeanettes Mutter. Zu viel Zwiebeln, ansonsten lecker, da sind sie sich einig. Es ist lange her, dass sie beide allein waren. Sie nutzen die Gelegenheit, das gestrige Familientreffen bei den Großeltern durchzuhecheln.

»Sag schon«, fordert Selin Inci auf und stellt ein Glas Oliven auf den Tisch. »Was hältst du von Günels Wahl?«

»Wahl ist gut. Hat nicht Onkel Yusuf den Kerl angeschleppt?« Inci schnappt sich eine Olive und spuckt den Stein zielsicher in die Spüle.

»Onkel Yusuf ist zwar ein konservativer Knochen, aber so blöd, seiner Tochter einen Mann anzudrehen, den sie überhaupt nicht will, ist er auch nicht.« Auch Selin spuckt einen Olivenstein, trifft aber nur die Abtropffläche. »Günel muss er also schon gefallen, dieser Ayhan, sonst hätte sie sich nicht mit ihm verlobt. Wenn man auf Macho-Türken steht, ist er gar keine schlechte Wahl. Und dann ist er noch eine Quelle für günstige Elektrogeräte, da hat doch die ganze Familie was davon.«

»Hahaha!« Inci spuckt schnell hintereinander zwei Olivenkerne in den Spülstein.

»Kennst du ihn eigentlich?« Selin pickt sich mit den Fingern eine weitere Olive aus dem Glas und schickt Inci dabei einen schnellen Blick.

Inci tut erstaunt und greift sich ebenfalls die nächste Olive.

»Du hast doch im Flur mit ihm gesprochen, kurz bevor wir gegangen sind«, macht Selin weiter. »Sah irgendwie so aus, als würdet ihr nicht zum ersten Mal miteinander reden.«

Selin hat die Augen eines Luchs und die Ohren einer Fledermaus, das hat Ane früher gern gesagt. Aber auch in die Augen eines Luchs lässt sich Sand streuen, weiß Inci. Langsam schiebt sie sich die Olive in den Mund und entscheidet, so nah wie möglich bei der Wahrheit zu bleiben: »Vom Sehen. Er war mal Türsteher im Lime Club.« Dann spuckt sie den Kern aus und trifft wieder das Spülbecken.

»Lime Club! Ein Mann mit Vergangenheit.« Selins Augen leuchten vor Neugierde. »Es gab also eine Zeit vor Kühlschränken und Mikrowellen. Weißt du was über ihn? Bettgeschichten? Liebesdramen? Schlägereien? Krumme Geschäfte?«

Inci nimmt sich zwei Oliven. »Ich kenne drei Mädchen, die mal mit ihm im Bett waren.«

»Du etwa auch?«

»Bist du bekloppt?« Zwei weitere Kerne landen mit einem harten Plingpling im Spülbecken.

»Na ja.« Selin dehnt jetzt die Worte, wie immer, wenn sie eine Überraschung bereithält. »Irgendwie schien es mir, als ob ihr ein Geheimnis miteinander habt.«

»Du spinnst ja!«, wehrt Inci ertappt ab.

Sie ist so überrumpelt, dass sie vergisst, eine weitere Olive zu nehmen. Früher konnte Selin alles, was unausgesprochen durch die Luft schwirrte, in Worte fassen, und sie besaß ein großes Talent im Aufspüren von Geheimnissen. Selin konnte man, im Gegensatz zu Baba und Ane, nie etwas vormachen. Aber nach Anes Verschwinden zog sich Selin genau wie Baba und sie in ein Schneckenhaus zurück und legte sich einen Panzer zu. Selbst für Selin waren die Trauer und Verzweiflung zu groß, als dass sie Worte dafür hätte finden können.

Einerseits freut es Inci, dass die Spürnase der Schwester wieder funktioniert, andererseits weiß sie, dass sie vorsichtiger sein muss, wenn sie will, dass ihre Geheimnisse ihre Geheimnisse bleiben. Sie greift zur nächsten Olive, nagt sie bis auf den Kern ab und überlegt sich eine Frage, die zumindest ein wenig von Ayhan ablenkt.

»Hat Cousine Merve nicht etwas von einem kriminellen kleinen Bruder erzählt?« Wieder spuckt sie und diesmal trifft sie nicht.

Selin nickt. »Merve ist mit Abdul zur Schule gegangen. Ayhans kleiner Bruder hat nichts ausgelassen: Schlägereien auf dem Schulhof, Bedrohung von Lehrern, wochenlanges Schwänzen und so weiter. Zwei Schulverweise, kein Abschluss, stattdessen illegale Autowettrennen und so. Alles in allem eine gute Grundlage für eine kriminelle Karriere. Dabei, so Merve, ist Abdul alles andere als blöd und sieht total gut aus. Aber kein Mädchen kann's ihm recht machen, selbst Merve nicht, die ja wirklich hammermäßig aussieht. Auf jeden Fall denkt Merve – und jetzt halt dich fest! –, dass Abdul die ganze Bad-Boy-Nummer nur abzieht, weil er verbergen will, dass er in Wirklichkeit schwul ist.«

»Oder Merve klebt ihm das Schwulenetikett auf, weil sie bei ihm abgeblitzt ist«, gibt Inci zu bedenken.

Selin nickt erst bestätigend, schüttelt dann aber den Kopf: »Vielleicht hat Merve recht. So wie dieser Ayhan auftritt, fällt es ihm bestimmt leichter, einen kriminellen kleinen Bruder als einen schwulen kleinen Bruder zu akzeptieren. Typen wie Ayhan sind doch immer homophob!«

»Homo-was?«

»Adjektiv zu Homophobie. Unbegründete Angst vor und feindseliges Verhalten gegenüber Homosexuellen.«

»Klugscheißerin! Den Schwulenhass hat er dann ja mit Onkel Yusuf gemeinsam.«

Selin nickt wieder und greift zur nächsten Olive. »Sag mal, glaubst du, dass dieser Ayhan selbst auch kriminelle Geschäfte macht?« Sie spuckt und trifft zum ersten Mal das Spülbecken. »Wäre doch zu schön, wenn ausgerechnet der selbstgerechte Onkel Yusuf der Familie ein faules Ei ins Nest legen würde«, spinnt sie ihre Gedanken fort.

Selin kann so fies sein! Ein faules Ei ist Ayhan so oder so, rutscht es Inci fast raus, sie schafft es aber gerade noch, den Satz nicht laut auszusprechen. »Keine Ahnung«, sagt sie stattdessen.

»Der Lime Club war doch eine Zeit lang dein zweites Zuhause. Ich bin sicher, du weißt noch mehr über den Typen, Inci.«

Selins Stimme klingt beiläufig, ist aber wieder gefährlich gedehnt. Heute, merkt Inci, lässt sie sich keinen Sand in die Augen streuen. Inci hat keinen Schimmer, wie sie aus der Nummer herauskommt, ohne dass die Schwester noch misstrauischer wird. Jeanette rettet sie. Dass diese über ein Talent zu überraschenden Auftritten verfügt, hat Inci schon ein paarmal erlebt, dass sie aber genau im richtigen Moment auftaucht, ist neu und wunderbar.

»Wollt ihr mal sehen?«, fragt sie.

»Au ja!«, ruft Inci begeistert.

Sie steht sofort auf, Selin folgt ihr und Jeanette in den Flur. Jeanettes Zimmer ist ein Traum in Gold und Himbeerrot: Herzen als Kissen, Kisten und Kerzen, Engel in Groß und Klein, Duftstäbchen in Vanille und Kirsch. Selin und Inci streifen durch den Raum, fassen ein Kissen an, riechen an einem Duftstäbchen, bestaunen ein Engelchen. Selbst die Aktenordner auf dem Schreibtisch sind himbeerrot. Obenauf hat Jeanette den Prospekt zur Kunstausstellung gelegt. Inci betrachtet das Foto einer Tasse in Leopardenfell. So also sieht ein »Frühstück im Pelz« aus.

»Das Zimmer ist Kitsch as Kitsch can«, flüstert ihr Selin ins Ohr.

Natürlich ist es kitschig, aber tausendmal besser als die alte Grabkammer. Inci merkt, wie froh sie ist, dass Jeanette bei ihnen einzieht. Sie ist genau die Richtige, um frischen Wind in die Familie zu bringen.

Später im Bett ist ihr seltsam leicht zumute. Ihr, der Jüngsten, ist es zu verdanken, dass die Familie sich endlich von Anes Zimmer trennt. Ane kann nie mehr den Platz einnehmen, den sie damals verlassen hat und auf den Baba, Selin und Inci sie so lange zurückgesehnt haben. Nichts kann mehr so werden, wie es einmal war. Alles, was jetzt passiert, wird anders sein. Inci denkt an die Telefonnummer, die im Flur an der Pinnwand hängt. Nein, dafür ist es zu früh, aber es ist jetzt eine Möglichkeit. Irgendwann wird sie die Nummer wählen, und irgendwann wird alles gut. Mit Ane und auch mit Mo und Falk. Sie ist sich sicher, und diese federleichte Sicherheit trägt sie in den Schlaf.

Dienstag, 9. September

Zum ersten Mal radelt Inci nicht alleine zum Thürmchenswall. Jeanettes Vater hat ihr auch das Mountainbike nach Köln gebracht. Nicht schlecht, das Teil, aber doch eher für Stock und Stein gebaut, kein Vergleich zu ihrem eleganten Montello, findet Inci. Sie lotst Jeanette auf den Radweg am Rhein und tritt in die Pedale. Jeanette zieht mit. Sie hält Incis rasantes Tempo und ist kaum außer Atem, als sie an den Messehallen zum ersten Mal abbremsen müssen. Stimmt, Jeanette läuft Marathon, erinnert sich Inci, Ausdauer und Kondition hat sie.

An der FH schließen sie die Räder an einem Verkehrsschild an und treffen vor dem Eingang auf die komplette Westfalenfront. Als hätten sie sich abgesprochen, alles nur noch gemeinsam zu tun, stopfen sich die drei zeitgleich je ein Brötchen dick belegt mit überlappenden Wurstscheiben in den Mund und spülen mit einem Schluck Kaffee nach.

»Die zukünftige Fahrradstreife«, spottet Justin. »Die Kölner Unterwelt wird euch fürchten.«

»Die neuen Unzertrennlichen«, schiebt Kevin hinterher. »Na, wann geht es denn zum Traualtar?«

»Im Gegensatz zu euch dreien könnten wir, wenn wir wollten. Aber ihr drei und ein Trauschein, das geht nicht mal im liberalen Köln«, kontert Jeanette schlagfertig und zieht Inci an ihnen vorbei nach drinnen.

Dort kommt sofort Yüksel auf sie zu und berichtet aufgeregt, dass der Dozent für Kriminaltaktik krank sei, sie aber an einer Unterrichtsstunde zum Thema Alibi beim zweiten Jahrgang zuhören können. »Raum 205. Soll spannend sein. Die Teilnehmerzahl ist begrenzt.«

Und so quetschen sie sich wenig später an die hinteren Tische im Klassenraum des zweiten Jahrgangs. Alma kommt spät, Inci rückt ein Stück, und Alma setzt sich neben sie. Der Dozent, Herr Resal, trägt Hemd und Jeans, ist Polizist und fünfzig plus.

»Wir beschäftigen uns heute mit dem Alibi und vor allem mit Alibi-Zeugen«, beginnt er. »Alibis kennen Sie alle aus den Fernsehkrimis. Wer versucht sich an einer Definition?«

Yüksels Hand geht nach oben, aber Resal nimmt einen seiner Studenten dran, einen rothaarigen Wuschelkopf.

»Jemand wird eines Verbrechens beschuldigt und behauptet, dass er dieses Verbrechen nicht begangen haben kann, weil er nicht am Tatort, sondern anderswo war. Für dieses Anderswo benennt der Verdächtige Zeugen, die sogenannten Alibi-Zeugen.«

»Und was ist unsere Aufgabe als ermittelnde Polizisten?«, will Resal wissen.

»Wir müssen herausfinden, ob der Verdächtige lügt!«, ruft Yüksel unaufgefordert in den Raum, damit er nicht wieder ausgebremst wird. Er erntet viele wissend-mitleidige Blicke aus dem zweiten Jahrgang.

»Wir müssen nicht nur herausfinden, ob der Verdächtige lügt, sondern vor allem, ob der Alibi-Zeuge die Wahrheit sagt«, ergänzt der rote Wuschelkopf.

Lüge und Wahrheit, Inci ist ganz Ohr.

»Genau«, stimmt Resal zu. »Konstruieren wir doch mal folgendes Szenario. Bewaffneter Raubüberfall auf eine Tankstelle. Montagabend gegen 22 Uhr. Der Verdächtige, nennen wir ihn Meier, behauptet, er habe an diesem Abend mit einem Bekannten, nennen wir ihn Müller, in dessen Wohnung Schach gespielt. Konzentrieren wir uns mal auf den Alibi-Zeugen. Wie gehen wir beim Verhör vor?«

»Wir fragen Müller, wo er am Montag um 22 Uhr war«, kräht Kevin.

»Genau! Und am besten befragen wir Müller mit Meier gemeinsam.« Resal grinst, dann korrigiert er sich. »Nein, natürlich nicht, das ist falsches Fernsehwissen. Wer klärt unsere Gäste über den Punkt Tatzeit auf?«

Ein Mädchen hebt die Hand. »Auch wenn wir die genaue Tatzeit kennen, halten wir dem Alibi-Zeugen gegenüber den Zeitraum bewusst vage. Für die Befragung teilen wir die Zeit des Verbrechens in die Vor-Tatzeit, die Tatzeit und die Nach-Tatzeit ein. Die Befragung beginnen wir sinnvollerweise in der Vor-Tatzeitphase, in unserem Fall sagen wir mal gegen Mittag. Wenn der Alibi-Zeuge dann beispielsweise sofort auf die Zeit um 22 Uhr springt, haben wir einen ersten wichtigen Hinweis darauf, dass sein Alibi mit dem Verdächtigen abgesprochen sein könnte.«

»Sehr gut«, lobt Resal und fragt: »Weshalb ist es noch wichtig, mit der Vor-Tatzeit zu beginnen?«

Ein weiteres Mädchen aus dem zweiten Jahrgang meldet sich. »Über die Vor-Tatzeit werden auch gekaufte Zeugen die Wahrheit sagen, weil sie ja nichts mit dem Verbrechen zu tun hat. Bei Nachfragen wie zum Beispiel: Machen Sie das immer am Montagnachmittag? Oder wenn nicht, wie kommt es, dass Sie an diesem Montagnachmittag etwas anderes gemacht haben? erfahren wir etwas über den Alltag des Zeugen. Der Hinweis, dass er am Montagnachmittag etwas Ungewöhnliches getan hat, kann ein weiteres Zeichen dafür sein, dass er lügt.«

»Und?«, fragt Resal und sucht seine Studenten ab. »Wo ist die psychologiebegeisterte Frau Heldt?«

Ein Mädchen mit einer strengen, rechteckigen Brille hebt die Hand. »Wenn jemand lügt, verändern sich oft Stimme und Gesten. Wenn wir also zuerst jemanden erleben, der die Wahrheit sagt, dann achten wir darauf, ob sich Stimme oder Gesten verändern, wenn wir uns der Tatzeit nähern.«

Resal nickt. »Gut. Kommen wir jetzt zu den Fragen, die uns helfen, die Wahrheit zu finden. Was brauchen wir?«

»Fakten, Fakten, Fakten«, rufen alle, und ein paar Hände schnellen in die Höhe.

»Wichtige Fragen?«, will Resal wissen.

»Haben Sie zur fraglichen Zeit Ihr Handy benutzt? Mit wem haben Sie telefoniert? Dürfen wir uns Ihr Handy mal anschauen? Ein ehrlicher Zeuge rückt es in der Regel raus«, sagt ein Mädchen in Jeansjacke.

»Haben Sie zur fraglichen Zeit mit Ihrem Computer gesurft? Welche Seiten haben Sie besucht? Dürfen wir uns Ihren Computer ansehen?«, ergänzt ein Junge mit glatt rasiertem Kopf.

»Lief der Fernseher? Auf welchem Kanal? Welche Sendung? Lief Musik? Haben Sie Radio, CD-, MP3-Player gehört? Welche Musikrichtung? Können Sie sich an bestimmte Stücke erinnern?«, macht ein anderes Mädchen weiter.

»Hat es geklingelt? Kam Besuch? Wie war das Wetter? Haben Sie etwas getrunken? Wenn ja, was und wie viel? Wo wurden die leeren Flaschen oder Gläser abgestellt?«

»Wie sah das Zimmer aus, in dem Sie sich aufhielten? Wo saßen Sie? Wo befand sich das Bad, die Küche und so weiter?«

»Sie merken also«, wendet sich Resal den hinteren Reihen zu, »es geht bei der Befragung um sehr viele Details, um Alltägliches, um scheinbar Nebensächliches. Um akribische Feinarbeit, denn all die Aussagen wollen auch noch überprüft werden. Es ist tatsächlich dieses mühsame Sammeln und Auswerten von banalen Dingen, die bei der Suche nach der Wahrheit dann oft entscheidend sind. Denn egal, wie gut Täter und Alibi-Zeugen sich absprechen, solche Kleinigkeiten werden oft vergessen. Und so kann vielleicht ein einfacher Regenschauer ein Alibi am Ende zum Platzen bringen.«

Yüksel hebt die Hand: »Müller und Meier haben doch Schach gespielt. Müssen die beiden nicht nach Schachzügen befragt werden, die sie gemacht haben?«

»Natürlich ist das auch eine Möglichkeit«, gibt Resal zu. »Aber ein Schachspiel richtig einzuschätzen, verlangt …«

»Fachwissen«, ergänzt die Klasse.

»Und nicht jeder Polizist spielt Schach.« Resal lächelt. »Kommen wir zur Atmosphäre bei einem Verhör. Frau Heldt?«

»Offen und freundlich. Kaffee oder Wasser anbieten ist nicht schlecht. Wir wollen die Leute zum Reden bringen. Das gelingt am besten, wenn sie sich wohl und sicher fühlen. Keine Drohungen, keine Ausraster. Bei einer Gerichtsverhandlung zählen nur Fakten und Aussagen, die ohne Zwang gemacht wurden.«

»Also vergessen Sie all diese Fernseh-Verhöre, wo Kommissare nicht nur nach der genauen Uhrzeit fragen, sondern auch ausrasten und Zeugen bedrohen. Ach ja, und die Einwegscheibe, durch die so ein Fernseh-Verhör beobachtet wird, die gibt es auch nicht«, ergänzt Resal. »Wer von Ihnen möchte sich für die nächste Stunde mal ein wasserdichtes Alibi überlegen? Wer als Täter? Wer als Alibi-Zeuge? – Gut.« Resal notiert sich die Namen. »Dann werden wir das in der nächsten Stunde mal durchspielen. Quizfrage zum Schluss. Was glauben Sie? Welches Alibi lässt sich leichter knacken? Das des Verdächtigen oder das des Alibi-Zeugen?«

Inci ist für das des Alibi-Zeugen, eine deutliche Mehrheit der Studenten ist ebenfalls dafür.

»Sehr gut, meine Damen und Herren, genau so ist es«, verrät Resal. »Mehr als achtzig Prozent vermeintlicher Alibis werden über den Alibi-Zeugen geknackt. Denn selten ist ein Alibi-Zeuge so gut präpariert, dass er im Verhör keinen Fehler begeht.«

Wieder steht Inci in der Schlange vor dem Kaffeeautomaten. Sie denkt an Jakob und überlegt mit dem frisch gewonnenen Wissen, was die ermittelnden Beamten getan haben, um seine Aussage zu überprüfen. Er habe auf den Ringen gefeiert, behauptet Jakob. Also werden sie ihn zu den Clubs dort befragt haben, zu Namen und Schriftzügen über den Eingangstüren, zu Türstehern und Barkeepern, zu Zufallsbekanntschaften und DJs. Zum Wetter und zum Treiben auf der Straße vielleicht auch. Sicher, ob er sein Handy benutzt hat. Seine Aussagen werden sie überprüft haben. Zudem schätzt Inci die Wahrscheinlichkeit, dass sich irgendjemand an ihn erinnert, als hoch ein. Jakob hat schließlich einen ziemlich auffälligen Tanzstil. Die Ermittler wissen also, ob er in diesem Punkt die Wahrheit sagt. Wenn er also sein Motorrad in der fraglichen Nacht nicht benutzt haben kann, wer dann? Die Aussagen seiner Mitbewohner werden die Ermittler ebenfalls überprüft haben. Wenn das stimmt, was sie an Jakobs Küchentisch erzählt haben, kommen sie als Motorradfahrer ebenfalls nicht infrage.

Dass jemand zufällig den Schlüssel auf Jakobs Schreibtisch an sich genommen hat, dann genauso zufällig auf der Straße das dazu passende Motorrad entdeckt und es als Fluchtfahrzeug benutzt hat, hält Inci für eine Schnapsidee. Nie und nimmer kann es so gewesen sein. Wie war es dann? Was ist mit dieser Vor-Tatzeitphase? Was hat Jakob vor dem fraglichen Abend getan? Er ist noch nicht lange in Köln, aber er muss dem fremden Benutzer seines Motorrads vorher schon begegnet sein. Das BMW-Oldtimer–Treffen, von dem Jeanette erzählt hat, fällt ihr ein. Ist zumindest eine Möglichkeit. Was für Möglichkeiten gibt es noch? Sie weiß, dass Mo an dem Überfall beteiligt war. Gibt es eine Verbindung zwischen Mo und Jakob? Wie kann sie das herausfinden? Ihre Gedanken landen wieder bei den Motorrädern. Kennt sie irgendjemanden, der Motorrad fährt, am besten eine alte BMW-Maschine? Natürlich nicht. Nur Cousin Cem fährt Motorrad. Inci hat keine Ahnung, was für eine Maschine. Cousin Cem ist ein Langweiler vor dem Herrn, kriegt kaum den Mund auf. Inci hat nicht mal seine Handynummer. Sie müsste bei Onkel Yusuf anrufen. Auch das noch! Also, das macht sie nur, wenn ihr gar nichts Besseres einfällt.

»Hey, du bist dran!«, sagt das Mädchen hinter ihr und schubst sie zum Kaffeeautomaten.

Auf dem Heimweg nehmen sie die Strecke, die auf der linken Rheinseite entlangführt. Doch bevor sie nach Mülheim zurückradeln, will Jeanette unbedingt ein paar Sehenswürdigkeiten sehen. Also zeigt Inci ihr die Hohenzollernbrücke mit den Liebesschlössern, den Dom, den Roncalliplatz, ein altes Brauhaus, die Hohe Straße mit H&M und Zara. Danach lotst sie Jeanette zurück an den Rhein, der sich heute von seiner besten Seite zeigt. Glitzerndes Wasser unter blauem Himmel, der Rheinpark gegenüber in prächtigem Herbstgold, blitzblanke Ausflugsdampfer, eskortiert von lärmenden Möwenschwärmen.

Zum Überqueren des Flusses nehmen sie die Mülheimer Brücke und halten am Wiener Platz an. Inci deutet auf den dunklen Eingang zur U-Bahn-Station. Jeanette sieht den Platz, über den sie die wankende Inci nach dem Besuch im Lime Club geschleppt hat, zum ersten Mal bei Tageslicht.

»Wien? Was hat dieser Platz mit dem schönen Wien zu tun? Also, wenn du meine persönliche Meinung dazu hören willst: Der Platz ist super hässlich!«, sagt sie. »Das ist ja nichts als Beton.«

»Stimmt. Schön ist was anderes. Trotzdem kommt keiner dran vorbei. Wo immer du in Mülheim hinwillst, du musst über diesen Platz«, antwortet Inci.

»Schäl Sick oder wie das auf Kölsch heißt, bedeutet schlechte Seite, oder? Kann man gut verstehen, wenn man das hier sieht«, meint Jeanette, und jetzt ist Inci doch ein bisschen beleidigt, schließlich redet Jeanette über das Viertel, in dem sie groß geworden ist. Deshalb deutet sie mit dem Finger auf den Eingang des Einkaufszentrums.

»Wir sind hier nicht jenseits der Zivilisation. Das ist immer noch Köln. Pulsierende Großstadt mit Licht- und Schattenseit-« Inci unterbricht sich, denn aus der U-Bahn-Höhle treten zwei Jungs, die sie interessieren. Der eine ist Jakob, den anderen kennt sie nicht. Die zwei reden miteinander. Ziemlich heftig sogar. Der Unbekannte schubst Jakob an den Schultern, Jakob schubst zurück, dann läuft er schneller, der andere hinter ihm her. Sieht richtig gut aus, der fremde Junge. Helle Haut, dunkle Haare, kurze Lederjacke, lässig gebundener Schal, der federnde Schritt einer Raubkatze. Sie hat ihn schon mal gesehen, irgendwo.

»Da ist Jakob«, sagt Jeanette, die Incis Blick gefolgt ist. »Der sah schon mal besser aus. Hat sich bestimmt seit drei Tagen nicht rasiert.«

»Sollen wir trotzdem Hallo sagen?«, fragt Inci.

Jeanette schüttelt den Kopf. Inci schaut sie von der Seite an. Ihr Blick ist starr, ihre Mundwinkel zittern. So leicht und lässig steckt Jeanette Jakobs Abfuhr doch nicht weg. Aber Inci, sollte sie nicht die Gelegenheit nutzen? Jetzt, da ihr Jakob so zufällig über den Weg läuft? Bevor sie sich entscheiden kann, klingelt ihr Handy.

»Hallo, Inci.« Sie braucht nur einen winzigen Moment, bis sie Ediths Stimme erkennt. »Karl hat mir erzählt, dass du hier warst. Habe gerade einen Apfelkuchen in den Ofen geschoben. Hast du später Lust auf einen Kaffee?«

»Gerne«, sagt sie schnell. »In einer Stunde?« Inci steckt das Handy ein, doch als sie hochschaut, sind die Jungs verschwunden. »Wo sind sie hin?«, fragt sie Jeanette.

Jeanette deutet auf die Treppe, die hinauf zum Einkaufszentrum führt. Die beiden Jungen gehen wieder friedlich nebeneinander und verschwinden aus ihrem Blickfeld, als sie das Einkaufszentrum betreten.

»Sah aus, als hätten sie Zoff gehabt«, meint Jeanette. »Wer wohl der andere Junge ist?«

»Keine Ahnung«, murmelt Inci, aber jetzt weiß sie, wo sie ihn schon einmal gesehen hat. Durch den Schal ist sie draufgekommen. Taubenblau. Der ist ihr bereits am Hauptbahnhof aufgefallen, als sie inmitten der KEC-Fans mit seinem Freund zusammengestoßen ist.

»Fahren wir?«, fragt Jeanette, und Inci nickt.

Ob Karl der Große auch da sein wird?, fragt sich Inci, als sie ihr Rad eine Stunde später durch die schmalen Wege der Kleingartenanlage schiebt. Aber Edith hat nur für zwei gedeckt, das sieht sie bereits vom Gartentor aus. Der Tisch steht unter dem krüppeligen Apfelbaum, der Kuchen ist mit Puderzucker bestäubt, der Wind spielt mit dem Tischtuch, auf dem Dach der Laube plustern sich zwei Krähen auf. Es ist der Garten des Glückssommers, alles eins zu eins. Nur Falk und Mo fehlen und die fiebrigen Erwartungen, die damals neben dem Krächzen der Krähen in der Luft lagen.

Edith kommt mit der Kaffeekanne über den Rasen, barfuß wie immer, in einem weinroten Kleid mit orangefarbenen Blüten, dessen Saum mit kleinen Spiegelchen besetzt ist. Wie Diamanten funkeln sie, wenn ein Sonnenstrahl auf sie fällt. Ihr Haar ist immer noch hennarot gefärbt, aber sie trägt es länger, kann es schon zu einem Pferdeschwanz binden.

»Lass dich ansehen!«, ruft Edith, als sie die Kaffeekanne abstellt. »Bist du noch gewachsen? Du kommst mir größer vor. Rank und schlank wie eine Gazelle. Und noch hübscher als früher! Setz dich, setz dich! Und bedien dich! Bei uns geht es immer noch leger zu.« Sie teilt den Kuchen in große Stücke und fordert Inci noch einmal auf, zuzugreifen.

Das lässt sich Inci nicht zweimal sagen. Sie setzt sich und packt sich ein Stück Kuchen auf den Teller. Auch Edith setzt sich und schenkt Kaffee ein. Dann legt sie die Füße auf einen zweiten Stuhl, rollt ihr Kleid nach oben und hält Kopf und Beine in die Sonne. Typisch Edith!

»Weißt du, ich habe immer befürchtet, dass die Liebe euch mal auseinanderbringt.«

Als Inci vom Teller aufschaut, blickt Edith sie gar nicht an. Ihr Gesicht ist dem Apfelbaum zugewandt, ihre Augen sind geschlossen.

»Nicht dass ich weiß, wer von euch der Herzensbrecher war! Die Jungs haben darüber kein Wort gesagt. Aber ich weiß, dass nicht nur Mo und Falk dich vermisst haben. Auch ich.« Jetzt öffnet sie die Augen und lächelt Inci an. »Du warst schon zweimal hier, nicht wahr? Beim ersten Mal hast du dich nicht getraut, hereinzukommen, und beim zweiten Mal bist du auf Karl gestoßen.«

»Ja«, stammelt Inci ertappt und schiebt sich schnell ein Stück Apfelkuchen in den Mund, damit sie nicht mehr sagen muss.

»Warum jetzt, Inci? Was ist passiert?«

Edith schaut ganz offen, und ihr Tonfall fordert eine ehrliche Antwort oder zumindest eine sehr gute Lüge, aber auf keinen Fall ein Schulterzucken, das Inci am liebsten als Antwort servieren würde. Lüge oder Wahrheit? Warum soll sie Edith etwas vormachen? Es ist an der Zeit, dass sie lernt, mit offenen Karten zu spielen.

»Es ist wegen Mo. Ich bin zufällig über Hinweise gestolpert, dass er an einem bewaffneten Raubüberfall beteiligt gewesen sein soll.«

Edith schüttelt den Kopf, dass der kleine Pferdeschwanz nur so wippt, und lacht leise. »Mo würde nie eine Waffe benutzen, niemals.« Ohne die Füße vom Stuhl zu heben, dreht sie den Oberkörper in Incis Richtung und stemmt die Ellenbogen auf den Tisch. »Und wie bitte stolperst du zufällig über solche Hinweise?«, fragt sie, den Kopf in eine Hand geschmiegt, mit eher amüsiertem als verwirrtem Erstaunen.

Hopp oder topp? Komm schon, Inci! Der Anfang ist gemacht, bleib bei der Wahrheit! »Ich werde Polizistin.«

Edith nimmt die Füße vom Stuhl und lässt die Unterarme auf den Tisch fallen. »Das ist, das ist nun«, stottert sie und sucht nach den richtigen Worten, »das ist nun wirklich eine echte Überraschung!«

Mo hat also zu Hause nichts von ihrem Treffen erzählt, folgert Inci, die sicher ist, dass Edith die Überraschte nicht spielt.

»Und was heißt das jetzt?«, stakst Edith weiter. »Bist du sozusagen beruflich hier?«

Inci schüttelt den Kopf. »Ich habe doch gerade erst mit der Ausbildung angefangen. Ich darf noch gar nicht ermitteln. Aber am letzten Montag gab es in Mülheim einen bewaffneten Raubüberfall, bei dem ein Mädchen schwer verletzt wurde. Das kannst du in der Zeitung nachlesen. Zufällig bin ich im Polizeipräsidium zwei Tage später zur Hospitation bei einer Polizistin gelandet, die Tattoos rekonstruiert. Und die hatte Mos Oberarm mit dem Krähentattoo auf dem Bildschirm. Sie hat erzählt, dass dieses Tattoo vom Opfer eines bewaffneten Raubüberfalls erkannt wurde.«

»Mo hat nicht geschossen«, wiederholt Edith. »Das würde er nie tun. Er hat doch mitbekommen, wie schrecklich das nach dem Banküberfall von Karl und seinen Kumpanen war. Immer wieder, wenn wir Karl im Gefängnis besuchten, hat er Mo und mir gepredigt, dass eine Waffe der Anfang vom Ende ist. Wenn er gewusst hätte, dass die beiden anderen eine Waffe mitbringen würden, dann hätte Karl bei diesem Überfall nicht mitgemacht.«

»Aber wie«, fragt Inci jetzt überrascht, »ist die Waffe dann hier in der Laube gelandet?«

Edith versteht die Frage nicht, Inci wiederholt sie. Edith sagt: »Du spinnst! Unsinn! Niemals! Wie kommst du darauf?«

»Falk hat sie entdeckt. Ein kleiner Damenrevolver, eine Derringer. In der Truhe hinter der Laube, wo du Gartenzeugs, Spiel-

und Sportsachen aufgehoben hast. Er hat einen Federball gesucht.«

Edith springt vom Stuhl auf und rennt zur Laube. Inci rennt hinter ihr her. »Die Waffe ist nicht mehr da!«, ruft sie ihr nach.

Edith stockt und dreht sich kurz um, rennt dann aber weiter.

»Wir dachten damals, Karl der Große hat sie für dich dagelassen, zum Schutz vor ungebetenen Gästen, weil es hier so einsam ist.«

»Ach, Unsinn! Ich habe noch nie eine Waffe gebraucht, um mich zu verteidigen. – Wo ist die Waffe jetzt?«

»Wir, also wir …«, stottert Inci und traut sich nicht, den Satz zu beenden.

Wieder stockt Edith, wieder dreht sie sich um, und diesmal kommt sie auf Inci zu. Sie ist weiß wie eine Wand. »Ihr dummen, dummen Kinder«, flüstert sie. »Wieso hat Mo euch nicht zur Vernunft gebracht?«

Weil er nicht wusste, dass Falk die Waffe genommen hat, denkt Inci. »Es ist nichts passiert«, sagt sie stattdessen. »Falk hat die Waffe weggeworfen.«

Edith nimmt sich einen Zipfel ihres glitzernden Rocksaumes und wischt sich damit übers Gesicht. »In den Rhein, hoffe ich.«

Inci schüttelt den Kopf.

»Wo dann?«

»Am Bahndamm, bei der Unterführung.«

Edith holt tief Luft. »Was, wenn sie da jemand gefunden hat?«

Komm, Inci, bring die Sache zu Ende, macht sie sich selbst Mut. »Genau das ist passiert, Edith«, flüstert sie. »Die Waffe, die bei dem Raubüberfall in Mülheim verwendet wurde, ist eine Derringer Texas Defender.«

Die Krähen fliegen auf und erschrecken sie. Die Vögel locken andere Krähen an, sodass bald eine ganze Schar über ihnen kreist und die Luft mit ihrem klagenden Krächzen füllt. Als müssten sie das Unglück beschreien, von dem gerade die Rede war. Inci und Edith rühren sich nicht von der Stelle, bis die Krähen das Weite suchen und am Horizont nur noch als kleine schwarze Punkte aufscheinen. Statt der Krähen ist nun das gierige Surren der Wespen zu hören, die sich am verwaisten Kaffeetisch um Kuchenkrümel streiten. Ediths umgeworfener Stuhl liegt im Gras, Edith geht langsam darauf zu und hebt ihn auf.

»Wer weiß davon?«, fragt sie Inci in einem gefährlich ruhigen Ton.

»Die Polizei natürlich. Hat Karl der Große …?«

»Nein«, unterbricht Edith sie. »Bei uns war keine Polizei. Niemand hat ihn nach der Waffe gefragt. Ich wusste ja bis gerade eben nicht, dass sie hier in unserer Laube lag. Und ich bin sicher, auch Karl wusste das nicht.«

»Aber wie …«, beginnt Inci zaghaft und wieder lässt Edith sie die Frage nicht stellen.

»Das finde ich heraus, darauf kannst du Gift nehmen«, versichert sie und fragt: »Was ist mit Mos Tattoo?«

»Ich habe nicht gesagt, dass ich es kenne. Und wenn Mo nicht schon mal erwischt wurde und sein Tattoo deshalb polizeibekannt ist, gibt es meines Wissens keine Spur zu ihm.«

Edith kommt auf Inci zu und nimmt sie in den Arm. »Danke, dass du ihn nicht verraten hast, und danke, dass du mir alles erzählt hast«, flüstert sie, und Inci spürt ihre Wärme und riecht diesen wohligen Duft von Gartenerde und Efeu, der sie schon immer umgeben hat. »Wer war dabei, als Falk die Waffe weggeworfen hat?«, fragt sie dann.

»Wir drei und der Typ, mit dem wir an dem Abend Stress hatten.«

»Name?«

»Ayhan.«

»Ayhan wie?«

»Ayhan Kaya. War damals Türsteher im Lime Club.«

»Ist bei dem ›Stress‹ die Polizei aufgetaucht?«

Ja, aber von der Waffe haben sie nichts erfahren. Falk hat nicht damit geschossen, und Falk und Mo waren bereits verschwunden, bevor die Hilgers mit ihrem Streifenwagen ankam. »Nein«, sagt sie deshalb der Einfachheit halber.

Edith drückt sie fester. »Inci, das ist eine ganz, ganz üble Sache. Ich bitte dich, behalte dein Geheimnis noch eine Weile für dich! Ich verspreche dir, dass ich Himmel und Hölle in Bewegung setzen werde, um herauszufinden, was wirklich passiert ist.«

Inci, eingehüllt in den warmen Duft von Erde und Efeu, nickt. Zu gerne würde sie Edith wie früher glauben, dass sie tatsächlich Himmel und Erde in Bewegung setzen kann. Aber sie ist sich nicht sicher, dass Edith es diesmal schaffen wird. Und ob sie selbst es schafft, daran zweifelt sie mehr denn je.

Zwei Stunden später schlägt Inci auf einen Sandsack ein, bis sie die Fäuste nicht mehr spürt. Nihat beobachtet sie mit verschränkten Armen und schüttelt dabei den Kopf. Soll er sie doch für durchgeknallt halten, das ist ihr egal.

»Vergiss die Beine nicht!«, ruft er ihr zu und macht ein paar tänzelnde Schritte vor und zurück. »Ohne gute Beinarbeit bist du verloren.«

Aber auch die Beine sind ihr so was von egal. Sie haut weiter auf den Sandsack ein und stellt sich Mo an dessen Stelle vor. Wenn sie doch nur die Wahrheit aus ihm herausprügeln könnte! Schweiß rinnt ihr den Nacken hinunter, ihr Gesicht glüht, ihre Fäuste brennen. Aber sie drischt weiter auf den Sandsack ein, selbst als ihr die Fäuste nur noch in Zeitlupe gehorchen.

»Du hast dich ja schon komplett ausgepowert«, hört sie irgendwann die Stimme der Hilgers hinter sich sagen. »Und ich dachte, du steigst wieder mit mir in den Ring.«

Inci hält den Sandsack an, umschlingt ihn mit beiden Armen und merkt, dass nicht nur ihre Fäuste bleischwer sind. Das Atmen schmerzt, das Herz puckert, der Kopf dröhnt. Wenn sie die Augen schließt, fährt sie Achterbahn.

»Heute nicht«, japst sie, als sie den Sandsack endlich loslassen und sich umdrehen kann.

»Hab gehört, du hast Alma kennengelernt.«

Inci nickt. Die Hilgers reicht ihr eine Wasserflasche. Während Inci trinkt, sieht sie Sternchen vor der Nase tanzen. »Guter Sparringspartner«, sagt sie, als sie die Flasche absetzt. »Wir kennen uns schon, sind im selben Jahrgang.«

Die Hilgers lächelt. Sie muss gewusst haben, dass wir uns kennen, überlegt Inci. Warum hat sie mich nicht nach Alma gefragt? Und Alma? Hat sie sich bei ihr nach mir erkundigt? Ihr Albtraum fällt ihr ein. Sie muss vorsichtig sein.

»Und sonst? Gibt es einen Grund, warum du den Sandsack so malträtieren musst?«

»Alles gut«, lügt Inci und will nur noch weg. Ein längeres Gespräch mit der Hilgers würde sie nicht überstehen, ohne sich dabei zu verplappern. Und bei der Hilgers will sie sich auf keinen Fall verplappern. Sie will überhaupt nicht mit ihr reden. Nicht bevor sie mehr weiß, nicht bevor sie entschieden hat, was sie mit ihrem Wissen macht.

»Dein Vater? Immer noch Stress mit ihm?«, erkundigt sich die Hilgers weiter.

»Nein, er hat sich beruhigt. Zum Glück.«

»Hab ich dir doch gesagt, dass er sich beruhigen wird. Wie schaut's aus? Meinst du, dass nach einer kleinen Pause noch eine Runde im Ring drin ist? Ich muss mich noch warm machen.«

»Heute nicht. Mein Vater hat gekocht, er hasst es, wenn ich zu spät zum Essen komme. Also dann!« Inci zwingt ihre Füße, damit sie sich endlich in Richtung Umkleide bewegen. Ihre Schritte sind zittrig und winzig. Sie kommt sich uralt vor, es fehlt nur noch der Stock.

»Übrigens, Inci!«, ruft ihr die Hilgers hinterher, und Inci ist, als würde ihr ein Lasso um den Hals geworfen. Sie dreht langsam den Kopf und wartet darauf, dass die Hilgers das Seil anzieht, den Druck erhöht. Stattdessen sagt die Kommissarin: »Ach nichts. Das hat Zeit bis nächste Woche.«

Es liegt ihr auf der Zunge zu fragen: »Was hat Zeit?«, aber dann lässt Inci es bleiben und hinkt in die Umkleide. Als sie die Bandagen abwickelt, sieht sie, dass sie sich die Knöchel blutig geschlagen hat. In der Dusche lässt sie so lange kaltes Wasser über Hände und Körper laufen, bis sie das Brennen der aufgeschrammten Knöchel nicht mehr wahrnimmt und nur noch die Kälte spürt.

Während des Abendessens fällt es ihr schwer, die Gabel zum Mund zu führen und sich am Gespräch zu beteiligen. Baba, Selin und Jeanette reden miteinander, aber Inci nimmt alles nur als ein fernes Rauschen wahr. Keiner widerspricht, als sie sagt, dass sie heute früh schlafen gehen muss.

Endlich im Bett, sucht sie in ihrem Smartphone »Light in Babylon« und wartet darauf, dass die kraftvolle und melancholische Stimme von Michal, begleitet nur von Santur und Gitarre, sie in den Schlaf wiegt. »Light in Babylon« ist Balsam für den türkischen Teil ihrer Seele. Michal singt »Istanbul«, und Inci sieht die Heimatstadt von Ane mit ihren Kuppeln, Minaretten und Hochhäusern in der graublauen Morgendämmerung. Die Vapur-Boote gleiten über den Bosporus, und eine milchige Sonne geht über dem Meer auf. Beim Einschlafen wünscht sie sich, dass die Hyzün-Krankheit auch sie befällt und für immer nach Istanbul treibt. Dann könnte sie das komplizierte deutsche Leben in Köln zurücklassen, dann wäre das hier für immer Vergangenheit.

»Istanbul«, seufzt und frohlockt Michal. »Istanbul.«

Mittwoch, 10. September

Schlaftrunken greift Inci zum Handy, nachdem sein Summen sie geweckt hat. »Hab Neuigkeiten, lass uns skypen«, simst Falk. Ein Blick auf die Uhr, es ist kurz nach Mitternacht. Sie stolpert aus dem Bett, schlüpft in ein Paar dicke Socken, zieht ein Sweatshirt über und fährt den Rechner hoch.

»Hast du schon geschlafen?«, fragt Falk ohne eine Spur von Bedauern. »Ich dachte, du liebst mitternächtliche Plauderstündchen. Letztes Mal hast du mich doch auch um die Zeit angerufen.«

Er trägt einen dicken Fleecepulli und einen Wollschal bis über die Ohren. Seine Augen sind hellwach im Gegensatz zu ihren. Wenn du wüsstest, wie wenig ich in den letzten Nächten geschlafen habe, denkt Inci, bevor sie Hallo sagt.

»Auf Eday toben die ersten Herbststürme. Der Wind pfeift durch alle Löcher und Ritzen und heult draußen so laut, dass du brüllen musst, um dich zu verständigen. Ob deshalb oder aus anderen Gründen, das Netz funktioniert heute verdammt schlecht. Wenn also unsere Verbindung zusammenkracht, weißt du, wieso.«

»Dann komm am besten schnell zu den Neuigkeiten.«

Falk nickt und beugt sich nach vorne, seine Augen fixieren die PC-Kamera. Inci kommt es vor, als wolle er aus dem Bildschirm heraus zu ihr kriechen. Auch sie fände es schöner, er säße ihr gegenüber, als ihn so trügerisch nah, aber in Wirklichkeit ganz weit weg vor sich zu sehen.

»Es war ein völlig harmloser Einbruch, eine Auftragsarbeit. Mo ist über die Parkmauer geklettert und durch ein Erdgeschossfenster eingestiegen. Er war schon auf dem Rückzug, als er gemerkt hat, dass noch jemand einsteigt. Ein schmaler kleiner Kerl, trug eine Sturmmaske, Mo übrigens auch. Der Kerl war scharf auf teure Elektrogeräte, davon stand einiges in dem Haus. Fünfzig-Zoll-Fernseher in fast jedem Raum, Laptops in Küche und Arbeitszimmer, keine Ahnung, was noch. Mo hielt sich hinter einem Schrank versteckt. Der Typ ist gestolpert und hat etwas fallen lassen. Der Krach hat ein Mädchen geweckt, der Kerl ist in Panik geraten, hat eine Waffe gezogen und geschossen. Dann hat er sich die Laptops geschnappt und ist abgehauen. Mo hat einen Motorradmotor aufheulen hören und nimmt deshalb an, dass er mit einem Motorrad geflohen ist. – Ich frage mich, wie er damit die Fernseher transportieren wollte, aber das ist ein anderes Problem. – Mo jedenfalls hatte so viel Muffensausen wie noch nie in seinem Leben. Natürlich wollte auch er so schnell wie möglich weg, aber dann hat er doch noch nach dem Mädchen gesehen, das auf der Treppe zusammengebrochen war. Blut ohne Ende, aber sie lebte. Also hat Mo vom Festnetz aus die 112 angerufen und dann schnell das Weite gesucht. Hat gedacht, so ist er fein aus der Sache raus. Kannst dir seine Flatter vorstellen, seit er weiß, dass das Mädchen sein Tattoo beschreiben konnte.«

Alle Müdigkeit ist verflogen, Inci ist hellwach. Ja, denkt sie, so könnte es gewesen sein. Aber ist es auch die Wahrheit? Tausend Fragen wirbeln durch ihren Kopf.

»Seit wann bricht Mo in Häuser ein?« Sie weiß sofort, dass dies nicht die vordringlichste Frage ist, aber es ist die, die sich ihr als erste aufdrängt.

»Weiß ich nicht. So wenig, wie ich weiß, warum du unbedingt Polizistin werden willst. Und noch weniger weiß, was ich mal werden will. Was wissen wir nach drei Jahren überhaupt noch voneinander?«

»Das ist ein anderes Thema«, unterbricht ihn Inci.

»Klar, stimmt schon, aber wenn du hörst, weshalb Mo in das Haus eingestiegen ist, dann kriegst du Gänsehaut. Das ist echt magisch, also pass auf: Er sollte ein Tischchen mit Krähenfüßen klauen.«

»Was sollte er? Falk? Verdammt! So ein Mist!«

Die Verbindung ist zusammengebrochen, als hätte diese Nachricht die Kabel und Strahlen, die ihre Verbindung ermöglichen, genauso durcheinandergebracht wie Inci. Sie wählt sich erneut ein. Es dauert eine Ewigkeit, bis Falk wieder auf ihrem Bildschirm erscheint.

»Du machst Witze, oder? Ein Tischchen mit Krähenfüßen? Was soll das denn? Was ist das überhaupt? Habt ihr zwei euch das ausgedacht?«, bombardiert Inci ihn mit Fragen.

»Nichts da! Mir sind lebendige Vögel lieber. Und glaub mir, ich war genauso überrascht wie du. Wie seltsam, dass uns die Krähen wieder zusammenführen! Schicksalhafte Fügung würde man sagen, wenn man an so was glaubt. Klar, ich habe mit Mo nicht so einen radikalen Break hingelegt wie du mit uns beiden. Aber unsere Freundschaft war nicht mehr dieselbe danach. Seit Mo in die WG gezogen ist, habe ich ihn nur selten besucht. Und plötzlich meldest du dich. Du erinnerst dich sogar an unseren romantischen Teenie-Schwur, bist die alte Inci und doch ganz neu, und Mo bringt sich mit Krähenfüßen in Schwierigkeiten.«

Er lächelt sie aus dem fernen Eday an. Es ist ein fremdes Lächeln, ein leicht trauriges Lächeln, eines, das Inci noch nicht an Falk kennt.

»Wie auch immer«, macht er schnell weiter. »Mo sagt, du sollst dich beruhigen und alles vergessen. Er kommt schon wieder aus der Nummer raus.«

Falk lehnt sich zurück und verschränkt die Arme im Nacken. Auftrag erledigt, so wirkt die Geste, denkt Inci und sagt: »Mo weiß nicht alles. Die Waffe, die bei dem Überfall verwendet wurde, ist eine Derringer Texas Defender. Und so wie es aussieht, ist es die Waffe aus dem Banküberfall, bei dem Karl der Große mit von der Partie war.«

Im fernen Eday knallt eine Tür zu, und Inci glaubt, das Heulen des Windes zu hören. Falks Gesicht hat sich von der Kamera zurückgezogen, es verwischt vor dem Bildschirm.

»Weißt du«, redet Inci weiter, »ich erinnere mich noch genau, wie du Ayhan gegenüber behauptet hast, dass du eine Derringer Texas Defender in der Hand hältst. Das fand ich damals sehr seltsam, dass du in so einer bedrohlichen Situation den Namen einer Waffe nennst.«

»Der Revolver sah doch wie eine Spielzeugpistole aus. Ich dachte, Ayhan muss doch wissen, dass sie echt ist. Den Namen habe ich gegoogelt, nachdem ich das Teil entdeckt hatte.«

»Hast du die Waffe damals wirklich weggeworfen?«

»Ja, verdammt, was denkst du denn?!«, brüllt Falk und hält sein Gesicht wieder so nah an die Kamera, dass es sich zu einer Fratze verzerrt. »Die war doch nach der Nummer mit Ayhan ein verflucht heißes Eisen. Ich habe sie ins Gebüsch gepfeffert. Und dann habe ich Mo gepackt und ihn bis zu den Gleisen geschleppt. Du musst dich irren, Inci, das kann nicht dieselbe Waffe sein.«

Wenn er hier wäre, würde er sie durchschütteln, darauf bestehen, dass sie sich irren muss. Zum ersten Mal ist Inci froh, dass sie via Skype kommunizieren, dass Falk nur ein verpixeltes Bild ist und sein Gefühlschaos sie über Tausende von Kilometern hinweg nicht verwirren kann.

»Haben Mo oder Ayhan gesehen, wohin du die Waffe geworfen hast?«, fragt sie weiter und ist selbst überrascht, wie kühl und überlegt ihre Stimme klingt.

»Woher soll ich das wissen? Die Bullen waren doch im Anflug. Es ging um Sekunden. Mehr Zeit hatten wir nicht, um zu verschwinden, und Mo war verdammt wackelig auf den Beinen. Ich habe noch gesehen, wie Ayhan Handy und Papiere vom Boden klaubte. Keine Ahnung, wohin er dann gerannt ist. Mit uns den Bahndamm hoch auf alle Fälle nicht.«

Inci nickt, das deckt sich mit ihren Erinnerungen. Leider hat auch sie keinen Schimmer, in welche Richtung Ayhan damals gelaufen ist.

»Auf dem Bahndamm sind wir in den Sog eines Güterzugs geraten«, erzählt Falk weiter. »Zum Glück lagen wir schon am Boden. Wenn wir gestanden hätten, hätte man uns hinterher in Einzelteilen aufsammeln können. Schock pur, uns ging echt der Arsch auf Grundeis. Als der Polizeiwagen wegfuhr, sind wir mit Wackelpudding in den Knien nach unten geklettert und, frag mich nicht, wie, zu Ediths Garten gewankt.«

»Seid ihr auf dem Rückweg zusammengeblieben, oder habt ihr euch getrennt?«

»Warum hätten wir uns trennen sollen? Wir haben wie Kletten aneinandergeklebt und waren verrückt vor Sorge um dich. Wir hätten dich da niemals allein lassen sollen.«

Komisch, denkt Inci. Das hat sie den beiden nie übel genommen. Übel genommen hat sie ihnen nur dieses verdammte Liebeswirrwarr. Wie war das? Sind sie am Tag danach zusammengeblieben? Sie kann sich nicht erinnern. Sie sieht nur das Bild von sich zwischen den beiden schlafenden Jungen, Mos Arm um ihre Schulter gelegt, sie hört, wie Falk stöhnend aufwacht, sie spürt das feuchte Gras unter den Füßen auf dem Weg zur Laube. Sie weiß noch, wie ihre Gefühle zwischen liebeswirrem Prickeln und totaler Erschöpfung Achterbahn fuhren.

»Ich bin auf alle Fälle nach Hause«, erinnert sich Falk bei ihrer Frage. »Udo und Gesine haben einen Wahnsinnsaufstand gemacht, weil ich mich für die Nacht nicht abgemeldet hatte. Aufzählung aller Sorgen, Moralpredigt im Doppelpack, Appelle an die Eigenverantwortung und so weiter. Ich habe zu allem genickt, so fertig war ich. Hab sogar gebeichtet, dass ich gesoffen habe. Ich war zum ersten Mal nicht in der Lage, mir eine Geschichte für den Krähenclub auszudenken.«

Dann muss auch sie nach Hause gegangen sein. Denn an einen Tag mit Mo allein würde sie sich erinnern. War sie noch mal auf der Wache? Nein, damit hat sie noch zwei, drei Tage gewartet. Falk ging also nach Hause, sie ging nach Hause, und was hat Mo gemacht?

»Ayhan, der Mistkerl, muss sich die Waffe geschnappt haben, eine andere Erklärung gibt es nicht. Hast du eine Ahnung, was aus dem geworden ist? Immer noch als Türsteher unterwegs?«

Inci schüttelt den Kopf und erzählt ihm, was sie von Ayhan weiß.

»Du bist ihm begegnet? Ausgerechnet bei einem Familientreffen? Oh, verdammt! Handelt mit Elektrogeräten, sagst du? Wenn das kein Treffer ist! Laptops und Fünfzig-Zoll-Bildschirme passen doch hervorragend in sein Sortiment. Er ist der zweite Dieb.«

»Du hast mir den zweiten Dieb gerade als schmal und klein beschrieben. Aber Ayhan hat immer noch ein verdammt breites Kreuz, er kann es also rein äußerlich nicht gewesen sein. Auch wenn es schwerfällt, das zu glauben, nicht nur wir, auch er hat sich geändert. Er geht in die Moschee und verkauft jetzt Kühlschränke und Herde. Die wilden Zeiten sind vorbei. Jetzt kommen die Ehe, die Kinder, der Baum und das Haus.«

»Er hängt da drin, Inci, hundert Pro … Er hat gesehen, wohin ich die Waffe geworfen habe, und sie danach einkassiert.«

»Vermutungen, Falk, keine Fakten. Mo hätte am Tag nach dem Überfall ebenfalls die Gelegenheit gehabt, die Waffe zu holen.«

»Du redest schon wie ein Bulle, Inci! Du glaubst doch nicht im Ernst, dass uns Mo zwei Tage lang vergeblich durch das Scheißgestrüpp hat robben lassen? Was immer man über Mo Schlechtes sagen kann, sadistisch ist er nicht. Er hat genauso intensiv nach der Waffe gesucht wie wir.«

Das stimmt. Mo suchte mit. Ob intensiv oder nicht, weiß sie nicht mehr. Aber sie weiß, dass er ihr eine Handvoll Brombeeren gepflückt hat. Sie waren zuckersüß.

»Falk, Edith wusste übrigens nichts von der Waffe. Karl der Große hat sie ihr nicht gegeben. Sie ist auch sicher, dass er nichts von der Waffe wusste. Und überleg mal: der Ort, an dem wir sie gefunden haben. Würdest du da ernsthaft eine Waffe verstecken?«

»Himmel, Inci, das wird ja immer verworrener! Wieso habe ich das Scheißding überhaupt entdecken müssen? Wieso war ich so wild darauf, die Waffe mit auf unseren Horrortrip zu nehmen? Weißt du das?«

»Hormone«, antwortet Inci trocken. »Zu viel Testosteron. Plus Ritalin plus Alkohol.«

Falk lacht, so wie er früher gelacht hat, dann wird er wieder ernst. »Aber was sagst du über Karl den Großen? Wenn er nichts von der Waffe weiß, es aber die Waffe aus dem Banküberfall ist, wer hat sie dann in die Laube seiner Frau …?«

Falks Stimme verstummt, und sein Gesicht friert zu einem Standbild ein, die Verbindung ist erneut unterbrochen. Inci versucht es wieder und wieder, aber Sturm und Wind in Eday oder ein Internet-Troll lassen nicht mehr zu, dass sie weiter mit Falk spricht.

Immerhin weiß sie jetzt ein bisschen mehr, vorausgesetzt, Mo hat Falk die Wahrheit erzählt. Nach zwei weiteren vergeblichen Versuchen, eine Verbindung nach Eday zu kriegen, macht sie den Rechner aus und krabbelt zurück ins Bett. Sie stellt sich ein Tischchen mit Krähenfüßen vor. Selbst wenn es noch so zierlich ist, bleibt es unhandlich. Warum soll ein eleganter Dieb wie Mo, dem Leichtigkeit über alles ging, so etwas Sperriges klauen?

Die Müdigkeit steckt ihr am nächsten Morgen in allen Knochen, und für das blindwütige Sandsackschlagen von gestern Abend wird sie mit heftigem Muskelkater bestraft. Sie bekommt kaum die Augen auf, und jede Bewegung tut weh. Jeanette dagegen ist so fröhlich aufgewacht, dass Inci ihre Munterkeit schon beim Frühstück auf den Geist geht. Wenig später radeln sie bei grauem Himmel und kräftigem Gegenwind am Rhein entlang. Wegen der malträtierten Muskeln kann Inci Jeanettes Tempo nicht halten, das Sauerländer Landei fährt ihr glatt davon. Als Inci an der Ampel in Deutz wieder gleichauf mit ihr ist, setzt ein kalter Nieselregen ein. Inci knurrt, murrt und meckert wegen jeder Winzigkeit, und als Jeanette fragt, was denn los sei, straft sie sie mit einem nichtssagenden Schulterzucken.

In der ersten Stunde steht Recht auf dem Stundenplan. Das graue Hutzelmännchen redet über den Unterschied zwischen einer privaten und einer öffentlichen Person.

»Als zukünftige Polizisten und Beamte sind Sie eine öffentliche Person und unterliegen einer Reihe von Pflichten. Erstens ist da das Wohlverhaltensgebot zu nennen, das heißt, Sie müssen der Achtung und dem Vertrauen gerecht werden, die Ihr Beruf verlangt. Das ist der Grund, weshalb Sie bei Ihrer Bewerbung ein polizeiliches Führungszeugnis einreichen mussten. Auch hier, während Ihrer Ausbildung, haben wir im Blick, wie Sie als Persönlichkeit in Erscheinung treten. Zweitens das Treuegebot. Mit dem Treuegebot verpflichten Sie sich dem Staat und seinen Gesetzen. Bitte erinnern Sie sich an die letzte Stunde, in der wir über Grundrechte gesprochen haben. Drittens das Mäßigungsgebot. Das betrifft Ihr gesellschaftspolitisches Engagement. Hier sind Sie zuvorderst an Recht und Gesetz gebunden. Nur damit keine Missverständnisse aufkommen: Ehrenamtliches Engagement, ob politisch oder gesellschaftlich, wird bei der Polizei geschätzt. Aber es ergeben sich in diesem Bereich immer wieder Konflikte zwischen Person und Funktion, über die wir reden müssen. Es gibt hierzu viele interessante Gerichtsurteile, die wir später studieren können.«

Inci hört nicht richtig zu, immer wieder schielt sie zur Tür und fürchtet sich davor, dass ihr Albtraum Wirklichkeit wird und man sie gleich abholt, weil sie den Verdächtigen eines Raubüberfalls deckt. Als niemand kommt, beruhigt sie sich langsam. Die Stunde zieht sich zäh dahin, und ihre Gedanken schweifen ab. Sie sieht Falk bei stürmischem Wind und peitschender See Vögel zählen und wäre gerne so weit weg von Köln wie er. Aber sie ist gedanklich sofort – und zwar hundert Prozent – zurück in Köln, als das Hutzelmännchen über Strafverfolgungszwang redet.

»Für Sie als zukünftige Polizeibeamte von Beginn der Ausbildung an bindend ist das Legalitätsprinzip oder der Strafverfolgungszwang § 163 (1) StPO. Dieses Prinzip besagt, dass Polizeibeamte, auch wenn sie noch in der Ausbildung sind, grundsätzlich zur Verfolgung von Straftaten verpflichtet sind. Das gilt selbst, wenn Informationen privat erlangt werden. Solche Kenntnisse sind umgehend an die Staatsanwaltschaft weiterzugeben. Nur Bagatelldelikte sind davon ausgenommen.«

Der Raubüberfall in Mülheim war kein Bagatelldelikt. Also verstößt Inci gegen das Legalitätsprinzip. Sie hat es die ganze Zeit geahnt, und jetzt hat sie es offiziell bestätigt bekommen. Wenn herauskommt, dass sie Mo deckt, dann fliegt sie in hohem Bogen aus der Ausbildung, dann ist kein Zurück mehr möglich.

In der Pause zieht sie am Automaten nur einen Becher Kaffee. Jeanette, beleidigt oder nicht, kehrt ihr den Rücken zu und lacht mit zwei Mädchen, die im Lime Club mit von der Partie waren. Inci geht nach draußen. Der Regen hat aufgehört, doch der Himmel drückt weiter mit bleiernem Grau auf die Stadt, und der Wind zerrt an den krüppeligen Hecken vor der FH. Die Raucher glucken unter dem Vordach des Einganges eng zusammen, treten von einem Bein aufs andere und paffen stinkende Rauchwolken in den grauen Himmel.

Inci lässt sie links liegen, nimmt einen Schluck Kaffee und schleppt sich ein Stück die Straße hinunter bis zu der kleinen Bäckerei. Dort kauft sie sich ein Croissant, beißt die Enden ab, spült mit einem Schluck Kaffee nach und macht sich genauso langsam auf den Rückweg. Plötzlich geht Alma neben ihr, Inci kann nicht sagen, woher sie gekommen ist.

»Wohlverhalten, Treue, Mäßigung. Also darüber habe ich nicht eine Sekunde nachgedacht, als ich mich für diesen Beruf entschieden habe. Du etwa?«

Inci schüttelt den Kopf und beißt wieder in ihr Hörnchen.

»Lüge und Wahrheit, Recht und Gesetz, gut und schön, aber dieses ganze Faktenzeugs ist doch nur eine Seite der Medaille.«

Inci hört auf zu kauen und schaut Alma überrascht an. »Weshalb willst du denn Polizistin werden?«, fragt sie.

»Mich interessieren menschliche Abgründe«, sagt Alma und lächelt ihr rätselhaftes Lächeln. »Ich will wissen, ob ich, wenn ich dem Bösen in seine hässliche Fratze sehe, besser weiß, was das Gute ist. Ob sich Schwarz und Weiß dann eindeutig zeigen oder ob immer alles zu Grautönen verwischt.«

»Alle Achtung«, sagt Inci baff.

»Undercover-Arbeit, das will ich machen«, fährt Alma fort. »In die Höhle des Löwen steigen, sich verstellen müssen, an seine Grenzen gehen. Und du? Warum wirst du Polizistin?«

Will sie das überhaupt noch, wo sie schon in der ersten Woche gegen das Legalitätsprinzip verstößt? Wenn die Sache mit Mo nicht auffliegt, ja, dann auf alle Fälle. Der Job interessiert sie wirklich, und sie weiß auch, weshalb. »Ich will lernen, wie man Menschen durchschaut, wie man ihre Fassaden aufbricht, wie man der Wahrheit auf die Spur kommt.« Das sagt die Richtige, spottet sie innerlich über sich selbst.

»Die Wahrheit also, das höchste Gut für Polizisten.« Wieder das rätselhafte Alma-Lächeln. »Und was wäre dein Traumjob?«

»Mordkommission. Da finde ich die Suche nach der Wahrheit am wichtigsten. Weil die Toten nicht mehr danach suchen können.«

»Interessanter Ansatz. Etwas romantisch, wie deine ganze Motivation, aber wieso nicht?«

Sie sind wieder an der FH angekommen. Inci sieht Jeanette mit zwei Bechern Kaffee am Eingang stehen. Inci schielt zu Alma hinüber, aber die blickt wieder ins Nirgendwo, während sie mit einer Hand ihre Tasche durchwühlt und irgendwann eine Zigarette herauszieht. Sie gesellt sich zu den Rauchern, sofort strecken sich ihr mindestens drei Arme entgegen, die ihr Feuer geben wollen. Kein Wort des Abschieds, kein Wir-reden-später-weiter, wieder ganz die rätselhafte, abweisende Alma. Inci wird nicht schlau aus dieser Frau, und das ärgert sie. Als sie wieder zum Eingang sieht, ist Jeanette verschwunden. Inci knüllt den leeren Pappbecher zusammen und wirft ihn in den Müll.

Zäh wie Sirup ziehen sich auch die nächsten Stunden dahin. Draußen fieselt es wieder, auf der Fensterscheibe verschwimmen stumme Regentropfen zu kleinen Rinnsalen oder bleiben als winzige Wasserkugeln über dem Holzrahmen kleben. Wieder sieht Inci Falk vor sich. In Gummistiefeln, den Körper gegen den Wind gestemmt, sucht er an fernen Klippen nach Vogelnestern. Auch bei ihm regnet es, das Meer kracht und schäumt, der Wind peitscht ihm fette Tropfen ins Gesicht, die See ist ein Ungeheuer, Luft und Wasser gebärden sich als wütende Elemente. In so einer Gegend braucht es beherztes Handeln, um zu überleben. Schottland! Da ist sie noch nie gewesen. Da wäre sie jetzt gerne. Hauptsache anderswo. Aber Schottland ist weit, anderswo auch. Es ist die Müdigkeit, die sie zermürbt. Zwei Stunden Schlaf heute Nachmittag, vielleicht geht es ihr dann besser.

Der Regen hört mit dem Ende des Unterrichts auf. Die Straßen sind nass, der Fahrradsattel auch. Wenn sie Glück hat, schafft sie es vor dem nächsten Schauer nach Hause. Aber so wie es aussieht, nimmt das Glück heute eine Auszeit ... Inci öffnet das Schloss und wischt mit dem Ärmel über den nassen Sattel.

»Hey!« Jeanette, mal wieder aus dem Nichts aufgetaucht, zupft sie an der Jacke und hält sie davon ab, aufs Rad zu steigen. »Ich muss mit dir reden. Jetzt. Sofort.«

Inci blickt erst zum Himmel und dann zum Boden. Sie ist müde, sie will nach Hause, sie will trocken ankommen, sie will allein sein. Also ignoriert sie Jeanette. Sie klemmt ihr Fahrradschloss fest, packt den Lenker, schwingt sich auf den Sattel, platziert die Fußspitzen links und rechts des Rades am Boden und signalisiert mit jeder Faser ihres Körpers, dass sie losfahren will. Jeanette ist das egal. Sie baut sich mit verschränkten Armen vor ihrem Vorderrad auf. Ein Blinder würde spüren, dass sie auf hundertachtzig ist.

»Wenn du schlechte Laune hast, dann lass sie nicht an mir aus. Und häng nicht immer diese arrogante Großstädterin raus, nur weil ich vom Land komme.«

Für einen Moment bleibt Inci die Spucke weg, dann sagt sie: »Ich bin nicht arrogant.«

»Und ob du das bist, aber vielleicht merkst du es ja selbst nicht. Ich bin dir und deiner Familie wirklich dankbar, dass ich bei euch wohnen darf, aber ich zieh sofort wieder aus, wenn du nicht aufhörst, mich von oben herab zu behandeln.«

Arrogant? Nein, arrogant ist sie wirklich nicht. Schlecht gelaunt ja, heute zum Beispiel, aber nicht arrogant.

»Wir Sauerländer sind geradeaus. Bei mir weißt du immer, woran du bist. Ich verstecke nichts, ich rede, wie mir der Schnabel gewachsen ist. Im Gegensatz zu dir bin ich ein offenes Buch. Und wenn dir was nicht passt an mir, dann sag's einfach.« Jeanette holt tief Luft, bevor sie weiterspricht. »Bin ich zu naiv? Findest du Himbeerrot doof? Stören dich meine Engel?«

Inci holt tief Luft. »Klar finde ich dein Zimmer super kitschig, aber das stört mich nicht, ehrlich. Und naiv, na ja, du kommst aus einer heilen Familie, ich denke halt, dass mein Leben deutlich komplizierter ist. Aber ich finde es gerade schön, dass du so unbekümmert bist. Und heute Morgen: Ich hab schlecht geschlafen, ich hab Muskelkater, und dann hängst du mich auch noch mit deinem Mountainbike ab …«

Endlich lässt Jeanette die Arme fallen und ihr verbiesterter Mund entspannt sich, zeigt sogar ein kleines Grinsen. »Hab ich dir doch schon bei unserer ersten Begegnung gesagt: Ich laufe Marathon. Ausdauer habe ich. Außerdem, normalerweise radele ich Berge rauf und runter, da schreckt mich doch so ein bisschen Gegenwind nicht.«

Jeanettes Grinsen wird noch breiter, Inci sitzt immer noch startklar auf ihrem Montello, will jetzt aber nicht mehr sofort losfahren. So einen direkten Angriff hätte sie Jeanette nicht zugetraut, der imponiert ihr. Und dann sieht sie Jeanette wieder mit den zwei Kaffeebechern am Eingang der FH stehen. Der zweite war für sie gewesen.

»Sorry wegen des Kaffees, übrigens.«

»Ach, Schwamm drüber. Bin ich schnell losgeworden.« Jeanette löst jetzt auch ihr Fahrradschloss.

»Hab mir beim Bäcker ein Croissant geholt und zum ersten Mal länger mit Alma geredet. Warum wir Polizistinnen werden wollen und so«, erzählt Inci weiter.

Jeanette schaut interessiert auf.

»Und du? Warum willst du Polizistin werden?« Abgesehen von den siebzig Prozent Jungs, fügt Inci im Geist hinzu. Denn dass sie sich das in ihrem besoffenen Kopf gemerkt hat, will Jeanette bestimmt nicht wissen.

»Natürlich weil ich zu den Guten gehören will! Und wegen der Reiterstaffel. Beim Rosenmontagszug auf dem Rücken eines Pferdes vorneweg reiten. Ist ein Kindheitstraum von mir, obwohl ich nicht reiten kann und obwohl ich keine Kölnerin bin. Die Chancen, dass ich in der Reiterstaffel lande, sind nicht besonders groß, aber wer weiß? Davon abgesehen gefällt mir, dass die Arbeit so vielfältig ist. Wir haben mit Menschen zu tun, aber auch mit Verwaltung und Justiz, und kein Fall ist wie der andere. Außerdem gute Kameradschaft, so was finde ich ganz wichtig. Zudem sind die Aufstiegschancen nicht schlecht. Deshalb fange ich auch hier an der FH schon an zu netzwerken und Kontakte aufzubauen. Und wenn ich nicht beim Rosenmontagszug vorneweg reite, vielleicht werde ich stattdessen ja die Chefin einer Wache?« Sie schwingt sich wie Inci auf den Sattel, wartet aber mit dem Losfahren und fragt: »Und du?«

»Erinnerst du dich an die Stunde über Alibi-Zeugen? Die Suche nach der Wahrheit, das finde ich spannend.«

Jeanette blickt überrascht und zögert, bevor sie sagt: »Und das von der Meisterin des Verschleierns.«

Inci zuckt unmerklich zusammen. Sie hat Jeanette unterschätzt. Was hat sie mitbekommen in den letzten Tagen?

»Was meinst du denn damit?« Inci hofft, dass ihre Stimme nur neugierig und nicht panisch klingt.

»Ist nur so ein Gefühl. Aber ich würde schon gerne wissen, was für eine Frage du in der Ethik-Stunde eigentlich stellen wolltest, als wir über Loyalität geredet haben.«

Jeanette überrascht sie schon wieder. Sie hat tatsächlich gemerkt, dass sie letztendlich etwas anderes gefragt hat, als sie wissen wollte. Aber Jeanette vertrauen? Nein, dafür ist es zu früh. Ausflüchte also. Nebelschwaden. Los, Inci, streng dich an!

»Weißt du, mir geht verdammt viel durch den Kopf. Familie, alte Freunde, die neue Situation und so. Vieles ist verwirrend, deshalb bin ich manchmal so abwesend oder rede Unsinn. Zum Beispiel frag ich mich, warum sich einer einen Tisch mit Krähenfüßen in die Wohnung stellt.«

Keine Ahnung, warum sie von dem Tisch mit Krähenfüßen erzählt, vielleicht um Jeanette einen kleinen Brocken Wahrheit hinzuwerfen.

»Ein Tisch mit Krähenfüßen? Als ob es darum geht! Ich sag's ja: Meisterin des Verschleierns.«

»Lass mir ein bisschen Zeit, ja? Wir kennen uns ja noch kaum.«

»Klar kriegst du noch ein bisschen Zeit. Wenn's sein muss auch ein bisschen mehr. Hab schnell gemerkt, dass du keine bist, die schnell Vertrauen fasst. Das ist schon okay.«

»Außerdem«, schiebt Inci so locker wie möglich hinterher, »jeder verschleiert und versteckt. Es sei denn, er ist so ein naives Landei wie du.«

»Sagt die arrogante Großstadtzicke.«

»Au, erwischt.«

Sie lachen beide, und Jeanette schaut wieder so unschuldig, als könnte sie nicht bis drei zählen.

»Lass uns fahren«, schlägt Inci vor, die auf keinen Fall will, dass Jeanette noch einmal auf das Verschleiern zurückkommt.

Jeanette nickt friedlich und nimmt ihre Umhängetasche ab, um sie auf den Gepäckträger zu schnallen, stellt sie dann aber auf den Boden und holt einen Packen Papiere heraus. »Jakob hat mich angerufen. Gefragt, ob ich ihm noch mal Unterrichtsmaterial bringe. Hab ich tatsächlich für ihn gesammelt, ich bin ja keine beleidigte Leberwurst. Aber ich bin später noch mit Sami verabredet …«

»Was Neues von der Motorradfront?«, unterbricht sie Inci.

Jeanette schüttelt den Kopf. »Ich habe nicht gefragt. Interessiert mich nicht mehr. Du weißt ja, warum. Kannst du Jakob vielleicht die Sachen bringen?«, fragt sie und fügt, als Inci zögert, mit einer gewissen Hinterhältigkeit hinzu: »Der Fall interessiert dich doch. Wäre eine Gelegenheit, der Wahrheit auf die Spur zu kommen.«

Zu Hause legt Inci tatsächlich die Beine hoch, aber sie kann nicht schlafen. Die Hände im Nacken verschränkt, starrt sie die Wand an. Dort hängt immer noch das Bild von Ane, Baba, Selin und ihr im Gezi-Park, aufgenommen bei einem Besuch in Istanbul, ein halbes Jahr bevor Ane verschwand. Ihr letztes Bild als glückliche Familie. Im Gegensatz zu Selin, die alle Bilder von Ane wegpackte, ließ sie es hängen. Als Halt, als Erinnerung, als Wunsch, als Denkmal. Als Bild, das sie mit in den Schlaf nahm. Sie ließ es hängen, auch als sie nicht mehr jeden Abend an Ane denken musste. So wie man etwas Vertrautes, Liebgewonnenes aufbewahrt, selbst wenn man es nicht mehr braucht und es kaum mehr wahrnimmt.

Letztes Jahr, während der Unruhen im Gezi-Park, ist Ane kurzfristig zu ihnen zurückgekehrt. Selin glaubte, sie in einer Nachrichtensendung unter den Protestierenden zu erkennen. Tagelang hingen sie vor der Glotze, sahen sich auf allen Kanälen Berichte über die Unruhen an und versuchten unter den schreienden, vor Wasserwerfern und Tränengas davonlaufenden oder von Polizisten verprügelten Demonstranten Ane auszumachen. Selin und sie auf den Bildschirm konzentriert, während Baba im Raum auf- und ablief und auf Erdoğans Politik schimpfte. »Die Generäle waren die Hölle, aber Erdoğan ist der Teufel persönlich! Will den Gezi-Park für perverse Großbauten plattmachen, missbraucht die Türkei für seine Großmannssucht, schaufelt Familie und Vettern Geld ohne Ende zu. Führt das Kopftuch an Schulen und Unis wieder ein, unterstützt radikale Islamisten.« Und am Schluss sagte er immer: »Wie kann sie nur in diesem Land leben? Wie kann sie nur?«

Nach dem Ende der Aufstände beruhigten sie sich alle wieder, und Ane verschwand erneut. Bis dann ein paar Monate später ihre Telefonnummer auftauchte, die jetzt an der Pinnwand hängt.

Aber Ane und die Telefonnummer müssen warten. Erst muss sie die Sache mit Mo klären. Und wenn ihr das gelingt, dann wird sie auch Ane anrufen können. Sie denkt an ihr nächtliches Gespräch mit Falk und fragt sich, warum Mo mit Falk spricht, aber nicht mit ihr. Aber eigentlich kennt sie die Gründe. Erstens, er traut ihr nicht. Zweitens, wenn er lügt, geht das via Skype mit Falk einfacher, als wenn er ihr gegenübersäße. Drittens, sie wird Polizistin, und Polizisten misstraut Mo grundsätzlich. Aber nur weil sie Polizistin wird, kann sie ihm vielleicht helfen. »Fakten!«, rufen die Studenten des zweiten Jahrgangs in ihrem Kopf. Okay, was weiß sie?

1. Mo steigt in das Herrenhaus ein und soll ein Tischchen mit Krähenfüßen klauen. Fragen: Von wem kam der Auftrag? Hat er das Tischchen mitgenommen oder stehen gelassen? Nicht außer Acht lassen: Hat Mo Falk die Wahrheit erzählt?
2. Mo wird von einem weiteren Dieb gestört. Ein schmaler Kerl, das Gesicht hinter einer Sturmmaske versteckt. Der schießt auf ein Mädchen und entkommt mit zwei Laptops. Fragen: Stimmt das? Oder hat Mo den Typen erfunden? Falls nicht, hat er Mo gesehen? Wer ist der Typ? Woher hat er den Revolver? Ist es dieselbe Waffe, die Falk weggeworfen hat? Die Waffe, die auch beim Überfall Karls des Großen benutzt wurde? Hat Karl der Große etwas mit diesem Überfall zu tun? Was ist mit Ayhan? Nicht außer Acht lassen: Auch Mo könnte der Schütze gewesen sein!
3. Als Fluchtfahrzeug wurde Jakobs Motorrad benutzt. Fragen: Kennt Jakob Mo? Wer von Jakobs Bekannten hat den Schlüssel entwendet?
4. Und, Fragen über Fragen: Was weiß die Soko Mülheimer Böt-

chen? Hat sie Hinweise auf Mo? Oder den zweiten Dieb? Ist der Fall vielleicht schon gelöst?

Wo anfangen? So viele Fragen, die immer wieder neue Fragen aufwerfen. Grau ist alle Theorie! Die Suche nach der Wahrheit kommt nicht klar und einfach daher wie in der Stunde über Alibi-Zeugen. In Wirklichkeit ist sie labyrinthisch und gestaltet sich mühsam. So viele Möglichkeiten, sich zu verirren, an den falschen Stellen zu suchen, nicht zu sehen, was eigentlich auf der Hand liegt. Wenn wenigstens Falk hier wäre. Nein, es ist gut, dass er weit weg ist. Jetzt hör auf, Trübsal zu blasen, los, konzentrier dich, Inci! Wo willst du ansetzen?

Bei Mo? Nie und nimmer! Wenn Jeanette in ihr schon eine Meisterin des Verschleierns sieht, dann ist Mo darin der Meister aller Meister. Schwerer zu packen als ein Fisch im Wasser. Karl der Große? Nein, der macht ihr Angst. Aber sie muss Edith bald anrufen, vielleicht weiß sie etwas Neues. Ayhan? Auf keinen Fall! Die Spur zu ihm ist dünner als ein Spinnfaden. Wenn er damals tatsächlich die Waffe gefunden hat, wird er sie verscherbelt haben. Typen wie Ayhan laufen nicht mit zierlichen Damenrevolvern in der Gegend herum. Bleibt Jakob.

Es kostet sie Überwindung, bei Onkel Yusuf anzurufen. Zum Glück rückt er ohne weitere Nachfragen Cems Handynummer heraus. Ein Anruf bei Cem, dann schnell in die türkische Patisserie in der Keupstraße. Pünktlich um 17 Uhr 30 steht Inci mit ihrem Montello vor der Halle einer Reifenhandlung im Kalker Industriegebiet. Am Lenker baumelt ein Karton mit Lokum. Jeder in der Familie weiß, dass man Cousin Cem mit türkischem Honig kaufen kann.

Im Blaumann, den Motorradhelm unter dem Arm, tritt Cem wenig später vor die Tür, nickt Inci zu und deutet auf drei Motorräder, die rechts neben der Halle stehen. Inci rollt mit ihrem Rad hinter Cem her, und als er bei einer schwarzen Maschine mit roten Streifen den Helm auf den Sitz legt, drückt sie ihm den Karton mit türkischem Honig in die Hand. Cem öffnet ihn und schiebt sich einen dick mit Puderzucker bestäubten rosa Honigwürfel in den Mund. Es dauert, bis er ihn zerkaut und hinuntergeschluckt hat. Inci hindert ihn daran, nach dem nächsten Würfel zu greifen. Erst will sie etwas über BMW-Motorräder wissen.

Cem erzählt von PS-Stärken, Hubraumgröße, Kardanwellen, Elektrostartern, Superbike-Lenkern, Heckunterverkleidung und Stahlflexleitungen. Als er anfängt, von der R 1200 R zu schwärmen, gelingt es Inci, ihn zu unterbrechen. Sie fragt nach diesem Oldtimertreffen. Da sei er nicht gewesen, antwortet Cem. Er fahre ja Suzuki. Aber sicher, das sei eine gute Gelegenheit, um Kontakte zu Gleichgesinnten zu knüpfen. Da treffe man auch oft alte Bekannte wieder. Er selbst habe so auch schon Bikerkumpels kennengelernt, erklärt er ihr und steckt sich, bevor Inci das verhindern kann, einen weiteren Lokum-Würfel in den Mund. Er beißt so gierig hinein, dass seinem Mund eine Puderzuckerwolke entweicht und die Nase bestäubt. Dann schmatzt und kaut er und lutscht den zähen, süßen Brei, indem er ihn von einer Backe in die andere schiebt. Es gebe von BMW natürlich auch Motocrossräder, nuschelt er zwischendrin, die F 700 GS zum Beispiel, eine heiße Kiste, wenn man auf Trophy-Fahrten steht.

Acht Euro hat Inci für den türkischen Honig bezahlt, für die Katz. Cem könnte ihr noch stundenlang von Motorradmodellen und deren technischen Details erzählen, aber das nutzt ihr nichts. Lehrgeld, denkt sie. Die Wahrscheinlichkeit war schließlich mehr als winzig, dass Cem selbst oder einer seiner Kumpels bei dem BMW-Treffen gewesen sind. Sie verabschiedet sich.

»Ja dann, bis zu Günels Hochzeit.« Cem schüttelt ihr die Hand und greift nach dem nächsten Lokum-Stück. Inci sieht noch, wie er es sich in den Mund steckt, dann fährt sie davon.

Sie radelt zurück nach Mülheim, zu dem Haus in der Krahnenstraße, in dem Jakob wohnt. Diesmal dauert es nach dem Klingeln, bis er die Tür öffnet. Sie erschrickt, als sie Jakob von Nahem sieht. Er scheint seit Tagen nicht mehr geduscht zu haben, auch Hose und Shirt sehen aus, als seien sie ewig nicht gewechselt worden. Die Haare fettig, das Kinn unrasiert, die Münsterländer Frische verschwunden. Selbst wenn er weiter gefallen oder witzig sein will, er kann es nicht mehr. Er sieht aus wie einer, der sich Abend für Abend die Kante gibt, weil er nicht versteht, in was für einen Schlamassel er da geraten ist.

Jakob führt sie in die Küche, wo in einer Kiste das Altglas überquillt und sich in der Spüle das schmutzige Geschirr stapelt. Irgendwo in der Wohnung läuft ein Fernseher, ein Jingle kündigt den Beginn der Tagesschau an. Auf dem Tisch stehen um acht Uhr abends Frühstücksutensilien: eine angebrochene Packung Toastbrot, ein offenes Marmeladenglas, ein schmutziger Teller, eine halb volle Tasse Kaffee. Und über allem liegt dieser säuerliche Gestank des Verlierers, den Inci so gut kennt.

»Jeanette hat sie für dich gesammelt«, sagt sie, schiebt Teller und Tasse beiseite und legt die Unterrichtsmaterialien auf den Tisch.

Jakob nickt. Eine Weile stehen sie sich gegenüber, und keiner weiß so recht, was er sagen soll. »Willst du einen Kaffee?«, fragt Jakob. »Oder einen Tee?«

»Tee ist gut«, meint Inci, die eigentlich schnell aus diesem Elend verschwinden will. Aber wenn sie nicht bleibt, erfährt sie nichts.

Jakob, sichtlich froh, dass sie nicht sofort das Weite sucht, wühlt in einer Küchenschublade, bis er einen Teebeutel herauszieht. »Ist nur Kamille da.«

»Kamille ist völlig in Ordnung. Gut für den Magen. Hat mir meine Mutter früher gekocht.«

»Und mir meine Oma.« Jakob stellt den Wasserkocher an.

Vor-Tatzeit, den Zeugen nach alltäglichen Dingen fragen, bei denen er garantiert die Wahrheit sagt. Die entscheidenden Fragen zwischen harmlosen verstecken. Auf der Fahrt hierher hat sie sich eine Strategie für das Gespräch überlegt. Die Oma ist doch ein guter Anfang, denkt sie und fragt: »Bist du bei deiner Oma aufgewachsen?«

»Mehr oder weniger. Meine Mutter als Alleinerziehende musste immer arbeiten. Deshalb waren wir nur am Wochenende bei ihr und die Woche über bei unserer Oma.« Er holt eine Tasse aus dem Schrank und steckt den Teebeutel hinein.

»Klingt nach schwerer Jugend.« Sie setzt sich an den Tisch.

»Überhaupt nicht«, widerspricht Jakob und gießt das kochende Wasser in die Tasse. »Zucker?«, fragt er, und Inci schüttelt den Kopf. »Meine Oma ist toll und meine Mama ebenfalls.«

»Hast du noch Geschwister?«

»Einen älteren Bruder. Und du?« Er stellt die Tasse vor ihr auf den Tisch und setzt sich ihr gegenüber.

»Eine ältere Schwester.« Inci verdreht die Augen und seufzt. Jakob lächelt verständnisvoll. Ältere Geschwister, so was verbindet. Sie nimmt einen Schluck Tee. »Stimmt«, macht sie weiter. »Von deinem Bruder hast du schon erzählt. Dem hast du doch das Zimmer hier in der WG zu verdanken.«

»Dankbar bin ich ihm wirklich nicht, obwohl er nichts für die Scheiße kann.« Jakobs Miene verdüstert sich.

Aber Inci will noch nicht auf seinen Ärger mit dem Motorrad zu sprechen kommen. Sie will noch ein wenig auf seine Stimme, seine Gesten, seine Blicke achten, wenn er sich auf sicherem Terrain bewegt. »Wo genau im Münsterland bist du denn aufgewachsen?«

»Everswinkel, in der Nähe von Warendorf. Kleiner Ort, nicht viel los. In den Dörfern drum herum Schweinemast und Milchwirtschaft. Highlight des Jahres: das Schützenfest. Ich habe mich so gefreut, von dort wegzukommen, aber jetzt …«

»Everswinkel sagt mir nichts«, grätscht ihm Inci ins Wort, »aber Warendorf. Einer aus meinem Boxclub kommt von dort. Kai Heringhausen heißt er, ist unser Alter. Kennst du ihn?«

»Nie gehört. Einen Ben Heringhausen kenn ich, der war in der Klasse über mir, aber Kai? Nee, wirklich nicht. Eigentlich kenne ich hier keinen, mit dem ich …«

»Noch einen Warendorfer kenn ich.« Inci betet darum, dass ihre Strategie aufgeht und ihre Stimme so plaudernd daherkommt wie bisher. »Ist in der 8. in meine Klasse gekommen. Musste als Erstes seinen Heimatort vorstellen, deshalb erinnere ich mich an Warendorf. Mo Linder. Kennst du den?«

Wieder schüttelt Jakob bedauernd den Kopf. »Nie gehört. Aber so klein ist Warendorf auch wieder nicht. Auch wenn ihr Kölner immer denkt, das Münsterland besteht nur aus Dörfern.«

Nicht das kleinste Zögern, nicht die kleinste Veränderung in seinem Verhalten. Inci ist sich sicher, dass Jakob Mo nicht kennt. »Kennst du überhaupt irgendeinen in Köln?«, fährt sie fort, um der Frage nach Mo auch im Nachhinein keine Bedeutung zu geben.

»Du meinst außerhalb unseres Jahrgangs und abgesehen von meinen Mitbewohnern? Nein, niemanden.«

Das Wort Mitbewohner spuckt er eher, als er es spricht, was auf dicke Luft in der Bude schließen lässt. Und so sieht ja auch die Küche aus.

»Jeanette hat erzählt, du bist wegen eines Motorradtreffens extra früher nach Köln gekommen.«

»Stimmt. Aber meinst du, ich könnte jetzt, wo ich dringend einen zum Quatschen brauche, zu einem von denen gehen? Das sind Fans und Freaks, für die es nichts anderes als BMW-Motorräder gibt. Alle so was von oberflächlich. Von der Kiste habe ich sowieso die Schnauze voll. Ich schwöre dir, ich verkaufe sie sofort, wenn die ganze Chose vorbei ist.«

»Hast du das Motorrad denn schon zurück?«

»Nein, ist immer noch bei der Spurensicherung. Vielleicht hat der Täter irgendwo DNA-taugliches Material zurückgelassen. Vielleicht ist er schon früher polizeilich aufgefallen. Vielleicht, vielleicht, vielleicht. Das macht mich echt verrückt!«

»Tut mir echt leid, dass du keinen zum Reden hast.« Das meint Inci ernst, das kann sie wirklich gut verstehen. Denn einsam und allein fühlt sie sich auch. Aber es bringt nichts, jetzt mit Jakob Händchen zu halten und zu zweit im Selbstmitleid zu baden, es geht immer noch um Lüge und Wahrheit. »Und du kennst wirklich keinen?«

Jakob schüttelt den Kopf.

Was ist mit dem Jungen vom Wiener Platz? Einer, mit dem er gestritten hat oder zumindest ein heftiges Gespräch führte, ist ihm nicht bekannt? Warum verschweigt er den Fremden?

»Weißt du, die ganze Scheiße setzt mir wahnsinnig zu«, wechselt Jakob auf einmal das Thema. »Ich verstehe immer noch nicht, wie das gelaufen ist und wer mich da in Schwierigkeiten gebracht hat.«

Gut, entscheidet Inci. Reden wir über den Stand der Dinge. Aber den fremden Jungen darf sie nicht vergessen. Sie muss später auf ihn zurückkommen. »Wie sieht es denn jetzt aus?«

»Die Ungewissheit ist das Schlimmste. Na ja, die glauben mir immer noch nicht, dass ich nicht weiß, wer den Schlüssel genommen hat. Komplizenschaft, du verstehst? Hallo? Ich will Polizist werden. Da bin ich bestimmt nicht so blöd und beteilige mich an einem Überfall. Oder versau mir mit einer Ballerei mein ganzes Leben.«

»Das leuchtet vollkommen ein, aber irgendwer muss an den Schlüssel gekommen sein, wenn du und deine Mitbewohner als Täter nicht infrage kommen.«

Jakob nickt eifrig. »Es gab auch eine heiße Spur. Am Nachmittag vor dem Überfall wurde bei uns ein Päckchen abgegeben. Jens hat es angenommen. Der Stift des Paketboten funktionierte nicht, Jens hat ihm einen Stift geholt. Mein Zimmer liegt direkt neben dem Eingang. Die Tür ist immer offen, direkter Blick auf den Schreibtisch, wo ich den Schlüssel ablege ... Der Mann hatte also die Möglichkeit, den Schlüssel zu klauen. Jens musste sich Paketboten ansehen, ich musste mir Paketboten ansehen. Jens kannte keinen, ich kannte keinen. War also kein echter Paketbote. Also musste Jens den falschen Boten für ein Phantombild beschreiben, das sie mir dann vorgelegt haben. Aber auch den Typen habe ich nie gesehen, ich schwör's! Spur also versandet, alles zurück auf Anfang. Der einzige Vorteil an der ganzen Sache ist, dass ich, wenn ich wirklich noch Polizist werde, weiß, wie man sich auf der anderen Seite fühlt.«

»Ist bestimmt nicht das Schlechteste.«

»Da würde ich gern drauf verzichten. Ich kann schon nicht mehr zählen, wie oft sie mich aufs Präsidium bestellt haben. Gestern haben sie mir Fotos vom Fundort der Waffe gezeigt. Den kenn ich genauso wenig wie die Waffe! Ich bin doch noch nicht mal zwei Wochen in Köln.«

Man hat die Waffe gefunden? Was heißt das? Inci spürt, wie sie unruhig wird, ihre Konzentration den Bach runtergeht. Reiß dich zusammen!, beschwört sie sich. Nichts schlimmer, als wenn Jakob ihre Aufregung bemerkt und misstrauisch wird. Aber als sie ihn ansieht, weiß sie, dass sie sich darüber keine Sorgen machen muss. Sein Kummer macht ihn blind. Er ist gefangen in seiner Geschichte, etwas anderes interessiert ihn nicht. Ihre Unruhe schon gar nicht. Sie steht auf und öffnet das Fenster. Zumindest ihr hilft frische Luft.

»Wer hat die Waffe denn gefunden?«, will sie wissen.

»Keine Ahnung. Glaub bloß nicht, dass die dir was erzählen! Erzählen musst immer nur du selbst. Die melken dich wie eine

Kuh bis zum letzten Tropfen. Weißt du, was ich gemacht habe, als ich wieder gehen durfte?«

Inci schüttelt den Kopf.

»Ich habe die Stelle gesucht, die sie mir gezeigt haben. Ich musste was tun, damit ich nicht durchdrehe. Werde ich sowieso, wenn das Ganze nicht bald ein Ende findet.«

Wieder empfindet Inci Mitleid mit ihm. Es muss furchtbar sein, in so etwas hineinzugeraten, wenn man unschuldig ist.

»Die Fotos zeigten eine Bahnunterführung«, rattert er weiter. »Jetzt wirst du sagen, es gibt Hunderte von Bahnunterführungen in Köln, wie will der Münsterländer da den richtigen finden? Wenn du Zeit hast, findest du alles, vorausgesetzt, du behältst die nötigen Details im Kopf. Auf einem der Bilder war ein Graffiti zu sehen, so eine Art Spiderman. Nach drei Stunden und gefühlten hundertfünfzig Bahnunterführungen habe ich das Graffiti gefunden. Hier! Willst du mal sehen?«

Er legt sein Handy auf den Tisch, wischt ein Foto auf den Touchscreen und zeigt es ihr. Ihr Herz setzt aus, als sie die Unterführung sieht. Sie kennt den Spiderman nicht – der muss neu sein –, dafür aber die Straßenlaternen und den mit FC-Stickern beklebten Trafokasten. Es ist die Unterführung, in der Ayhan ihnen auflauerte und in der Falk vor drei Jahren die Waffe weggeworfen hat. Alles wiederholt sich wie in einem immer wiederkehrenden Albtraum.

Der Fundort der Waffe erhärtet ihre Vermutungen. Es war einer von ihnen. Falk und sie kommen nicht infrage. Also Mo? Oder Ayhan? Mo oder Ayhan? Nur diese drei Worte schwirren durch ihren Kopf. Sie weiß genau, dass auf Mos Seite viel mehr Belastendes liegt als auf Ayhans. Mo spielt mit ihr Katz und Maus, wie er schon vor drei Jahren mit ihr Katz und Maus gespielt hat. Er gaukelt ihr ein Bild von sich vor, wie sie es gerne hätte. Sie sollte endlich klar sehen. Er ist nichts als ein gemeiner Dieb, der heute nicht davor zurückschreckt, auf einen Menschen zu schießen.

Jakob steckt das Handy wieder ein und redet weiter. Er zählt all die DVDs auf, die er sich reinpfeift: »Homeland«, »Breaking Bad« und so weiter, um nicht unentwegt an den Mist zu denken. Er bemerkt ihre Verwirrtheit überhaupt nicht, er dreht sich wie in einem Hamsterrad. Sie will eigentlich nur noch aufstehen und gehen. Ihr ist alles klar. Mo hat sie an der Nase herumgeführt. Aber Jakob kennt Mo nicht. Wie also …? Der fremde Junge. Gut, noch einen Versuch!

»Übrigens«, unterbricht sie Jakobs Redefluss, »Jeanette und ich haben dich gestern am Wiener Platz gesehen. Mit einem anderen Jungen. Sah aus, als würdet ihr euch streiten.«

»Mein Bruder«, sagt Jakob schnell und senkt den Blick.

Inci weiß sofort, dass er lügt. Aber ihr fehlt die Kraft, weiterzubohren. Morgen wird sie ihm neue Fragen stellen. Vielleicht auch nicht.

»Bringst du mir weiter die Unterrichtsmaterialien?«, fragt Jakob beim Abschied, und sein Blick fleht um ein Ja.

»Klar«, lügt sie. Jetzt will sie nur noch gehen.

Es ist spät, als sie zu Hause ankommt. Selins Tür ist geschlossen, sie hat Frühdienst und schläft schon. Auf dem Herd steht ein Topf mit Linsensuppe, daneben ein Zettel von Baba, der mit Kollegen unterwegs ist. Jeanettes Tür steht offen, ein Blick hinein, ein kurzer Flash von Gold und Himbeerrot. Wo steckt sie? Mit Sami verabredet, fällt Inci ein. Sie will nichts mehr essen, nichts mehr hören, nichts mehr sehen. Nur noch schnell Zähne putzen und dann ins Bett.

Auf ihrem Schreibtisch findet sie einen farbig fotokopierten Artikel über Meret Oppenheim, versehen mit einem Post-it von Jeanette, auf dem steht: »Schau mal auf Seite 3. Sami hat mich draufgebracht. LG J.«

Und dann sieht sie die kleine runde Tischplatte in Gold mit

zwei dürren silbernen Beinen, die in dreizackigen Fußkrallen enden. Das Tischchen mit Krähenfüßen. Es ist Kunst. Kunstraub also. Karl der Große hängt mit drin. Der zweite Dieb ist er. Vater und Sohn waren gemeinsam auf Tour.

Ein letzter, unerwarteter Schlag, der sie ausknockt. Obwohl sie noch steht, liegt sie eigentlich schon am Boden. Sie ist zu müde, um wieder aufzustehen und noch einmal in den Ring zu steigen. Der bittere Geschmack der Wahrheit mischt sich mit dem säuerlichen Gestank des Verlierers. Ihre Mission ist zu Ende. Morgen nach dem Unterricht wird sie zur Hilgers gehen und ihr sagen, dass sie das Tattoo erkannt hat. Dann ist sie aus allem raus, dann hat alles ein Ende, dann wird sie nur noch nach vorne schauen.

Im Bett denkt sie zum ersten Mal an das Opfer. Ein Mädchen, schwer verletzt, hat die Hilgers gesagt. Bauchschuss? Lungenschuss? Krankenhaus, Intensivstation, Tropf und Schläuche, röchelnder Atem, furchtbare Schmerzen. Sie versucht dem Mädchen ein Gesicht zu geben, doch das gelingt ihr nicht. Das Mädchen kann nicht allein in dem großen Herrenhaus wohnen. War es ein Zufall, dass sie an diesem Abend allein war? Oder hatten ihre Eltern nur einen tieferen Schlaf?

Wie eine schwarze Silhouette sieht Inci das Mädchen auf der Treppe stehen. Blinkt unter ihr in der Dunkelheit die Goldplatte des Krähenfußtischchens auf? Bewegen sich die Schatten von Mo und Karl, und das Mädchen schreit auf? Was lief so furchtbar schief, dass einer der beiden schießen musste?

Es regnet wieder, diesmal heftig. Die Tropfen hämmern an das Fensterglas, es klingt, als würde man Schrotkugeln auf die Scheiben schießen. Inci liegt im Dunkeln und wartet auf den Schlaf. Sie lauscht den Salven aus Wasserkugeln, die der Wind gegen ihr Fenster peitscht, und denkt an die ersten Abende allein zu Hause, nachdem Ane verschwunden war. Eng umschlungen lagen sie in ihrem oder Selins Bett. Aufgeregt und furchtsam. Was würden sie tun, wenn plötzlich der schwarze Mann auftauchte? Unter die Decke kriechen? Sich unter dem Bett verstecken? Oder doch lieber im Schrank? Würden sie ihn rechtzeitig hören? Oder erst, wenn er vor ihnen stünde? Würden sie dann noch schreien können? Laut genug, damit es die Nachbarn hörten? Kinderängste. Solche Ängste kennt jeder, das angeschossene Mädchen bestimmt auch. Aber für sie sind sie Wirklichkeit geworden. Der schwarze Mann stand tatsächlich vor ihr. Er ist in ihr Zuhause eingedrungen, den Ort, an dem man sich am sichersten fühlt, und hat auf sie geschossen.

Alarmiert hört Inci den Schlüssel in der Wohnungstür, beruhigt sich aber sofort, als Babas vertraute Schritte an ihr Ohr dringen. Noch etwas später kommt Jeanette, die auf Zehenspitzen in ihr Zimmer trippelt. Bereits im Halbschlaf wird sie noch einmal von der Klospülung aufgeschreckt.

Das Bild, das ihr die Traumwelt zum Einschlafen schickt, lotst sie aufs Glatteis. Mo, Falk und sie beim Schlittschuhlaufen auf dem Adenauer Weiher. Sie halten sich an den Händen und gleiten im Takt über den zugefrorenen See. Die Bäume um sie herum sind mit Raureif gepudert, Spatzen lärmen in der Luft, von irgendwoher treibt der Duft von gerösteten Kastanien aufs Eis. Sie ziehen ihre Bahnen und drehen Pirouetten ohne Bodenhaftung. Leicht, elegant und schwebend. Aber sind sie nicht immer nur geschwebt? Waren sie nicht immer jenseits von Gut und Böse? Drei kleine Verrückte, die an ein Glück ohne Ende glaubten?

Donnerstag, 11. September

Der Wind hat den Regen vertrieben und den Himmel blau gepustet. Die Luft riecht kräftig und scharf, nach Erde, Laub und nach Ediths Kartoffelfeuer. Ein Bild blitzt auf: sie drei in Gummistiefeln und schweren Wollpullovern, Kürbisfratzen auf Holzpflöcken, Kartoffeln in glitzernder Alufolie, verwelkende Dahlien, leuchtende Lampionblüten, Walnüsse in noch grünen Schalen, der sanfte Qualm des Kartoffelfeuers in feuchtem Gras. Inci scheucht das Bild fort, ihr Entschluss steht fest. Sie will beichten, sich die Schuld von der Seele reden, klar Schiff machen.

Jeanette hat sie nach dem Unterricht erzählt, dass sie noch etwas erledigen muss. Sie ist tatsächlich unterwegs zu Hilgers' Wache. Aber sie hat nicht den direkten Weg gewählt. Sie muss noch einmal zum Anfang vom Ende zurück. Sie war nie mehr dort seit damals.

In der Nachmittagssonne blitzt die verblasste Farbe des Spiderman-Graffitis feuerrot auf, und die staubverdreckten Brombeerhecken am Bahndamm leuchten in sattem Dunkelgrün. Aber Orten wie diesem kann selbst die Sonne die Trostlosigkeit nicht austreiben. Inci merkt es am Frösteln, an der gespannten Wachsamkeit ihres Körpers, am Drang, sich immer wieder umzublicken. Das Fahrrad geschultert, streift sie umher. Im Dunkel der Unterführung gedeiht Unrat, der scharfe Gestank von Pisse übertüncht die modrige Feuchtigkeit. Der Beton an den Wänden bröckelt, neben dem Spiderman sind Klosprüche der übleren Art an die Wand gekritzelt. Ratten huschen im Schatten der Mauer entlang. Nur weg hier! In einer Brombeerdorne hat sich ein goldenes Bonbonpapier verfangen. Sie denkt an Ayhan und die verächtliche Geste, mit der er ihr so ein Papier in den Ausschnitt geschnipst hat. War Ayhan hier? Hat doch er und nicht Mo die Waffe an sich genommen? Das hätte sie gern, schon so ein Allerweltsbonbonpapier bringt sie wieder zum Zweifeln. Der Fahrtwind eines Güterzuges lässt das Goldpapier aufflattern und durch die Lüfte wirbeln. Ein Windstoß treibt es fort. Krähen fliegen von einer alten Eiche auf. Sonst ist hier niemand. Kein Fußgänger, kein Radfahrer, nicht mal ein Auto fährt vorbei. Nur Inci ist hier, Inci auf der Suche nach was?

Eigentlich, denkt sie, war es der richtige Ort, um das Ende des Glückssommers einzuläuten. Das Ende war so schäbig und dreckig wie diese Unterführung. Kein Happy End mit leuchtendem Sonnenuntergang oder üppigem Versöhnungsschmus. Warum haben sie an dem Tag das Ritalin genommen, warum haben sie an dem Abend gesoffen wie die Spechte? Weil sie insgeheim wussten, dass sie es mit dem Klauen übertrieben hatten und die Rechnung dafür nicht ewig auf sich warten ließ. Und hier wurde sie ihnen in Gestalt von Ayhan dem Schrecklichen präsentiert. In dieser gruseligen Unterführung endete, wenn man so will, ihre berufliche Beziehung, und am See eine Woche später ließ die unberechenbare Liebe ihre Freundschaft zerplatzen wie einen überreifen Kürbis.

Ayhan. Inci wusste schon vor der Horrornacht, dass er gefährlich war. Bereits nach ihrer ersten Begegnung wusste sie es. Mo war dabei. Mo kümmerte sich eigentlich alleine um den Verkauf der geklauten Handys. Verscherbelte sie mal an einen Hehler aus Kalk, mal an einen in der Weidengasse. Als der Händler in der Weidengasse aufflog, machte ihm jemand einen Kontakt zu Ayhan, der sein »Büro« in einer Garage im Niemandsland zwischen Nippes und Bilderstöckchen hatte. Einmal begleitete Inci ihn dorthin.

Das Gelände war wie ein Hochsicherheitstrakt mit Stacheldraht umzäunt. Ein Schrank von einem Kerl öffnete das Tor. Er führte sie an einem Hundezwinger mit drei geifernden Rottweilern vorbei zur Garage und befahl ihnen zu warten. Die Garage roch so stark nach Moschus, als hätte man literweise Männerparfum darin versprüht. Stahlregale an den Wänden, darin ein Elektro- und IT-Sortiment wie bei Saturn und in der Mitte des Raumes dieser zerschlissene Sessel. Schon als Inci den sah, ahnte sie, dass Ayhan so ein Clanchef-Typ war. Es dauerte, bis er kam, er ließ sich absichtlich Zeit. Der Kerl vom Tor bewachte den Eingang, draußen heulten die Hunde, drinnen nebelte sie der Moschusgestank ein. Inci wusste, dass das alles Show war, vor allem die Warterei. Trotzdem machte ihr das Ganze Angst. Mo dagegen gab sich cool. Hände in den Hosentaschen, ein Pfeifton auf den Lippen, ein Schulterzucken, wenn sie ihm einen Hallo-was-soll-das-denn-Blick schickte.

Dann stolzierte Ayhan herein. Großer Auftritt, wirklich. In seinem Gefolge drei weitere Schlägertypen plus ein spindeliger Kerl mit einem Rattengesicht. Ayhan setzte sich breitbeinig auf den Sessel, sein Hofstaat drapierte sich stehend um ihn herum. Zu viele Gangsterfilme gesehen, dachte Inci, aber das half ihr nicht gegen die Angst. Wie ein Mafiaboss winkte er sie gnädig zu sich heran. Ein Wunder, dass sie nicht auf Knien robben mussten. Ayhan begutachtete die Handys, gab sie an das Rattengesicht weiter, der die Ware genauer unter die Lupe nahm. Als die Ratte nickte, nannte Ayhan Mo einen Preis. Mo schüttelte den Kopf, dann feilschten sie, bis sie sich handelseinig waren. Inci stand die ganze Zeit dumm herum, keiner beachtete sie. Ayhan zählte Mo Geldscheine in die Hand, die er in die Hosentasche steckte. Großes Abschiedstrara mit Give-me-five und So-long-bro, erst dann blickte Ayhan Inci zum ersten Mal an. Nur um sich sofort wieder Mo zuzuwenden.

»Deine Kleine?«, fragte er und drehte ihr sein Gesicht mit einem anzüglichen Grinsen auf den Lippen wieder zu. Er ließ seine Augen an ihrem Körper herunterwandern, zog sie mit seinen Blicken aus. Inci wurde rot vor Scham und Wut. Typen wie Ayhan, die Mädchen auf Titten und Knackärsche reduzierten, konnte sie auf den Tod nicht ausstehen. Allein für diesen Blick hätte sie ihm am liebsten eine geknallt. – Immer wenn ihr beim Boxen die Puste wegbleibt oder die Fäuste weich werden, braucht sie sich nur diesen Blick vorzustellen, um weiterschlagen zu können. Damals tat sie gar nichts, zupfte nur ungeduldig an Mos Ärmel und zog ihn mit energischen Schritten aus Ayhans Herrschaftsbereich.

Auf dem Rückweg ein Riesenstreit mit Mo, weil er die Handys an diese hohle Machobirne vertickte, weil es so lange dauerte, bis er verstand, was sie so aufregte. Als er es endlich kapierte, entschieden sie, die Handys wieder über den Kalker Hehler zu verscherbeln, auch wenn der nicht so gut zahlte wie Ayhan.

Ayhan trafen sie danach nur noch, wenn sie in den Lime Club gingen. Für Ayhan war der Eingangsbereich des Clubs nichts anderes als der zerschlissene Sessel in seiner Garage. Er hielt dort Hof, er machte Geschäfte, er grapschte Mädchen an. Nirgendwo sonst konnte man so unauffällig Kontakte zur Halb- und Unterwelt pflegen wie als Türsteher auf den Ringen. Deshalb war es ein großer Triumph, eine süße Rache, als es ihr an dem fraglichen Abend gelang, Ayhans Handy und sein Portemonnaie zu klauen. Sie wusste, wie wütend er war. Dass ihn ein Mädchen über den Tisch ziehen konnte, wurmte ihn mehr als alles andere. Und sie hätte wissen müssen, dass er das nicht auf sich sitzen ließ. Ein Glück nur, dass er seinen Hofstaat nicht mit auf den Rachefeldzug nahm. Wie ein einsamer Wolf folgte er ihnen durch die Stadt, bis sie ihm in die Falle liefen. Wie dumm sie waren! Ein Handy und ein Geldbeutel hatten sie blind gemacht. Sie dachten, dass sie ewig auf dem Vulkan tanzen konnten.

Ein weiterer Güterzug schreckt sie aus ihren Erinnerungen auf. Ihr Blick kreist umher. Es ist ein guter Ort für einen Überfall, geradezu bilderbuchmäßig. Abgelegen, unwirtlich, dunkel. Ein Wunder, dass trotzdem jemand ihre Schreie hörte und die Polizei rief. Ayhan jedenfalls lachte sich wahrscheinlich ins Fäustchen, als sie auf die Unterführung zusteuerten. Hier musste er einfach zuschlagen. Sie weiß, dass er es nicht dabei belassen hätte, sie an den Haaren zu ziehen. Er sah sie als Beute, die er sich wie ein siegreicher Feldherr genommen hätte. Er hätte ihr die Kleider vom Leib gerissen und seinen Sieg damit gekrönt, dass Mo und Falk dabei zusehen mussten. Ihr wird speiübel, wie immer, wenn sie sich das vorstellt.

Seither redet Inci sich ein, dass die Hilgers sie damals gerettet hat, aber war es nicht Falk? Hätte er den Revolver nicht gezückt, wäre die Hilgers vielleicht zu spät gekommen. Und wenn die Hilgers zu spät gekommen wäre, oh Gott! Falk hätte geschossen, und Falk konnte nicht schießen. Keiner von ihnen konnte schießen, aber vielleicht Ayhan, der Falk mit Sicherheit die Waffe abgenommen hätte ... Wenn Inci sich diese Szene vorstellt, dann sieht sie nur Blut. Nichts als Blut.

Warum wurde die Waffe hier »entsorgt«? Wie hat die Polizei sie gefunden? Gab es einen Hinweis? An einen zufälligen Finder glaubt Inci nicht. Immer noch sieht sie nur zwei Möglichkeiten: Mo oder Ayhan. Für Ayhan war dies ein Ort des Triumphes, für Mo ein Ort der Niederlage. Hat Mo die Waffe hier abgelegt, weil er wusste, dass er verloren hatte? Psychologischer Dünnschiss! Sie sollte endlich zur Hilgers auf die Wache fahren und ihre Aussage machen.

Nein, sie beeilt sich nicht, aber sie macht auch keine Umwege mehr. Ihre Aussage hat sie während des Unterrichts im Stillen geübt: KHK Schmitz habe ihr beim Besuch im Polizeipräsidium dieses Tattoo gezeigt. Sie habe sofort gewusst, dass sie es kennt.

Ein früherer Freund trage es. Mit fünfzehn, sechzehn sei sie selbst ein wenig neben der Spur gewesen, habe wie dieser Freund dies und das geklaut. Jugendsünden, das alles sei lange vorbei, aber eben der Grund, weshalb sie mit ihrer Aussage gezögert hat. Sie komme zu ihr, der Hilgers, weil sie sich kennen, weil sie eine Vertrauensperson für sie ist. Nach der letzten Recht-Vorlesung wisse sie, dass sie ihre Information sofort hätte weitergeben müssen. Strafverfolgungszwang § 134 und so weiter. Jetzt hoffe sie, dass die Hilgers ein gutes Wort für sie einlegt. Dann, das weiß Inci, würde die Hilgers sie nach dem Namen fragen. Mo Linder. Schon beim Üben konnte sie nicht einmal stumm die Buchstaben formen, weil alles in ihr Verrat, Verrat, Verrat schrie. Und diese Stimme, die Verrat schreit, ist auch jetzt da. Sie muss sie zum Schweigen bringen. Denn einer, der auf wehrlose Mädchen schießt, verdient keinen Schutz.

Auf dem Clevischen Ring stauen sich die Autos in beide Richtungen. Hupen und kreischende Starts, Abgase dick wie Nebel, das übliche Chaos. Auf dem Fahrradweg hat sie freie Bahn, aber heute wäre ihr das langsame Stop-and-go der Autos lieber. Viel zu schnell kommt sie an der Wache an. Davor parken drei Streifen- und ein Mannschaftswagen. Ein Trupp Behelmter stürmt aus der Tür. Großeinsatz, denkt Inci und wartet. Sekunden später düst der Mannschaftswagen mit Blaulicht davon. Umständlich kettet Inci das Fahrrad an, wartet wieder auf weiß Gott, was, ein Wunder vielleicht. Himmel, was für ein schwerer Gang! Sie zwingt ihre Schritte die Stufen hinauf. Bring's hinter dich, Inci! Bring's endlich hinter dich!

Am Empfang eine junge Polizistin, wenig älter als sie selbst. Auf ihrer Uniform der silberne Streifen einer Kommissar-Anwärterin.

»Ich möchte zu Kriminalhauptkommissarin Hilgers«, krächzt Inci, und ihr Herz klopft in Rekordtempo.

»Die ist nicht da. Kann ich Ihnen weiterhelfen?«

Inci schüttelt den Kopf.

»Worum geht es?«

»Wann ist sie zurück?«

Die Kommissar-Anwärterin tippt etwas in den Computer. »Sie hat heute und morgen dienstfrei.«

Inci spürt, wie eine Welle der Erleichterung sie erfasst. Noch einen Tag. Eine Galgenfrist. Ist das das Wunder, auf das sie gehofft hat? Oder nur ein Aufschub, der alles schlimmer macht? »Ich komme wieder«, sagt sie. »Danke für die Auskunft.«

Als sie aus der Wache tritt, bleibt sie auf der Treppe stehen und sieht ziellos über die hupenden und stinkenden Blechkarawanen auf dem Clevischen Ring hinweg. Die Erleichterung löst sich in Luft auf und öffnet der Verzweiflung die Tür. So lang hat sie mit sich gekämpft, bis sie bereit war, auszupacken, und jetzt wird sie zum Warten verdammt. Natürlich könnte sie die 110 anrufen, erzählen, dass sie Hinweise im Fall des Raubüberfalls in Mülheim hat. Aber sie weiß, dass sie diesen Schritt nur mithilfe der Hilgers gehen kann. Der Frau, die sie gerettet hat, der Frau, die sich in jedem Kampf als faire Gegnerin zeigt, der Frau, die sie für den Beruf begeisterte, der Frau, bei der sie spürt, dass sie Verständnis für Fehltritte hat. Ja, mit der Hilgers an ihrer Seite würde sie halbwegs heil aus der Nummer herauskommen.

Auf einen Tag mehr oder weniger kommt es nicht an, entscheidet Inci, ohne zu wissen, ob das stimmt. Was stimmt? Was stimmt nicht? Lüge oder Wahrheit? Das ist das Hamsterrad, in dem sie steckt. Sie sieht wieder auf die Straße, und ihr Blick wird von einer üppig belegten Pizza angezogen, die auf die Wände eines Lasters mit Tiefkühlkost gemalt ist. Sie merkt, dass sie hungrig ist, und hat, als die Pizza aus ihrem Blickfeld verschwindet, einen Döner mit knusprigem Fleisch, knackigen Salaten und scharfer Soße vor Augen.

Die besten Döner der Stadt gibt es nicht, wie viele glauben, in der Weidengasse, sondern hier um die Ecke in der Keupstraße. Kulinarisch ist die Keupstraße in Köln eh nicht zu überbieten. Die besten Döner, das beste Kebab, das beste Baklava, der beste Lokum. Darüber sind sich ausnahmsweise alle Mitglieder der Familie Yildiz einig. – Und natürlich gibt es dort auch das beste Reisebüro, das Onkel Yusuf betreibt. – Inci läuft das Wasser im Mund zusammen. Essen! Das ist herrlich unkompliziert. Es lenkt ab, tröstet und muss sein. Jetzt sofort. Sie rennt die Stufen der Polizeiwache hinunter, schließt ihr Fahrrad auf und radelt los.

Die Schlange vor dem Dönerladen reicht wie immer bis auf die Straße, aber Inci hängt der Magen schon so tief, dass sie sich an der Schlange vorbeidrängelt, in der Hoffnung, einen zu finden, den sie kennt und der ihr den Döner früher besorgt. Und tatsächlich, da steht Cousine Günel wie immer züchtig gekleidet, ein Seidentuch bedruckt mit Eiffeltürmen auf dem Kopf. Nur noch zwei Leute sind vor ihr dran.

»Kannst du mir einen mitbringen? Kalb, alle Salate bis auf Tomate, Knoblauchsoße. Ich lade dich dafür gleich zu einem türkischen Mokka ein.«

Begeistert sind weder Cousine Günel noch die Wartenden hinter ihr. Aber Familie ist Familie, also grapscht sich Günel Incis Fünfeuroschein und nickt. Inci schlängelt, schiebt und quetscht sich zurück auf die Straße und setzt sich neben dem Dönerladen auf den Schaufenstersims einer Eventagentur für Hochzeiten. Im Fenster werben Miniaturbrautpaare in Gips, Herzchen in Gold und Einladungskarten mit arabesken Schnörkeln um Kunden.

Ob Günel wegen der anstehenden Hochzeit hier ist? Wenn ja, wo ist dann Ayhan? Bei so was begleitet doch der Bräutigam die Braut. Hilft es Inci oder hilft es ihr nicht, ihn zu treffen? Wie auch immer, sie sollte zumindest wissen, ob er in der Nähe ist. Inci schaut die Straße entlang, dann springt sie auf, wirft einen Blick in zwei naheliegende Teestuben. Kein Ayhan. Vielleicht sitzt er in Onkel Yusufs Reisebüro? Das liegt im hinteren Teil der Keupstraße. So weit will sie jetzt nicht gehen.

Als sie zurückkommt, wartet Günel geduldig vor dem Laden auf sie. In jeder Hand einen Döner, keine Tüte mit einem dritten am Arm. Sie scheint wirklich allein unterwegs zu sein.

»Tausend Dank.« Inci nimmt Günel Döner und Wechselgeld ab. »Ich war echt am Verhungern. Gehen wir ein Stück? In der Patisserie kurz vor der Holweider Straße gibt es den besten Mokka, finde ich.«

Günel nickt. »Da muss ich eh noch hin, die haben Ayhans Lieblingsbonbons.«

Die nächsten zehn Minuten sind sie damit beschäftigt, in dieser wuseligen Straße den Döner so zu essen, dass sie weder sich selbst noch irgendwelche Passanten damit einsauen. Günel knabbert und zupft den Döner eher, als dass sie wie Inci kräftig in ihn hineinbeißt. So hat Günel schon als Kind gegessen. Eigentlich hat Inci ihre Cousine immer nur bei Familientreffen gesehen. Als Kinder haben sie miteinander gespielt – Inci oder Selin waren König oder Königin, Günel Dienerin –, heute reden sie kaum miteinander. Nicht die gleiche Wellenlänge. Mit Günels Muslima-Zeugs kann Inci nichts anfangen. Und dann noch Häkeln als Hobby. Himmel, welches Mädchen häkelt heute noch? Aber im Gegensatz zu Cousine Merve ist Günel kein bisschen eingebildet, eher lieb und langweilig.

Mit ihrem Döner ist Inci lange vor Günel fertig. Aber als sie vor dem Schaufenster der Patisserie stehen, wischt sich auch die Cousine mit einer Serviette die letzten Spuren der herrlichen Sauerei aus den Mundwinkeln. Das Schaufenster ist ein El Dorado für jedes Leckermaul, das auf orientalische Süßigkeiten steht. Platten, Schüsseln und Schalen voll mit Lokum, Baklava und Halva, daneben türmen sich mehrstöckige Hochzeitstorten in Weiß und

Rosa. Im Licht der goldenen Platten und silbernen Schüsseln spiegeln sich die Eiffeltürme von Günels Tuch, als läge Paris mitten auf der Keupstraße.

»Wir nehmen so eine!« Günel deutet auf das fünfstöckige Exemplar einer Torte in Gold und Creme. »Aber anstelle der kleinen Zuckerherzen wollen wir weiße Täubchen, und die Schleifen um den Kuchen sollen violett und nicht cremefarben sein. In die oberste Schicht Marzipan kommt natürlich ein Foto von Ayhan und mir.«

Inci sieht Ayhan mit diesem anzüglichen Grinsen in seiner Clanchef-Pose auf dem zerschlissenen Sessel sitzen. Es fehlt ihr die Fantasie, sich sein Konterfei in rosa Marzipan vorzustellen. Günel neben ihr lächelt selig. Inci hat keine Ahnung, ob sie dabei an den zukünftigen Gatten oder an die Torte denkt. Sie sollte mit Günel über Ayhan reden. Ihr wenigstens ein bisschen die Augen öffnen. Damit sie nicht blind in ihr Verderben läuft.

»Sollen wir reingehen?«, schlägt sie vor.

Günel nickt und geht vor. Während sie an der Theke Bonbons aussucht, ordert Inci zwei Mokkas und balanciert das Tablett mit den Tässchen, der Zuckerdose und dem Kupferkännchen an einen der kleinen Tische am Fenster im hinteren Teil des Ladens. Günel folgt bald und stellt die Zellophantüte mit den Bonbons so behutsam neben sich auf den Tisch, als handelte es sich um einen großen Schatz. Inci gießt Kaffee ein. Das selige Lächeln beherrscht immer noch Günels Gesicht, als sie sich mit dem zierlichen Löffel etwas Zucker in den Kaffee schüttet. Inci kann sich nicht erinnern, die Cousine jemals so erlebt zu haben. Günel wirkt richtig hübsch – selbst das Froschmaul ist nicht mehr so froschmaulig – und ausgeglichen. Ob das Glück ist? »Lass sie doch«, redet ihr eine innere Stimme ein, »ist doch nicht dein Bier.« Nein, ist es nicht, aber dennoch. Besser ein Ende mit Schrecken als ein Schrecken ohne Ende.

»Ich muss dir was sagen.«

Günel unterbricht das Rühren ihres Kaffees und schaut sie mit diesem seligen Lächeln an.

»Ich kenne Ayhan von früher. Du kannst dir nicht vorstellen, zu was er fähig ist, wenn ihn die Wut packt. Er verachtet Frauen, für ihn …«

Mit einer kleinen Handbewegung unterbricht Günel sie. Das selige Lächeln verschwindet nicht, die Cousine ist kein bisschen irritiert. Vorsichtig legt sie das Löffelchen zur Seite, um dann behutsam über Incis Hand zu streicheln.

»Ayhan hat mir alles erzählt. Ich weiß, dass du in ihn verliebt warst. Ich verzeihe dir, dass du so schlecht über ihn redest. Glaub mir, ich weiß, wie schmerzhaft es ist, wenn die Liebe einseitig ist. Umso glücklicher bin ich jetzt, da ich einen Mann gefunden habe, der meine Liebe erwidert.«

Inci verbrennt sich am ersten Schluck Mokka. Dieser Mistkerl! Er ist ihr zuvorgekommen. Da könnte sie jetzt jede einzelne von Ayhans Schandtaten aufzählen, Günel würde ihr kein Wort glauben. Hätte sie Günel nur schon beim Familientreffen zur Seite genommen und ihr reinen Wein eingeschenkt!

»Ich bin froh, dass wir das vor meiner Hochzeit klären konnten.« Günel streicht ihre Hand fester. »Ich verzeihe dir sogar, wenn du nicht kommst. Aber noch mehr würde es mich freuen, wenn du mit dir Frieden findest, mir mein Glück von Herzen gönnst und mit uns feierst. – Willst du wissen, wohin wir die Hochzeitsreise machen?«

Paris, tippt Inci, die Eiffeltürme vor Augen, und schüttelt den Kopf.

»Wirklich nicht? Stell dir vor, Venedig! Ein Hotel mit Blick auf den Canal Grande. Die Gondelfahrt ist auch schon gebucht. Und dann fahren wir weiter in die Türkei, um die Verwandtschaft abzuklappern.«

Inci leert die Kaffeetasse. Es wird Zeit, dass sie verschwindet. Noch mehr Hochzeitsschmus kann sie nicht ertragen. Ayhan der Schreckliche als braver Ehemann auf einer Gondelfahrt! Da kommt ihr das große Kotzen. Die Gewissheit, dass er auf Dauer seine dunklen Seiten und seine kriminellen Geschäfte vor Günel nicht wird verbergen können, tröstet sie nicht. Vielleicht ist es dann schon zu spät. Drei kleine Kinder oder so. Selbst wenn sie Günel nicht besonders leiden kann, einen Typen wie Ayhan hat sie nicht verdient.

»Du überlegst es dir mit der Hochzeit, ja?«, wiederholt Günel, als Inci aufsteht. »Glaub mir, Allah wird auch dir den Richtigen schicken.«

»Bestimmt«, ächzt Inci und hängt sich ihre Tasche um.

»Ach, schau mal, wer da kommt!«

Das selige Lächeln weitet sich zu einem gewaltigen Strahlen, und als Inci sich umdreht, sieht sie Ayhan die Patisserie betreten. Sie will Günel nicht in deren Bild von ihr als eifersüchtiger Ex bestätigen, deshalb zwingt sie sich zu warten, bis er an ihren Tisch kommt. Aber dann nickt sie Ayhan nur kurz zu und verabschiedet sich.

Als sie am Schaufenster vorbeigeht, hat Ayhan ihren Platz am Tisch eingenommen. Er greift in die Bonbontüte, wickelt ein Bonbon aus und schnipst die goldene Folie in Incis Richtung. – Komm schon, Inci, vergiss dieses blöde Bonbonpapier! Du willst so sehr, dass es Ayhan war. Das vernebelt dir das Hirn, schimpft sie mit sich selbst, starrt aber weiter in das Schaufenster. Günel beugt sich zu Ayhan hinüber und flüstert ihm etwas ins Ohr. Inci meint sie hören zu können: »Die arme Inci, sie ist noch lange nicht über dich hinweg.« Ayhan bringt das Kunststück fertig, verständnisvoll zu nicken und gleichzeitig den Kopf mit triumphierendem Blick in Incis Richtung zu drehen. Inci muss sich zusammenreißen, um ihm nicht den Mittelfinger zu zeigen.

Überhaupt hat sie das ungute Gefühl, dass sie den schnellen Döner viel zu teuer bezahlt hat.

Mit dem Rad zurück auf dem Clevischen Ring, schallt ihr aus einem offenen Wagenfenster Tim Bendzkos »Muss nur noch kurz die Welt retten« entgegen. Warum nicht?, hat sie bei diesem Song an übermütigen Tagen oft gedacht. Von wegen! Weder die Welt lässt sich retten noch Günel. Mo schon gar nicht. Und sie, Inci, ist keine Weltretterin, sondern nur eine, die wild herumstrampelt und ein wenig Staub aufwirbelt.

Wieder am Rhein. Frachter, die durchs Wasser pflügen, das Gekreisch der Möwen in der Luft, auf der anderen Flussseite der Hafen mit seinen Kränen und Silos. Die Sonne tief im Westen schickt flirrende Strahlen über das Wasser und taucht Fluss und Ufer in grelles Glitzerlicht. Schmerzhaft für die Augen, unfallträchtig. Inci dreht um, radelt zurück in die Stadt. In den schattigen Straßen hängt schon der Abend, es ist die Zeit der wütenden Parkplatzjagd. Gefährlich für Radfahrer. Sie wechselt auf den Bürgersteig, umkreist Kinderwagen, bremst für kleine Fußballspieler, knallt über Bordsteine hinweg.

Das rostige Tor des Boxclubs ist noch von der Sonne erhitzt. Inci parkt das Rad bei den Holunderbüschen und stürmt nach drinnen. Sie findet Nihat am Tresen der kleinen Bar. Sie brauche ein Paar Boxhandschuhe, ja, sofort, es sei keine Zeit gewesen, die eigenen zu Hause zu holen. Ein Sandsack genüge, eine Boxbirne sei auch recht. Um sie herum der vertraute Geruch von Schweiß und Gummi, der heute keinen Trost spendet. Nihat ächzt von seinem Hocker, verschwindet schulterzuckend in seinem Büro, kommt mit Handschuhen zurück, weist ihr eine Boxbirne in der hintersten Ecke der Halle zu.

»Einen anderen Gegner würdest du von mir heute auch nicht kriegen. Was ist los? Was macht dich so wütend?«

Nichts, das Nihat etwas angeht. Die Handschuhe sind zu groß, die Boxbirne, eine Diva in schwarzem Leder, gebärdet sich unberechenbar und hinterlistig. Sie wird zu Ayhans Visage. Unter Incis Schlägen schnellt sie vor und zurück, ziert sich, verdrückt sich, hampelt herum, trickst und spielt, aber Incis harter Faust kann sie nicht entgehen. Inci taumelt, als Nihat die Birne anhält und ihr Wasser zu trinken gibt. Ein Blick auf die Uhr, sie kann nicht glauben, dass sie schon eine Stunde auf das schwarze Leder eindrischt.

»Es reicht, Inci. Geh nach Hause.« Nihat legt ihr ein Handtuch um die Schultern. »Warte, bis du nicht mehr schwitzt. Die Abende sind schon kühl.«

Das stimmt. Es ist kühl, als sie wenig später vor die Tür tritt. Kühl und bereits dunkel. Nach dem grellen Neonlicht der Halle müssen sich ihre Augen an die Dämmerung gewöhnen. Deshalb sieht sie nicht sofort, dass an ihrem Rennrad ein schwarzes Männerrad lehnt, und noch später, dass dieses Rennrad an ihrem Montello angekettet ist. Nicht witzig, überhaupt nicht witzig! Heute überhaupt nicht. Sie will schon zurück in die Halle stürmen, um den unbekannten Scherzkeks zur Rede zu stellen, als Mo aus dem Schatten der Holunderbüsche tritt.

»Es ist meines. Nur zur Sicherheit, damit du mir nicht davonfährst«, erklärt er. »Hallo, Inci.«

Ein leichter Wind kommt auf, raschelt durch das erste Herbstlaub, irgendwo wird ein Auto gestartet und abgewürgt. Durch Incis Kopf rasen Gedankenfetzen und Fragen, kreuzen sich mit wirren Gefühlen. Nichts Halbes und nichts Ganzes, nur heilloses Durcheinander. Ihr Mund steht offen. Als sie es merkt, schließt sie ihn, aber er gehorcht ihr nicht, geht einfach wieder auf. Auf und zu, auf und zu, wie ein Fischmaul, aus dem dumme Blasen blubbern.

»Seit Tagen folge ich Ayhan«, hört sie Mo sagen. »Kannst dir meine Überraschung vorstellen, als ich euch beide in der Patisserie sehe. Also folge ich danach dir, und hier bin ich.«

Jetzt weiß sie wenigstens, wie er sie gefunden hat. Typisch Mo, taucht einfach aus dem Nichts auf. Freut sie sich? Ärgert sie sich? Beides, merkt sie, und die Wut ist auch noch da. Sie kann nicht anders, die Wut muss zuerst raus, sie knallt ihm eine.

»Kannst froh sein, dass die Hilgers heute und morgen dienstfrei hat. Vorhin war ich bei ihr auf der Wache, um zu erzählen, dass ich dein Krähentattoo erkannt habe.«

Mo verzieht das Gesicht, reibt sich über die Wange und seufzt, bevor er sagt: »Die wackere, ehrliche Inci.«

»Ich habe deine Spielchen satt, Mo!«

»Gib mir noch eine Chance, bevor du mich ans Messer lieferst. Ich bin hier, um alle Karten auf den Tisch zu legen. Wollen wir irgendwo hingehen?« Er löst das Fahrradschloss und schiebt sein Rad zur Seite. »Gibt es in der Nähe eine Bar oder ein Café?«

Sie landen in einer Vorstadtkneipe, wo das Kölsch in Strömen fließt und an Licht gespart wird. Mit zwei Flaschen Cola klemmen sie sich auf eine Eckbank am hintersten Tisch der Gaststätte, weit weg von der lärmenden Männerhorde am Tresen.

»Ich fange an«, bestimmt Mo. »Ich erzähle, was ich weiß. Du fragst, ergänzt, korrigierst. Vielleicht sind wir dann beide am Ende klüger.«

»Okay«, stimmt Inci zu.

»Ich muss ein wenig ausholen«, gibt er zu bedenken.

»Egal«, sagt Inci.

»Mein Vater war früher ein Kunstdieb. Da war er richtig gut und ist auch nie erwischt worden. Dann kam dieser beknackte Banküberfall mit der Schießerei, dafür landete er im Knast.«

So weit, so gut. Das weiß Inci alles.

»Als er eingefahren ist, war ich dreizehn und siebzehn, als er rauskam. Er hat also super entscheidende Jahre in meinem Leben nicht mitbekommen. Ich war nicht mehr der Junge, für den Daddy der Größte ist, und auch Edith war nicht mehr die Frau, die er zurückgelassen hat. Weißt du, für ihn ist das Leben stehen geblieben, für uns nicht. Wie soll ich das erklären? Wir in der kleinen Wohnung, unerfüllbare Erwartungen mal drei, Bilder, die nicht mehr stimmen, Karl, erst Hartz IV, dann Gelegenheitsjobber, dazu der Bewährungshelfer, der regelmäßig in der Bude aufschlägt. Trautes Heim sieht anders aus. Happy family auch. Alles war zu eng, die Stimmung explosiv. Nach einer wirklich sehr unschönen Szene zwischen Karl und mir bin ich ausgezogen. Dann hat mich der Ehrgeiz nach einem ordentlichen Leben gepackt. Ich bin wieder zur Schule und habe tatsächlich noch mein Fachabi gemacht.«

»Studierst du wirklich?«

Mo nickt. »Energie- und Gebäudetechnik. Ich will mich auf Sicherheitsanlagen spezialisieren.« Ein Zwinkern, ein freches Grinsen, ganz der alte Mo.

»So halte ich mir alle Wege offen und kann später sehen, auf welcher Seite des Gesetzes ich meine Brötchen verdiene. Ich bin da nicht so festgelegt wie du. – Bulette! Also wirklich, Inci! – Auf alle Fälle, der räumliche Abstand entspannt mein Verhältnis zu Karl. Wir machen wieder was zusammen. Mal gehen wir zum FC, mal sehen wir uns die Haie an, mal pfeifen wir uns einen Film rein. Und davor oder danach: Männergespräche auf Augenhöhe. Karl erzählt von seinen Tricks, ich von meinen. Von den Jahren im Knast spricht er nur, wenn ich danach frage. Ich schwöre dir, das ist kein Ort, an dem ich jemals landen will.«

Ein mehrstimmiges Stöhnen unterbricht Mo. Sie blicken auf und sehen, dass über der Theke der Fernseher läuft. Fußball, rote Punkte auf grünem Rasen, DFB-Pokal, vermutet Mo. Ein Foul oder ein Tor für die Gegner.

»Vor ein paar Wochen erzählt mir Karl zum ersten Mal von dem Tisch mit den Krähenfüßen«, fährt Mo fort, den Fußball heute nicht interessiert. »Ein Kunde aus seiner Zeit als Kunstdieb war daran interessiert, da die Künstlerin wegen einer aktuellen Ausstellung wieder hoch im Kurs steht. Es war ein Auftrag ganz nach Karls Geschmack. Richtig aufgeblüht ist er, hat recherchiert, alte Kontakte spielen lassen und wusste bald, wo er das Tischchen klauen muss. In einem Haus in der Krahnenstraße. Was neue Alarmanlagen angeht, ist Karl nicht mehr fit, deshalb hat er mich gebeten, mal einen Blick darauf zu werfen. Du weißt schon, als Mitarbeiter der Telekommunikationsfirma XY eine kleine Inspektion der Verteilerkästen durchführen. Funktioniert eigentlich immer, auch hier. Ich konnte Karl grünes Licht geben. Das Haus hat gar keine Alarmanlage. Damit war ich raus aus der Sache. Ich habe meinem Alten einen Gefallen getan, Ende, aus.«

»Wollt Ihr noch 'ne Cola?«

Der Wirt in seinem schmuddeligen beigen Jerseyhemd muss hinter dem Tresen hervorgeschlurft und zu ihrem Tisch gelaufen sein, ohne dass sie es bemerkt haben. Sie nicken beide, obwohl ihre Flaschen noch halb voll sind.

»Und dann ein paar Tage später ein Anruf von Karl«, erzählt Mo weiter, als der Wirt wieder außer Hörweite ist. »Er sei gestürzt, sein Knöchel verstaucht, ob ich den Auftrag nicht erledigen könne. Ich glaube eigentlich nicht, dass er mich da mit reinziehen wollte, vorher hat er immer gesagt, dass ich keinesfalls auch in den Knast wandern soll. Aber der Auftrag war zu heiß, das Risiko erschien so gering. Er hat mir fifty-fifty angeboten. Inci, du erinnerst dich: Ich arbeite gut auf der Straße, Einbrüche in Häuser sind eine andere Nummer. Andererseits, ich kannte das Terrain. Ich wusste, dass es über den Park einfach ist, nach drinnen zu kommen, ich tat meinem Alten einen großen Gefallen, Knete kann ich immer gebrauchen, wieso also nicht? Alles lief super, bis dieser Typ auftauchte. Der stand plötzlich im Flur, als ich schon wieder rauswollte, er muss von der Straße gekommen sein. Ich habe ihn nicht gehört, er hat also keine Scheibe zerschlagen, wahrscheinlich den Fensterrahmen ausgehebelt, ein Profi also. Im Flur des Hauses steht ein riesiger Schrank, am Aufgang zur Treppe ein Sockel, darauf ein Topf mit einer Grünpflanze. Ich stelle also dieses verfluchte Krähenfußtischchen neben der Treppe ab und suche hinter dem Schrank Deckung. Der Typ sieht mich nicht, geht in die Küche und kommt mit einem Laptop unterm Arm zurück. Aus dem Raum neben der Küche kommt er mit einem zweiten Laptop raus. Er legt die Geräte auf die Treppe. Ich, immer noch hinter dem Schrank, vermute, dass der Typ nach oben in die erste Etage will. Und ab jetzt wird es unübersichtlich. Von der Straße her plötzlich ein Heidenlärm, schepperndes Blech und quietschende Bremsen. Der Typ erschrickt, stößt gegen den Blumenkübel, und der geht zu Boden. Zeitgleich steht da plötzlich das Mädchen oben an der Treppe, sie drückt auf den Lichtschalter, alles ist taghell erleuchtet. Sie ist barfuß, trägt Boxershorts und ein Hardrock-Café-Amsterdam-T-Shirt in Türkis. Ich musste sofort an dich denken, weil du doch auch mal so eines besessen hast.«

Inci nickt und bedeutet Mo, dass er weitererzählen soll.

»Ihre Haare sind zerzaust, die Augen kriegt sie kaum auf, sie kommt geradewegs aus dem Bett«, erzählt Mo weiter. »Ich ducke mich tiefer hinter den Schrank, der Typ dagegen steht wie auf dem Präsentierteller da. Als das Mädchen ihn sieht, fängt sie an zu schreien. Einen Moment lang weiß der Typ nicht, was er tun soll. Ich frage mich, warum er nicht einfach abhaut. Ich habe gedacht, mich trifft der Schlag, als er stattdessen eine Waffe zieht und schießt.«

Der Schuss in Incis Kopf vermischt sich mit den Schreien an der Theke. Begeisterte Schreie diesmal, ein Tor für die richtige Mannschaft. Die Raucher, die vor der Tür stehen, stürmen nach drinnen. Noch mehr Köpfe biegen sich in den Nacken, um oben auf dem Bildschirm die Wiederholung des Tors zu sehen. Auch Inci und Mo folgen von ihrem Tisch aus dem Schuss, der in der

Wiederholung in Zeitlupe ins Tor schwebt. Der Wirt verteilt volle Biergläser, dann stellt er ihnen die neuen Colaflaschen auf den Tisch und nimmt ungefragt die halb vollen alten mit zurück. Inci denkt an das T-Shirt, das sie mit dem Mädchen verbindet, und jetzt kann sie sich ihr Gesicht vorstellen: dunkle Augen, lange braune Haare und einen schmalen Mund.

»Das Mädchen stürzt zu Boden, der Typ krallt sich die Laptops, verschwindet durch den Vorderausgang, kurz darauf heult ein Motorrad auf und fährt schnell davon«, macht Mo weiter. »Ich stehe immer noch wie festgenagelt hinter dem Schrank. Nach dem Motorradlärm ist es ganz still, aber dann höre ich das Mädchen stöhnen. Also renne ich die Treppe hoch, Marmor übrigens, und sehe Blut die weißen Stufen hinunterrinnen. Gruselig, wie in einem Horrorfilm. Das Mädchen blutet wie ein Schwein. Ich renn ins Badezimmer, hole ein paar Handtücher und leg sie ihr um den Bauch.«

»Dabei hat sie das Tattoo erkannt«, vermutet Inci.

Mo nickt. »Ich versorge sie also notdürftig. – Sie war so jung, Inci, höchstens vierzehn, fünfzehn! Die hätte dem Scheißkerl doch gar nichts getan! – Dann rufe ich vom Telefon im Flur die 112 an und verdufte. Erst als ich am Auto ankomme, merke ich, dass ich das Tischchen vergessen hab. Natürlich gehe ich nicht mehr zurück, der Krankenwagen kann jeden Augenblick um die Ecke biegen. Ich bete, dass er rechtzeitig kommt, und mir fällt ein Stein vom Herzen, als ich das Tatütata höre. Da stehe ich immer noch mit leeren Händen vor meinem Auto und habe das blutende Mädchen vor Augen. Ihre Haut war so weiß wie der bescheuerte Marmor, und ich kann nicht glauben, in was ich da hineingeraten bin. Ich hoffe, dass es schlimmer aussah, als es ist, und dass das Mädchen überlebt. Und in diesem Moment hab ich mir geschworen, dass dies das einzige und letzte Mal war, dass ich in ein Haus eingestiegen bin.«

Erschöpft lehnt Mo sich zurück. Er greift sich die Cola, nimmt einen Schluck, setzt die Flasche ab, wartet.

Inci hat sich von ihm mitnehmen lassen. Sie hat den Schrank, das Tischchen mit den Krähenfüßen, den fremden Typen und das blutende Mädchen gesehen. Mos Geschichte klingt einleuchtend, so könnte es gewesen sein. Aber sie darf jetzt wirklich nichts außer Acht lassen …

»Ich wette tausend zu eins, die Wahrscheinlichkeit, dass zwei Einbrecher zeitgleich in ein Haus einsteigen, ist verschwindend gering.«

»Vollkommen richtig«, stimmt ihr Mo zu. »Aber es gibt noch Murphys Gesetz. Alles, was schiefgehen kann, wird auch schiefgehen. Hab nie dran geglaubt, aber diesmal war's so. Die ganze Geschichte strotzt nur so vor Merkwürdigkeiten.«

»Erzähl weiter«, fordert Inci ihn auf.

»Na ja, ich habe Karl angerufen. Der ist aus allen Wolken gefallen wegen des zweiten Typs und war fix und fertig, als ich ihm von dem Schuss und dem verletzten Mädchen berichtet habe. Ist uns da einer in die Quere gekommen? Wir sind alle Gespräche und Telefonate durchgegangen und zu dem Ergebnis gelangt, dass außer uns beiden niemand von dem Einbruch wusste. Es muss also Zufall sein. Dann haben wir uns meine Sicherheitsvorkehrungen vorgenommen: Ich habe Handschuhe und Sturmmaske getragen, das Mädchen konnte mich nicht erkennen, der Typ mit der Knarre hat mich nicht gesehen, ich hab nicht mal was geklaut, ich bin beim Ein- und Aussteigen nicht beobachtet worden. Blöd gelaufen, trotzdem Schwein gehabt, das war unser Resümee der Aktion. Bis du mit der Horrormeldung ankamst, dass das Mädchen mein Tattoo gesehen hat.«

»Hat mich kalt erwischt, als ich auf dem Polizei-PC dein Tattoo erkannt habe«, untertreibt Inci. »Ein anderes Wiedersehen mit dir wäre mir entschieden lieber gewesen.«

»Wirklich?« Mo sieht sie erstaunt an. »Ich dachte, du hast mich endgültig aus deinem Leben gekickt. Für immer und ewig.«

Hätte sie auch gerne. Hat nur nicht funktioniert. Aber jetzt bloß nicht mit der unglücklichen Liebesgeschichte anfangen!

»Für das Opfer bist du der einzig Schuldige«, beeilt sich Inci, wieder auf den Einbruch zurückzukommen. »Als das Mädchen Licht gemacht hat, hat sie nur den fremden Typen gesehen, weil du hinter dem Schrank versteckt warst. Und der trug ja eine Sturmmaske. Für das Mädchen gibt es also nur einen Täter, den mit dem Krähentattoo. Verflucht unangenehme Situation.« Inci holt tief Luft und überlegt. Sosehr sie auch nachdenkt, sie sieht eigentlich nur eine Möglichkeit, fürchtet aber, dass die Mo nicht gefallen wird. Also holt sie noch einmal tief Luft, bevor sie sagt: »Mo, das Beste ist, du stellst dich. Hast ja nicht mal was geklaut, ist also nur versuchter Diebstahl plus Hausfriedensbruch. Außerdem hast du dem Mädchen wahrscheinlich das Leben gerettet. Das wird bei der Gerichtsverhandlung zu deinen Gunsten bewertet. Bestimmt kommst du mit Sozialstunden davon.«

Wütendes Geschrei von der Theke. Wieder ein Foul, eine falsche Entscheidung des Schiedsrichters oder ein Tor für die Gegner, irgendwas, das alle furchtbar aufregt. Auch Mo regt sich auf, aber er schreit nicht, auch wenn er das vielleicht gern täte. Stattdessen schüttelt er voller Unverständnis den Kopf.

»Ich darf nicht in ihr System geraten«, erklärt er ihr, als könne er nicht verstehen, warum sie das nicht mehr weiß. »Wenn du einmal in einem Polizeicomputer erfasst bist, ist das der Anfang vom Ende. Du verlierst nicht nur die spielerische Leichtigkeit, die du zum Klauen brauchst, sondern auch die Sicherheit, dass dir nichts passieren kann. Außerdem, wenn ich die Wahrheit erzähle, dann wäre auch Karl dran. Der hat noch Bewährung und müsste wieder einfahren. Noch mal in den Knast, das überlebt er nicht. Nein, nein, ich muss den zweiten Mann finden und den ans Messer liefern.«

Jetzt ist es Inci, die voller Unverständnis den Kopf schüttelt. »Klar! Der Typ hat ja Spuren ohne Ende hinterlassen, und die

Polizisten sind alle Trottel, weil sie sie nicht richtig lesen können. Nur der superschlaue Mo kann das!«

»Du hast doch selbst den entscheidenden Hinweis geliefert«, übergeht Mo ihren Sarkasmus. »Die Waffe, diese verfluchte Derringer. Falk hat sie weggeworfen, ich habe sie nicht genommen, wenn du sie also nicht eingesteckt hast, wovon ich ebenfalls ausgehe, kann nur Ayhan sie genommen haben.«

»Aber Ayhan war nicht der Einbrecher. Er ist immer noch ein bulliger Typ mit breitem Kreuz.«

»Ayhan war es nicht«, stimmt Mo sofort zu. »Hör zu, seit ich von der Waffe weiß, bin ich hinter Ayhan her. Er war leicht zu finden, obwohl ich seit der Nacht in der Unterführung einen weiten Bogen um ihn gemacht habe. Er arbeitet nicht mehr als Türsteher im Lime Club, trifft sich stattdessen in einer Bar nur ein paar Meter weiter mit seinen Leuten. Dort ist er jeden Abend. Und dieses Garagenbüro in Bilderstöckchen – du erinnerst dich? –, das hat er immer noch. Er hat den Sessel getauscht und einen Schreibtisch davorgestellt, damit es mehr wie ein Büro wirkt, aber sonst sieht es noch genauso aus. Die schrecklichen Köter, bei denen man immer hofft, dass Ayhan sie nie auf dich hetzt, inklusive. Aber die Typen, mit denen er sich heute umgibt, sind nicht mehr nur tumbe Schläger, daneben gibt es andere. Die sehen aus wie BWL-Studenten, die fürs schnelle Geld über Leichen gehen. Auch sich selbst hat Ayhan einen feineren Anstrich verpasst. Blöd ist er ja nicht. Er weiß, dass es besser ist, mehr als ein Eisen im Feuer zu haben. Deshalb hat er auch ein ›richtiges Geschäft‹ für Elektrogeräte auf der Krefelder Straße. Das nur nebenbei.«

Inci erzählt Mo alles, was sie weiß. Von Cousine Günel, der geplanten Hochzeit, der Rolle, die Ayhan in der Familie gespielt hat. Mo hört aufmerksam zu, macht einen Witz über Günel, die er auch noch von früher kennt. Aber Inci hat keine Lust zu scherzen. Sie verdreht die Augen und Mo erzählt weiter.

»Auf alle Fälle habe ich Ayhan in seinem Club kontaktiert und ihm vorgeschlagen, doch wieder gemeinsam Geschäfte zu machen. Er gab sich sehr großzügig. Ich hab ihm ein paar interessante neue Modelle gezeigt. Bei der Gelegenheit hab ich mir Ayhan und seine Jungs genau angesehen. Bei zweien passt Größe und Statur, wie ich sie von dem Typen im Herrenhaus in Erinnerung hatte. Ich habe mich ihnen an die Fersen geheftet und schnell herausgefunden, wer von den beiden der Typ aus dem Herrenhaus ist. Du kannst vieles verstecken, aber die Art und Weise, wie du gehst, nicht. Also habe ich ihn beschattet. Er heißt Kai Küppers, wohnt in der Kyffhäuserstraße. Hat in den letzten Tagen tatsächlich ein paar BWL-Vorlesungen besucht, sich aber auch mit verschiedenen Typen getroffen. Ich hab sie alle fotografiert, ohne dass sie es gemerkt haben. Ich könnte glatt als Privatdetektiv arbeiten. Hilft mir alles aber nicht weiter, solange ich diesem Kai Küppers nicht nachweisen kann, dass er im Herrenhaus war und geschossen hat. Das Mädchen hat ihn zwar gesehen, hält ihn allerdings für mich. Aber vielleicht hat ihn jemand bemerkt, wie er ums Haus geschlichen oder nach dem Schuss aufs Motorrad gestiegen ist. Hast du irgendeine Ahnung, ob es weitere Zeugen gibt?«

Keine, von denen sie weiß. Nur Jakob, wenn man so will. Wobei Zeuge zu viel gesagt ist, da er nicht wissen will, wer ihm den Motorradschlüssel geklaut hat, erzählt sie Mo. »Zeig mir mal die Fotos!«, fordert sie ihn auf.

Mo zieht sein Smartphone aus der Tasche und rutscht zu ihr hinüber. Ihre Oberarme berühren sich, als Mo den Touchscreen wischt und die Fotos sucht. Die begeisterten Rufe der Thekensteher verrinnen zu einem fernen Rauschen, als würde eine unsichtbare Wand sie vom Rest der Welt trennen. Ihre Köpfe senken sich zeitgleich über das Display, fast berühren sich ihre Wangen, Haare streifen sich. Mo verströmt den vertrauten Duft von Lagerfeuer und Laube und gleichzeitig einen neuen, sehr erregenden.

Inci klopft das Herz bis zum Hals, sie hofft auf Tausende von Fotos, damit sie ewig so beieinandersitzen können. Mos Zeigefinger blättert die Fotos auf. Ayhan, der Sessel, das Büro, fremde Typen. Incis und Mos Köpfe stecken so nah beieinander, dass sie sich atmen hören. Alles ist wie früher, als sie oft so eng zusammensaßen auf Ediths Sofa, in Mos Baumhaus oder am Lagerfeuer. Als sie sich so nah waren, dass kein Blatt zwischen sie passte. Die Fotos rücken in den Hintergrund, so sehr überwältigt Inci diese vertraute, so lang vermisste Nähe.

Aber die Fotos laufen weiter, eines reiht sich ans andere, und dann plötzlich der Wiener Platz, die zwei Jungen vor dem Stufenbrunnen. Incis Verstand setzt wieder ein, sie schreit aufgeregt: »Stopp! Geh noch mal zurück!« Die unsichtbare Wand zerbricht, die Männer an der Theke sind wieder laut und schauen zu ihnen hinüber. Die Nähe löst sich auf. Mos Blick ist voll gieriger Hoffnung, und Inci befiehlt erregt, aber jetzt mit leiser Stimme: »Mach das größer! Zoom die Gesichter ran!« Mo tut wie geheißen, zeigt auf das rechte Gesicht und sagt: »Das ist Küppers.« Inci nickt, deutet auf das andere Gesicht und sagt: »Das ist Jakob.« Mo muss zur selben Zeit am Wiener Platz gewesen sein, als sie mit Jeanette da war. Kai Küppers ist der Junge, mit dem sie Jakob auf dem Wiener Platz gesehen haben.

»Geh noch mal mit den Fotos zurück. Ganz langsam!«, befiehlt sie Mo.

Mo tut wie geheißen, bis Inci bei einem weiteren Foto stopp sagt. Keine Baseballkappe auf dem Kopf, aber das markante Kinn. Es ist der Typ, mit dem sie Kai Küppers am Bahnhof gesehen hat.

»Wer ist das?«

»Das ist Abdul, Ayhans kleiner Bruder.«

Sie denkt, dass das der Durchbruch ist, das Licht am Ende des Tunnels, weil plötzlich ein fehlendes Teil gefunden ist. Es gibt eine Verbindung zwischen Jakob, Kai Küppers und Abdul/Ayhan. Kai

Küppers muss Jakobs Motorradschlüssel entwendet haben. War er der Paketbote? Hat Jakob gelogen, als man ihm das Phantombild zeigte? Oder war Abdul der Paketbote? Warum verheimlicht Jakob dann die Verbindung zu Kai, wenn er nichts mit dem Überfall zu tun hat? Schon wieder Fragen. Immer wieder neue Fragen.

»Schick mir die zwei Fotos«, bittet sie Mo.

Vielleicht ist Jakob der Schlüssel, aber vielleicht ahnt er nichts davon. Am liebsten würde Inci sofort bei ihm Sturm klingeln und ihn mit den Fotos konfrontieren, aber es wird einen Grund geben, weshalb er wegen des Jungen lügt. Also wird Sturmklingeln nichts nützen.

»Und jetzt?«, fragt Mo.

Das Fußballspiel ist zu Ende, auf dem Bildschirm laufen die üblichen Interviews danach. Wen interessiert das schon? Die Männer am Tresen auf alle Fälle nicht. Etliche zahlen und gehen, die Reihen lichten sich. Der Wirt hat jetzt einen freien Blick zu ihrem Tisch und schaut sie grimmig an. Was nun? Ja, Inci glaubt Mo die Geschichte, sie wird morgen noch einmal mit Jakob reden. Wenn dann wieder nur neue Fragen das Ergebnis sind, wird sie aufhören und übermorgen zur Hilgers gehen. Vielleicht tut sie das auf alle Fälle, aber dieser eine Tag bleibt noch. Die berühmte Galgenfrist! Ihre Gedanken drehen sich im Kreis oder schweifen ab. Mo leert die Cola. Sie sieht seinen Adamsapfel bei jedem Schluck auf- und abhüpfen und hat Lust, ihn zu berühren. Der Wirt schlurft wieder hinter dem Tresen hervor und kommt auf sie zu.

»Macht fünf sechzig für jeden«, grummelt er, greift sich Mos leere und Incis halb volle Flasche und wischt mit einem dreckigen Tuch den Tisch.

Sie gehen, bevor der Wirt noch ungemütlicher wird, und stehen dann auf der Straße. Die Herbstkälte gewinnt schnell Oberhand über die Kneipenwärme, man kann schon den Atem sehen. Inci pustet sich die Finger warm, Mo tritt von einem Bein aufs andere. Nichts ist so gemein wie diese frühe Kälte.

»Noch einen Tag Schonfrist also?«, fragt er.

»Ja«, sagt Inci. »Noch einen Tag.«

Inci weiß nicht, ob sie ihn umarmen oder küssen soll, also löst sie einfach nur das Fahrradschloss, auch Mo macht dies. Dann fahren sie los. Eine Zeit lang radeln sie nebeneinanderher, stehen an jeder roten Ampel so eng beisammen, dass sich ihre Lenker verhaken. Am Wiener Platz halten sie an. Ab hier haben sie getrennte Wege. Mo zögert, Inci zögert, keiner will wirklich gehen, keiner weiß, was er sagen soll, stattdessen belagern sie sich mit unsicheren Blicken. Vom U-Bahn-Schacht her treiben Dunstwolken über den Beton, in der Ferne plätschert der Stufenbrunnen, ein Junkie will eine Kippe schnorren, die Kälte rammt sich in ihre Knochen. Der falsche Ort, die falsche Zeit für das Ende einer alten oder den Anfang einer neuen Liebesgeschichte.

»Ich rede morgen mit Jakob«, sagt Inci. »Versuch du noch mehr über Kai Küppers rauszufinden.«

Mo nickt. »Also dann. Wir hören.« Noch einmal berühren sich ihre Lenker, dann dreht Mo seinen zur Seite und radelt davon.

Vielleicht ist es die Kälte, die Inci auf dem Heimweg an den Friseurbesuch denken lässt, weil ihr danach immer so kalt am Kopf war. Vielleicht ist es aber auch ihr verfluchter Hang zur Vollständigkeit. Denn in der Reihe der lang verdrängten Niederlagen, die in den letzten Tagen hochgekommen sind, fehlt diese eine noch. An den genauen Tag erinnert sie sich nicht mehr, aber es muss gewesen sein, nachdem sie am Bahndamm nach der Waffe gesucht haben. Sie ist dafür in die Stadt gefahren zur Filiale einer Friseurkette, die ihr völlig unbekannt war. »Alles ab!«, befahl sie und sieht wieder den fassungslosen Blick der Friseurin, die vorsichtig eine von Incis langen Locken zwischen den Fingern rieb und dreimal fragte: »Wirklich? Und du bist dir ganz sicher?« »Ganz sicher!« Die Friseurin zögerte quälend lang, bevor sie zur Schere ansetzte und die erste Locke zu Boden fiel. Aber dann, als wollte sie dieses furchtbare Werk schnell beenden, erledigte sie mit flinken Schnitten ihren Job. Incis Gesicht blieb die ganze Zeit starr wie eine Maske. In ihrem Kopf wiederholte sich ein einziger Satz: Nie mehr lasse ich mich an den Haaren über die Straße schleifen. Nie mehr lasse ich mich an den Haaren über die Straße schleifen. Nie mehr! Mit diesem Satz überstand sie die Tortur, behauptete sogar, dass ihr der neue Kurzhaarschnitt gefiele, zahlte die dreiunddreißig Euro und ging. Die Tränen kamen, als sie die unbekannte Kälte am Kopf und im Nacken spürte. Ihre prächtigen schwarzen Locken! Ihr ganzer Stolz. Jahrelang gehegt und gepflegt. Sie weinte Rotz und Wasser, trieb stundenlang ziellos durch die Stadt, bevor sie sich nach Hause traute. Baba und Selin waren entsetzt. Sie gab sich cool. Imagewechsel, neuer Typ. Erst im Bett, als sie sicher war, dass sie keiner hörte, weinte sie die Kissen nass.

Die Härte, mit der sie diese Entscheidung umsetzte, begleitet sie seither, und die brauchte sie schon wenig später für den radikalen Bruch mit Mo und Falk. Die Härte hilft beim Überleben, weiß Inci, aber leicht macht sie das Leben nicht.

Freitag, 12. September

Am Morgen tapst sie früh zu Jeanette hinüber, um ihr zu sagen, dass sie heute nicht zum Unterricht gehen kann. Jeanette glaubt ihr sofort, dass sie krank ist. Auch ohne einen prüfenden Blick in den Spiegel weiß Inci, dass sie verboten aussieht. Der wenige Schlaf, die quälenden Gedanken und die Angst sind gleichermaßen verheerend für Schönheit und scharfen Verstand! Also kriecht sie zurück ins Bett und betet um ein paar weitere Stunden Schlaf. Aber sie landet nur in diesem diffusen Zwischenreich des Halbschlafes, in dem die Gedanken verschwimmen oder seltsame Wege nehmen. Sie versucht, eine Antwort auf die Frage zu finden, warum Jakob lügt. Kennen sich Kai und Jakob aus dem Münsterland? Ist Kai das schwarze Schaf in Jakobs Familie? Hat Jakob bei Kai Schulden? Kennt er ihn von diesem Motorradtreffen? Geht es um Sex and Drugs? Quatsch! Warum lügt sie selbst? Um jemanden zu schützen, den sie liebt. Einen alten Freund. Einen »immer noch« Freund? Einen »wieder« Freund? Einen »mehr als« Freund? Anderes Thema, das zählt jetzt nicht … All die halbgaren Gedanken gehen in einen wirren Traum über, in dem sie an Anes Tür in Istanbul klopft, Ane sie hereinbittet, Inci in einer fremden Wohnung steht und trotzdem sofort weiß, dass das ihr Zuhause ist.

Sie schreckt auf und weiß mit einem Mal, warum Jakob lügt. Eine Hand, die nach einer anderen Hand greift, ein Arm, der sich um eine Schulter legt, der Hüftschwung auf der Tanzfläche, die Abfuhr für Jeanette, der Blick eines Barkeepers. Kleinigkeiten, banale Alltagsdinge, die sich zu einem Bild addieren, das plötzlich alles erklärt: Die Liebe ist Jakob zum Verhängnis geworden. »Fakten, Fakten, Fakten«, schreit es in Incis Kopf. Traumwahrheiten sind Schall und Rauch. Sie weiß doch, wie sehr man sich irren kann.

Noch bevor sie unter die Dusche geht, ruft sie Mo an. »Weißt du, ob Kai Motorrad fährt?«

»Tut er. Eine alte BMW, die er hegt und pflegt. Hat sogar eine Garage dafür gemietet. Muss neulich so ein Treffen von Fans dieser alten Maschinen gegeben haben, davon hat er bei einem Gespräch mit Abdul geschwärmt. Guten Morgen übrigens, Inci. Hast du gut geschlafen?«

Bloß nicht auf diese butterweiche Verführerstimme reagieren! Bei der Sache bleiben! »Hat er eine Freundin?«, fragt sie weiter.

»Wohnen tut er allein, und seit ich ihn beobachte, habe ich ihn nie mit einem Mädchen gesehen.«

»Und was ist mit einem Freund?«

»Du meinst, ob er schwul ist?«

Inci hört Straßengeräusche und das gleichmäßige Schnurren eines Automotors. »Genau!«, bestätigt sie und fragt: »Bist du im Auto? Wo steckst du?«

»Logo. Kann schlecht mit dem Fahrrad hinter Kai her. Ich bin auf dem Ehrenfeldgürtel. Vor mir fährt Kai auf seiner Maschine«, erklärt Mo. »Also so was Eindeutiges wie Händchenhalten, Küssen oder Umarmen habe ich nicht gesehen, aber jetzt, wo du es sagst! Der Typ kleidet sich so was von sorgfältig und ist wahnsinnig eitel. Und wenn er auf der Straße jemandem nachsieht, dann einem Kerl! – Beschwören will ich es nicht, aber es könnte durchaus sein. – Er ist übrigens auf dem Weg zu Ayhans Garagenbüro.«

»Ich habe Kai mit Abdul, Ayhans kleinem Bruder, am Bahnhof gesehen. Meine Cousine Merve behauptet, Abdul sei schwul, aber nur so versteckt schwul, weil Ayhan bestimmt fuchsteufelswild würde, wenn er es wüsste.«

»Abdul? Der hat Kai an zwei Abenden in seiner Wohnung besucht. Du meinst Abdul und Kai? Inci, ehrlich, was hat das mit dem Raubüberfall zu tun?«

»Weiß ich noch nicht. Muss erst mit Jakob reden.«

»Der Typ, mit dem Kai sich am Wiener Platz getroffen hat.«

»Genau. Hast du mitbekommen, über was die zwei gesprochen haben?«

»Nein. Dafür war ich zu weit weg«, bedauert Mo. Dann erzählt er, dass er gestern noch mit Falk geskypt hat. »Er verfolgt Ayhans und Kais Spuren im Netz. Wir sind also alle drei an derselben Sache dran. Wie in alten Zeiten.«

Kurz weht Inci ein Bild vom Karneval an. Sie drei als Musketiere verkleidet. Hüte mit Straußenfedern, Hemden mit Rüschen, Plastikdegen, die täuschend echt aussahen. Einer für alle. Alle für einen. Kurz nach Karneval haben sie sich die Krähentattoos stechen lassen und sich geschworen, einander nie im Stich zu lassen. Die Krähen haben sie wieder zusammengebracht. So gerne Inci die schwarzen Vögel wie in alten Zeiten mit glitzernden Silberstückchen im Schnabel als fröhliche Schöpfer des Lichts sähe, in den neuen Zeiten sind es finstere Boten, Unglücksraben.

»Nein«, sagt sie. »Die alten Zeiten sind vorbei.«

»Erst ab morgen, Inci!«, widerspricht Mo.

Sie macht das Handy aus. Die Stille in der Wohnung legt sich wie ein feuchter Mantel auf ihre Schultern, und sie spürt wieder diesen säuerlichen Gestank des Verlierers im Mund. Sie duscht, zieht sich an, kocht Kaffee, sitzt am Küchentisch. Mit einer Aufgabe, die ihr zu groß vorkommt, unerfüllbar erscheint. Sie überlegt, wie sie mit Jakob reden will, weiß nur, was am Ende ihres Gesprächs stehen soll. Sie bedauert, nicht bereits mehr über Polizeitaktik zu wissen. Doch es geht nicht um Taktik, es geht um etwas anderes. Die Voraussetzung für jedes gute Verhör, das hat Resal nämlich auch gesagt, ist die Unvoreingenommenheit des Ermittlers. Aber sie ist nicht unvoreingenommen, sie ist parteiisch, und sie will ein bestimmtes Ergebnis. Das alles als blutige Anfängerin. Ihre einzige Chance: Jakob will reden, will von seiner Last befreit werden.

Als sie das kurze Stück bis zur Krahnenstraße radelt, regnet es wieder. Fein und fieselnd, gerade ausreichend genug, um nass zu werden. So kommt sie sich bereits wie ein begossener Pudel vor, bevor sie bei Jakob klingelt.

»Inci, du schon wieder?«

Er schaut erstaunt, ist frisch geduscht und trägt saubere Klamotten, eine Jeans und ein gebügeltes Hemd. Der Duft eines Aftershaves hüllt ihn ein.

»Geht es dir besser?«, fragt Inci.

»Komm rein! Du bist ja ganz nass. Handtücher sind im Badezimmer.« Er schaut auf die Uhr, bevor er fragt: »Willst du einen Kaffee?«

»Ja, gern.«

Inci geht ins Bad, rubbelt sich die Haare trocken, meidet den Blick in den Spiegel. Wenn sie sich sähe, würde sie schreiend die Wohnung verlassen.

Die Kaffeemaschine blubbert, als sie in die Küche kommt. Der Tisch ist aufgeräumt, das dreckige Geschirr gespült. Jakob holt zwei Tassen aus dem Schrank.

»Bist du in Eile? Hast du einen Termin?«, fragt sie.

»Eine Viertelstunde hab ich noch und dann …« – Er seufzt schwer. – »Wieder mal Polizeipräsidium. Eine erneute Gegenüberstellung. Es geht immer noch um den falschen Paketboten.« Er füllt Kaffee in die Tassen und fordert Inci auf, am Tisch Platz zu nehmen. Dann will er wissen, ob der Unterricht heute ausfällt und weshalb sie hier ist, aber Inci antwortet nicht. Sie ist in Gedanken.

Erneute Gegenüberstellung. Wie weit ist die Soko? Sind die Ermittler auf der richtigen Spur?, fragt sie sich, aber das hilft ihr nicht weiter. Sie kann nur mit den eigenen Karten spielen und darauf vertrauen, dass sie die Trümpfe richtig einsetzt.

»Inci, weshalb bist du hier?«, fragt Jakob noch einmal.

»Wegen einer Kleinigkeit, die mich irritiert.« Sie nimmt einen Schluck Kaffee und denkt an die Strategie, die sie sich am Küchentisch ausgedacht hat. »Der Junge, mit dem wir dich auf dem Wiener Platz gesehen haben, der sieht genauso aus wie Kai Küppers, und mit dem ist lustigerweise meine Schwester zur Schule gegangen.«

Jakob nimmt hastig einen Schluck Kaffee und schüttelt den Kopf. Inci kann die Panik, die in ihm aufsteigt, spüren.

»Echt? Kann doch gar nicht sein!« Schneller Blick auf die Uhr. »Ich muss auch gleich los.«

»Na ja, und stell dir vor, Kai fährt auch so eine alte BMW und war bei dem Oldtimer-Treffen letzte Woche. Habt ihr euch da kennengelernt?«

Kein Nicken, keine Erleichterung, nur ein überraschter Blick voller Angst und Ungläubigkeit. Es ist so still im Raum, dass man das Brummen des Kühlschrankes hört. Inci verflucht sich für den misslungenen Gesprächseinstieg, aber jetzt muss sie weitermachen, es gibt keinen Weg zurück.

»Weil du doch von deinem Bruder gesprochen hast, da hab ich gedacht, dass ihr vielleicht Motorradkumpels als Brüder bezeichnet, so wie die Rapper mit ihren Bro-Nummern.«

Los, Jakob, jetzt spring!, fordert sie ihn mit ihrem Blick auf. Eine breitere Brücke kann ich dir nicht bauen! Aber er will nicht springen, sitzt nur völlig unbeweglich da. Das Einzige, was sich verändert, ist seine Gesichtsfarbe. Die wechselt zwischen Grau und Kalkweiß hin und her.

»Das ist die einzige Erklärung, die ich habe.« Unter dem Tisch presst Inci ihre Hände zusammen, um halbwegs ruhig zu bleiben. »Denn wieso solltest du mich anlügen?«

»Kai Küppers«, krächzt Jakob und starrt sie weiter an.

»Ja, Kai Küppers. Fährt eine BMW, studiert BWL, aber das weißt du alles. Du kennst ihn von dem Oldtimer-Treffen, Jeanette und ich haben dich mit ihm am Wiener Platz gesehen.«

Jakob packt seine Tasse mit beiden Händen, einen Moment lang fürchtet Inci, dass er ihr den heißen Kaffee ins Gesicht schütten will. Stattdessen fährt er von seinem Stuhl hoch, knallt die Tasse in die Spüle und rennt aus der Küche. Inci folgt ihm in den Flur. An der Garderobe zerrt er seine Lederjacke vom Haken, Schals und andere Jacken gehen zu Boden. Er bemerkt es nicht, ist schon an der Tür, als er feststellt, dass er nur Socken trägt. »Ich muss mich beeilen«, leiert er wie ein Mantra herunter, während er nach seinen Schuhen sucht. »Im Präsidium schätzt man es nicht, wenn einer zu spät kommt.«

»Klar, verstehe ich«, sagt Inci, die ihm durch die Wohnung folgt. »Die Ermittler darf man nicht warten lassen. Stell dir vor, sie fragen dich nach Kai Küppers. Willst du davor nicht wenigstens wissen, was ich noch über ihn weiß?«

Jakob hat die Allstars unter seinem Bett gefunden und trägt sie in den Flur. Seine Finger zittern so sehr, dass er die verknoteten Schnürsenkel nicht aufdröseln kann. Er setzt sich auf den Boden und flüstert kaum hörbar: »Sag schon!«

»Kai Küppers ist schwul, aber ich denke, das weißt du.«

Jakob blickt nicht vom Boden auf. Er hat immer noch den verknoteten Schnürsenkel zwischen den Fingern, sticht ihn mit Wucht in eine der Ösen und versucht ihn mit dem Knoten durch das kleine Loch zu zerren, was nicht gelingt.

»Das ist ja an sich nichts Besonderes«, fährt Inci fort. »Hier in Köln schon gar nicht. Das Besondere ist der Typ, mit dem Kai zusammen ist. Der heißt Abdul, hat einiges auf dem Kerbholz und ist der kleine Bruder von einem Typen, der mit geklauter Ware dealt.«

»Abdul!« Jakob pfeffert die Allstars in eine Ecke, springt auf, rennt in sein Zimmer und kommt mit Motorradstiefeln zurück. »Abdul wie?«

»Ich sage dir jetzt, wie ich denke, dass die Sache gelaufen ist«, übergeht Inci seine Frage. »Sag Bescheid, wenn ich falschliege.«

Breitbeinig steht Jakob im Türrahmen. Die Reißverschlüsse seiner Stiefel sind noch offen. Inci bemerkt, dass er den rechten und den linken Schuh vertauscht hat. Als sich ihre Blicke treffen, nickt er ihr kaum merklich zu.

»Also, du lernst Kai bei dem BMW-Oldtimer-Treffen kennen«, beginnt sie. »Du findest ihn nett, vielleicht sogar mehr als nett und lädst ihn zu dir ein. Kai nimmt die Einladung an. Vielleicht geht ihr zusammen ins Bett, vielleicht auch nicht. Ist nicht wichtig, wichtig ist, dass du ihn toll findest, Kai aber etwas anderes ins Auge sticht: das feine Herrenhaus. Vielleicht fragt er dich sogar dazu aus. Auf alle Fälle denkt er, dass da was zu holen ist. Das erzählt er seinem Lover Abdul, und die zwei hecken einen Plan aus. Teil dieses Plans ist, dass sie dein Motorrad als Fluchtfahrzeug benutzen wollen, falls bei dem Überfall etwas schiefgeht. – Du weißt, Fluchtfahrzeuge sind bei Überfällen eine heikle Sache. Man muss vermeiden, dass es eine Spur vom Fahrzeug zum Täter gibt, deshalb sind geklaute Fahrzeuge dafür am sichersten. – Kai hat gesehen, dass du deinen Schlüssel auf den Schreibtisch legst. Also denken sich die zwei die Nummer mit dem Paketboten aus. Ich vermute, dass Abdul den Part übernommen hat. Und dann tritt bei dem Überfall tatsächlich der Notfall ein, weil das Mädchen auftaucht, weil Kai, wahrscheinlich aus Panik, auf sie schießt und er mit deiner Maschine abhauen muss.«

Bisher hat Jakob keinen Ton gesagt. Er ist wieder in die Knie gegangen, hält diese mit beiden Armen umschlungen und wankt mit diesen offenen Stiefeln hin und her, als hockte er auf dem Schiff.

»Du warst davon überzeugt, dass Kai nichts mit dem Überfall zu tun haben kann«, fährt Inci fort. »Deshalb hast du der Polizei nichts von ihm gesagt. Aber er hat dich benutzt, Jakob, ganz gemein benutzt.«

»Hau ab! Raus hier!«, schreit er und springt auf. Er packt sie mit beiden Händen an den Schultern, schiebt sie wie ein Wahnsinniger durch den Flur hinaus ins Treppenhaus und knallt die Tür hinter ihr zu.

Inci hält sich am Geländer fest und zittert am ganzen Körper. Sie weiß nicht, wie lange sie braucht, um sich von der Stelle zu bewegen. Was hat sie getan? Was, wenn sie nicht recht hat? Sie hört Jakob lauter schreien. Sein Schluchzen geht ihr durch Mark und Bein.

Mit weichen Knien steigt sie die Treppen hinunter und tritt vorsichtig vor die Tür auf die nasse Straße. Immer noch fällt leiser Nieselregen und taucht die Welt in deprimierendes Grau. Sie weiß nicht, was sie tun soll, sie fühlt sich entsetzlich. So ist das also, wenn man der Wahrheit auf die Spur kommt! Sie hat doch gehofft, dass es Jakob erleichtert und erlöst, sie hat nicht mit so viel Abwehr gerechnet. Warum konnte er nicht selbst reden? Weil Jakob sein Schwulsein verheimlichen will? Weil es ihm unangenehm ist, darüber zu sprechen? Weil er denkt, dass ein Polizist genau wie ein Fußballer nicht schwul sein darf? Weil Kai seine erste Erfahrung mit einem Mann war? Die erste Liebe überhaupt?

Mit Schwulsein kennt sie sich nicht aus, mit verschmähter Liebe schon. Die ist schmerzhaft, egal, wen man liebt. Die kann einen zum Verzweifeln bringen.

Sie schaut auf, als Jakob wenig später aus dem Haus stürzt und sich auf sein Scott Speedster schwingt. Er dreht sofort den Kopf weg, als er sie sieht, und radelt davon.

Sie kommt sich dreckig vor. Wie ein fieser Boxer, der seinen Gegner ausknockt, indem er ihm möglichst viele Schmerzen zufügt.

Ein schwerer Volvo biegt in die Krahnenstraße ein, holpert langsam über die Pflastersteine, spritzt Wasser auf Incis Beine und hält vor dem Herrenhaus an. Eine Frau steigt aus, geht um den Wagen herum und hilft auf der anderen Seite einem Mädchen beim Aussteigen. Sie wirkt wackelig auf den Füßen, wehrt aber den Arm der Frau ab, die sie stützen will, und geht, zwar wie auf Eiern, aber allein die paar Schritte bis zum Eingang. Das Mädchen! Wenigstens das ist gut gegangen! Ihre Verletzungen sind schon so weit geheilt, dass sie nach Hause darf. Sie ist blond und nicht dunkelhaarig, wie Inci vermutet hatte. Sehr helle Haut, blaue Kulleraugen, der Emily-Typ. Himmel, dass sie jetzt daran denkt! Sie muss Mo sagen, dass das Mädchen wohlauf ist.

Sie wählt seine Nummer, kommt aber nicht zum Reden, weil Mo sofort aufgeregt lossprudelt: »Du wirst nicht glauben, wem Kai direkt in die Arme gelaufen ist! Den Bullen! Die packen ihn gerade in ein Auto und nehmen ihn mit. Ich bin Kai von Ayhans Garage zu seiner Wohnung gefolgt. Die Bullen haben schon auf ihn gewartet.«

Die Gegenüberstellung, von der Jakob gesprochen hat. Die Ermittler sind also auch bei Kai gelandet. Sie müssen sich sehr sicher gewesen sein, dass sie Kai an diesem Morgen schnappen. Puuhh! Inci fühlt, wie eine Last von ihr abfällt. Zu gerne wüsste sie, wie die Ermittler auf Kai gekommen sind. DNA-Spuren auf dem Motorrad? Zeugen, von denen Inci nichts weiß? Eine der kleinen alltäglichen Nebensächlichkeiten, von denen Resal gesprochen hat? Wie auch immer, gut gemacht, Kollegen! Aber ich habe die dreckige Vorarbeit geleistet, ich habe ihn für euch weich geklopft! Nach unserem Gespräch kann Jakob bei der Gegenüberstellung nicht mehr verbergen, dass er Kai kennt. Wahrscheinlich will er es auch nicht mehr. Dann habt ihr Kai am Haken! Und wenn Abdul der Paketbote war, kann es auch für Ayhan eng werden.

Wen interessiert dann noch das Krähentattoo? Das wird man dem Schock oder der Fieberfantasie eines schwer verletzten Mädchens zuschreiben. Sind Mo – und damit auch sie – also aus dem Schneider?

Obwohl sie sich so dreckig fühlt, spürt sie mit einem Mal auch den Geschmack von Pfeffer und Eisen im Mund. Sie hat es geschafft, sie hat den Fall gelöst, sie ist dahintergekommen, was in dem Herrenhaus geschehen ist. Nicht schlecht für eine blutige Anfängerin, gar nicht schlecht!

Immer noch regnet es, als sie auf ihr Montello steigt. Sie holpert über die Stufen hinunter zum Rhein. Bis auf ein paar Hunde und ihre Besitzer ist der Uferweg leer. Inci tritt in die Pedalen, die Reifen schmatzen auf dem nassen Beton. Auf dem schwankenden Brückengeländer der Bootsanlegestelle reihen sich Möwen auf und lärmen herum, als wären sie die Könige des Wassers und der Lüfte. Sie werden von einem Krähenschwarm aufgescheucht und flattern davon. Die Krähen belagern nun das Brückengeländer. Sie fliegen nicht auf, als Inci ein paar Meter von ihnen entfernt abbremst und vom Rad steigt. Mit ihren stecknadelkopfgroßen Kohleaugen starren sie sie an.

Die Krähen werden sie weiter begleiten. Vielleicht auch Falk und Mo. Aber anders als bisher. Es sind neue Zeiten. Der Glückssommer ist endgültig Vergangenheit.

Sonntag, der 2. November

Datum: 02.11., 10:10 Uhr
Betreff: Krähenfußtischchen
Von: Inci Yildiz <i.yildiz@t-online.com>
An: Falk Zermühlen <birderfalk@gmx.com>

Hi, Falk,
habe es ein paarmal mit Skypen versucht, bin aber nie bis nach Eday durchgedrungen, deshalb hoffe ich, dass es zumindest die Mail bis ins stürmische Schottland schafft. Wollte dich doch wenigstens auf den Stand der Dinge bringen, damit du nicht dumm in der Wildnis sitzen musst. Also, dass das Mädchen wieder gesund ist und Kai Küppers verhaftet wurde und wegen schwerem Raub mit Körperverletzung angeklagt wird, weißt du ja bereits. Aber du weißt noch nicht, wie die Sache mit dem Revolver weitergegangen ist. Edith hat deswegen wirklich Himmel und Hölle in Bewegung gesetzt, vor allem hat sie Karl den Großen ins Gebet genommen. Du weißt ja, dass er bei dem Raubüberfall, für den er ins Gefängnis kam, nicht allein war und dass die drei den Schützen immer gedeckt haben. Der Schütze war ein Typ namens Mohammed. Eine linke Ratte, wie Edith sagt, denn er hat die Waffe auf der Flucht bei seinem Bruder »entsorgt«, versehen mit dem Auftrag, sie in Ediths Laube zu deponieren. Angeblich, weil er Angst hatte, dass Karl der Große »singt«, in Wirklichkeit aber, um den Verdacht auf Karl lenken zu können, wenn Karl oder Hubert –

der Dritte im Bunde – auspacken. Nachdem das alles ans Tageslicht gekommen ist, hat Karl sich Mohammed vorgenommen und ihm um die Ohren gehauen, was in der Zwischenzeit mit der verfluchten Derringer alles passiert ist. Ist auf Wiedergutmachung, Gangsterehre, was weiß ich, herumgeritten. Damit sind wir bei Ayhan! Wie und womit Mohammed – nach wie vor eine Größe der Unterwelt, O-Ton Edith – Ayhan Druck gemacht hat, darüber schweigt sich Edith aus. Sie hat nur erwähnt, dass das, was du über Ayhans Geschäfte im Netz herausgefunden hast, dabei eine Rolle gespielt hat. Mehr nicht. Wahrscheinlich weil ich als zukünftige »Bullette« nicht vertrauenswürdig bin!

Was aus Ayhan geworden ist, habe ich auf Umwegen erfahren, nämlich bei unserem letzten außerordentlichen Familientreffen. Da machte die Neuigkeit die Runde, dass Ayhan Hals über Kopf seine Zelte in Köln abgebrochen hat, um in der Türkei neu anzufangen. Meine Cousine Günel hat er sitzen lassen. Abdul, auch das weiß ich von diesem Treffen, sitzt wieder im Knast. Wahrscheinlich wegen seiner Beteiligung am Überfall im Herrenhaus, aber genau wusste das niemand, und ich habe mich deswegen nicht aus dem Fenster gelehnt. Weder wie die Waffe von Ayhan bei Kai gelandet ist – wahrscheinlich über Abdul – noch warum sie bei dieser verfluchten Unterführung gefunden wurde, haben wir herausgefunden. Vielleicht ist das bei komplizierten und langwierigen Sachen so, dass Teile im Dunkeln bleiben. – Immerhin müssen wir uns wegen dem Scheißrevolver jetzt keine Sorgen mehr machen. In der Asservatenkammer der Polizei ist er sicher.

Was das Krähentattoo angeht, da herrscht Schweigen im Walde. Wir vermuten, dass die Ermittler nicht weiter danach suchen, nachdem Kai Küppers den Überfall gestanden hat. Mo jedenfalls fühlt sich von Tag zu Tag sicherer und ist froh, nicht – ich sage *noch* nicht – im Polizeicomputer gelandet zu sein.

Ich schwitze beim Lernen für die anstehenden Klausuren.

Recht ist die Hölle! Paragraphenochserei ohne Ende, diese ganzen Querverweise, diese Palette von Auslegungsmöglichkeiten von Gesetzen! Das staatliche Angriffsrecht ist wahnsinnig kompliziert, alle stöhnen deswegen! Ich frage mich manchmal schon, warum ich nicht direkt Jura studiere. Drück mir mal die Daumen, dass ich da nicht durch die Prüfungen falle! Bis Weihnachten bin ich, so es gut läuft, mit allem durch. Ab Januar sind wir dann im Trainingslager. Mal sehen, wie das wird.

Du hast ja bei unserem letzten Skypen schon erzählt, dass du noch länger in Eday bleibst und erst am 12. Februar zurückkommst. Weißt du, was das für ein Datum ist? Weiberfastnacht! Mo und ich werden dich als Musketiere am Flughafen in Empfang nehmen und dein Kostüm direkt mitbringen. Mal sehen, ob du wirklich gewachsen bist. Dann sind dir Hose und Hemd nämlich zu kurz! Hihi. Siehst dann bestimmt witzig aus!

Mach's gut. Wir hören.

Inci

Inci schickt die Mail ab. Während die elektronische Post auf dem Weg nach Schottland ist, denkt sie darüber nach, was sie Falk nicht geschrieben hat. Das Wesentliche, das Verwirrende, das, wofür es so schwerfällt, Worte zu finden.

Es betrifft natürlich diese verflixte Liebe, die einen die Gefühlsleiter hoch- und runterjagt. Mo, natürlich Mo! Was haben sie nicht alles zusammen gemacht in den vergangenen Wochen: Spaziergänge im Park, Wettrennen mit den Rädern die schnelle Strecke am Rhein entlang, Eisessen in dem Café, in dem sie sich kennengelernt haben, Quatschen ohne Ende, Lachen, bis ihnen der Bauch wehtat. Und dann gestern! Sie waren im Lime Club tanzen, zum ersten Mal seit damals. Ihre Körper ganz eng beieinander, jede Berührung ein kleiner elektrischer Stoß. Noch nie, niemals hat sie so etwas gefühlt.

Auf dem Nachhauseweg strich ihr Mo mit seinen sanften Fingern durch die kurzen Haare, streichelte ihren Nacken, bis eine Gänsehaut ihren ganzen Körper überzog. Ihr Herz klopfte bis zum Hals, als sie seinen Kopf in ihre Hände nahm, ihn zu sich herunterzog und ihn küsste. Seine Lippen fühlten sich ein wenig rau an, so wie ganz feines Schmirgelpapier, dafür war sein rasiertes Kinn zarter, als sie für möglich gehalten hatte. Mos erdiger Duft hüllte sie ein, und das Glück prasselte wie ein Goldregen auf sie nieder. Tausend Küsse und mehr auf dem Weg nach Hause, vor ihrer Tür konnten sie sich kaum voneinander lösen. »Zwick mich«, flüsterte Inci, »damit ich glaube, dass das wirklich passiert.« Und Mo zwickte sie und küsste sie und zwickte sie und küsste sie, bis sie sich von ihm losriss und endlich die Haustür aufschloss.

Sie fährt den Rechner herunter und streicht sich mit der Hand durchs Gesicht, das ihr weicher und schöner vorkommt, seit Mo es berührt hat. Hat sie heute Nacht überhaupt geschlafen? Auf keinen Fall! Wie könnte man das, wenn überall Liebe aufblitzt und das Glück aus allen Ecken sprießt?

Baba ruft, dass es Frühstück gibt. Essen kann sie nichts, Luft und Liebe genügen ihr vollkommen, aber ein Kaffee wäre nicht schlecht. Inci steht auf und hüpft in die Küche, streift wie immer auf dem Weg dorthin die Telefonnummer, die an der Pinnwand hängt.

Sie wird Ane anrufen. Bald. Jetzt ist alles möglich.

Dank

Es stimmt schon: Das Schreiben eines Romans ist eine einsame Angelegenheit, für die ich monatelang in einem Schreibtunnel verschwinde, bevor ich nach dem letzten Satz wieder ins wirkliche Leben zurücktaumele. Aber ohne Unterstützung hätte ich dieses Buch trotzdem nicht schreiben können, und für die möchte ich mich bedanken bei:

meinen Testleserinnen Lea Truxius und Nina Weidmann sowie den Kommissar-Anwärterinnen Sina Hipp und Anna Schulz.

meinen Kolleginnen Mila Lippke, Ulrike Rudolph und Beate Sauer, mit denen es immer wieder Spaß macht, Geschichten zu spinnen, und die etliche Fäden in den »Krähensommer« gewoben haben.

meiner Kollegin Jasna Mittler, die wie keine andere Schwachstellen im Text aufspüren kann und mich mit ihren klugen Anmerkungen stets weiterbringt.

Mehmet und Hatice Aydogan, die mir geholfen haben, Incis türkische Wurzeln mit Leben zu füllen.

meiner Lektorin Linde Müller-Siepen, die mich bei diesem Buch von Anfang an begleitete und deren Anregungen mich inspiriert haben.

Last but not least bei meinem Namensvetter Kriminaldirektor Bernhard Glaser, Dekan der Kriminalwissenschaftlichen Fakultät der Hochschule für Polizei Baden-Württemberg, den ich bei allen Fragen zur Polizeiausbildung um Rat fragen durfte und dem ich eine unvergessliche Unterrichtsstunde zum Thema Alibi-Zeugen verdanke.

Ein Hoch auf euch alle! Ohne euch wäre »Krähensommer« nicht das, was es jetzt ist.